纪晓松 著

天路行军
TIANLU XINGJUN
1950

（修订版）

千名女兵徒步进藏纪实

广西师范大学出版社
GUANGXI NORMAL UNIVERSITY PRESS

·桂林·

图书在版编目（CIP）数据

天路行军 1950：千名女兵徒步进藏纪实 / 纪晓松著. —
修订本. —桂林：广西师范大学出版社，2020.4
　ISBN 978-7-5598-2563-6

　Ⅰ．①天… Ⅱ．①纪… Ⅲ．①纪实文学－中国－当代
Ⅳ．①I25

　中国版本图书馆 CIP 数据核字（2020）第 007055 号

广西师范大学出版社出版发行

（广西桂林市五里店路 9 号　邮政编码：541004）
（网址：http://www.bbtpress.com）

出版人：黄轩庄

全国新华书店经销

广西广大印务有限责任公司印刷

（桂林市临桂区秧塘工业园西城大道北侧广西师范大学出版社
集团有限公司创意产业园内　邮政编码：541199）

开本：880 mm ×1 240 mm　　1/32

印张：11.875　　　字数：300 千字　　　图：145 幅

2020 年 4 月第 1 版　　2020 年 4 月第 1 次印刷

印数：0 001~6 000 册　　定价：52.00 元

如发现印装质量问题，影响阅读，请与出版社发行部门联系调换。

被岁月淹没的历史

新中国成立不久，在同一个时段发生了两件大事：一件是抗美援朝，另一件是进军西藏。

客观地说，轰动全球的抗美援朝，完全遮挡了低调进军西藏的历史光芒。在以后无数个日子里，当人们津津乐道中国人民志愿军跨越鸭绿江那段波澜壮阔的历史时，几乎忘了进军西藏这件大事。第18军进军高原，和平解放西藏，在岁月长河的万千大事记中，因为那片神秘而敏感的土地，而使得这一历史事件低调而平静，沉默得几乎被人遗忘。

2001年，一批进藏老兵的儿女，为了寻觅父母当年的足迹，背起行囊，计划徒步从甘孜出发，向雪域高原迈进。当他们满怀万丈豪情"出征"后，方感自己的行动有些冒失：没走出一百公里，就因无法迅速适应高原缺氧而导致一系列问题，一位同志差点命丧一座海拔4000米左右的雪山上。小分队不得不放弃徒步计划，改坐汽车。后来，一位老兵的儿子回到北京，埋头书斋，翻阅大量的历史书刊，查询古往今来关于人类行军的资料，得出这样一个结论：自人类有记录以来，进军西藏和红军长征是世界上最寂寞、最艰苦的两次大行军，这两次行军创造了伟大史诗般的奇迹。

就这个问题，我请教过军事科学院资深军史研究员，在藏工作三十一年的王贵先生。他说："单纯从其艰苦卓绝的层面上讲，进军西藏不亚于红军长征。"

然而，过去的半个多世纪里，无论是抗美援朝还是红军长征，中国人几乎妇孺皆知；而进军西藏呢，除了那些有过亲身经历的第18军老战士们，许多老革命对这段历史都不解内情，更别说普通大众了。

十多年前仲春的一个下午，在北京西三环八一湖畔，我遇到一位年过八旬的垂钓老人，他是一位参加过淮海战役后进军大西南转而进藏的老战士。说起当年进藏情形，老人感慨万千。他风趣地对我说："我们这些老家伙（老西藏），真有些'生不逢时'，现在能有多少后生知道我们那段历史？"几米外的树荫下一个老太太正在看报。他说她是他的老伴，是当年和他一起进藏的女兵。

无法想象，当年那些娇小的女孩子是如何熬过漫长的生死路的，是什么力量让她们义无反顾？她们日后的生活又是怎样的？她们现在在哪里？

为此，我踏上了寻找进藏女兵的漫漫长路。尘封的历史慢慢被打开，渐露出它本来的模样。

1950 年至 1951 年，在第 18 军进军西藏的队伍中有一千一百多名女兵。当年，她们大多是十六七岁的小姑娘，有的甚至更小。因为生理方面的原因，在异常恶劣的高原气候下，在没有路的横断山脉里，她们负重行军，需要付出难以想象的艰辛，需要比男人更坚强的意志品质。

结束进藏任务后，她们大多回到内地，过着低调而平静的生活，但在她们心中却盛开着永不凋零的雪莲花——纯净、美丽、与世无争。

从2006年初春至2008年的深冬，我奔走在北京、成都、重庆、济南、南京、上海、西安等地，寻访或回访了近两百名当年的进藏女兵。她们沧桑的面容，蹒跚的步履，淡然的眼神，轻轻的讲述声，一直萦绕我心。

我脑海里一直有几个挥之不去的问题：为什么这段珍贵的历史鲜为人知？为什么在无路的雪域高原艰难行军，挑战人类生存极限没有列入相关课题去研究？那些老兵们因长年在恶劣条件下工作落下了多种疾病，但面对采访时为什么总是轻松若无？究竟是什么样的精神力量在支撑着她们？那些用青春、热血甚至生命在世界屋脊开凿出川藏公路的功臣们，面对名利诱惑为什么能淡然处之？

十多年来，我采访过的老人，如今有的已经离开人世，有的听力视力记忆力已经严重下降，只有少部分老人保持着清晰的思维。这使我有了一种重新修订此书的紧迫感，为她们，也为历史。

目 录

下篇 感天动地汉藏情

小引　重庆受命

1949 年 12 月中旬，毛泽东访问苏联。

当专列行至满洲里时，首次出访的开国领袖给中央写了一封信，分析了国内外的有利形势，提出进军西藏。信的大意是：解放西藏宜早不宜迟，越早越有利，否则夜长梦多。

西藏是中国大陆最后一块未解放的土地，时刻牵动着新中国政府和领导人的神经。仅隔十多天，毛泽东又从莫斯科发来一份电报，要求中央领导和刘伯承、邓小平、贺龙三位西南局的领导立即研究部署部队，向西藏进军。

重庆的曾家岩，是山城一个独具特色的地段，它处在渝中区中山四路上。在小街的东端，有个占地几百平方米的小楼，叫曾家岩50 号。因当年周恩来以个人名义租赁过这幢小楼，所以又名周公馆。抗日战争期间，国共两党曾在这里共同勾画了一段"红白"相间的风景线。

对外一直称为"周公馆"的曾家岩 50 号，事实上是中共中央南方局的重要机关。中共代表周恩来、董必武、叶剑英、林彪、王若飞等常常于此早出晚归。

到了解放大西南的时候，这里已成为"刘邓大军"的指挥部。

1950年1月中旬的曾家岩，寒风中弥漫着江面上飘散来的雾气。西南局司令员刘伯承，站在总部办公室的玻璃窗前，眺望着远方，他在等待成都方向的来人。

第18军军长张国华、政委谭冠三率领几个师以上的主官，风尘仆仆地进入西南局会议室。刘伯承热情迎接，与大家一一握手。

张国华、谭冠三一行端正坐好。这些身经百战的将领们，一个个绷着脸，等待着二野最高首长的命令。

刘伯承司令员传达了中央关于进军西藏的战略决策。他决定将这个光荣任务交给第18军时，好像不是下达命令，而是在商量：

"你们看这样行不行，有什么困难？"说着，他摘下眼镜擦拭，有意给他们一个思考的时间。

在赶往重庆的路上，张、谭与其他几位领导交换意见，反复分析形势，估计十有八九是要把进军西藏的任务交给他们。军党委刚刚学习了新华社发表的元旦社论，社论在阐述1950年的主要任务时，第一条就是解放台湾、西藏、海南岛，完成统一全中国的大业。

很显然，解放台湾和海南岛，主要是第三野战军和第四野战军的任务，那么，解放西藏的任务自然就落在了二野肩上。

刘伯承的话刚讲完，军长张国华立即站起来表态："司令员，我们保证完成进军西藏的光荣任务，绝不辜负党中央、毛主席和野战军首长对我们的信任。"

政委谭冠三向刘伯承表示："……国华同志的意见就是我们军党委的意见，就是全体指战员的决心。"

刘伯承用手推了推眼镜。刘、邓麾下的战将都知道，这是刘司令员的一个习惯动作，每当他要作出重大决策，或下达重要命令时，总要扶一扶镜架。接着，他用舒缓又庄重的语调说：

"交给你们的是一个非常重要、非常艰巨、非常光荣的任务。你们 18 军要经受大考验。"

西藏，遥远而神秘的西藏。

公元 7 世纪，松赞干布统一西藏，并同唐朝建立起密切的关系，特别是和文成公主成亲，对于藏汉民族的联系、西藏经济文化的发展，都有深远的影响。1791 年，清朝政府派大军进藏，与西藏人民并肩战斗，抵御外侮，维护了国家统一，并设置驻藏大臣，代表清廷督办西藏事务，加强了对西藏的管理。

到了近代，帝国主义势力侵入西藏。西藏人民进行英勇反抗，粉碎了种种分裂活动，维护了国家统一。

然而，正当解放战争席卷全国之际，西藏地方当局的反动势力加紧勾结英美势力，于 1949 年 7 月制造了"驱汉事件"，昭示了反动势力的阴谋野心。

许多年过去了，别说当今的年轻人，就是上了岁数的老人也不一定知道第 18 军与西藏到底是怎样的关系，他们在西藏历史上的作用究竟有多大。这里，有必要回顾一下这个军队的历史沿革。

第 18 军是二野刘邓大军中一支英雄的部队，它的前身，是晋冀鲁豫军区所属豫皖苏军区部队和中原野战军第 1 纵队第 20 旅。抗日战争胜利后，因为解放战争时势所需，晋冀鲁豫军区遵照中央关于编组超地方正规兵团的指示，组成晋冀鲁豫军区第 7 纵队。1946 年 2 月，张国华奉命率晋冀鲁豫军区第 7 纵队一部，越过陇海线南下，与晋冀鲁豫军区第 6 军分区、华中第 8 军分区会合，于 12 月 12 日成立豫皖苏军区，司令员张国华，政治委员吴芝圃，参谋长陈明义。

1947 年 6 月，晋冀鲁豫野战军挺进大别山，第 20 旅随纵队南渡黄河，参加鲁西南战役，并在此后连续行军一千三百里路，抵大别山北麓。

1948 年 5 月，中原军区成立，豫皖苏军区隶属中原军区，晋冀鲁豫野战军也改称中原野战军。

1949 年 2 月，中原野战军改编为第二野战军，豫皖苏军区机关及其独立旅和各军分区基干团、第 1 纵队第 20 旅组建为第 18 军，隶属第二野战军第 5 兵团建制，张国华任军长，谭冠三任政治委员，陈明义任参谋长。第 20 旅改称第 52 师，吴中任师长，刘震国任政治委员。原豫皖苏军区独立旅改编为第 53 师，金绍山任师长，王其梅任政治委员。原豫皖苏军区第 1 军分区第 1 团、第 2 军分区第 11 团、第 3 军分区第 36 团合编组成第 54 师，魏洪亮任师长，罗野岗任政治委员。全军近三万人。

渡江战役开始，第 18 军渡过长江后奉命追歼逃敌。6 月以后，该军先后配合四野参加了湘赣战役和衡宝战役。11 月初，我军向大西南进军，第 18 军为第 5 兵团第 2 梯队，先后挺进湘西、贵阳、四川。

接受进军西藏的任务，对第 18 军的将士来说是既光荣又沉重。

如果说蜀道难行，难于上青天，那么进藏之难，就当时的条件来说，要远远难于上蜀道。

第 18 军将士在淮海战役中战功卓著，渡江战役冲锋在前，后又挺进大西南，一路风雨兼程。如今，在美丽的天府之国刚刚立足，就在大家盘算着在这里过和平生活时，他们又领受了这一艰巨任务，难道就没人有怨言、有想法吗？说一点没有那是假话，但他们很快走出个人的思想局限，服从国家战备决策。

1950 年 1 月，中共中央西南局及西南军区令第 18 军在第 14 军和西北军区一部配合下，执行进军西藏的任务。2 月 2 日，进军西藏支援司令部在重庆成立，第 18 军副军长昌炳桂任司令员，第 3 兵团后勤部长胥光义任政治委员。

1950 年的 3 月 4 日，第 18 军在乐山举行进军西藏誓师大会。

第18军在乐山召开誓师大会

3月29日上午10时，由王其梅和李觉率领的前指，同北路先遣支队从乐山出发。当时整个乐山城一片欢腾，百姓们倾城出动，夹道欢送出征的将士们。有的老大娘将鸡蛋塞进指战员的挎包里，拉着战士们的手，哽咽着说："孩子，要去吃大苦了，一路上要小心，早点回来。"战士含泪与百姓告别。

按中央指示，本着和平解放西藏的大政方针，第18军进藏要做好上层人士的统战工作，向广大藏胞宣传党的民族政策。如果地方政府不愿意谈判，甚至派兵阻止我军进藏，不打不能敲开和平解放西藏的大门时，才实施必要的、有节制的打击，打也是为了和，以打促和。总之，第18军第52、53、54三个师作了充分的准备。

与解放其他任何一块土地不一样的是，进军西藏要"政治重于军事，补给重于战斗"，这是以毛泽东为核心的党中央多次强调的。进藏是否顺畅，补给成了最为重要的环节。

出征

　　从 10 月初开始，第 52 师在兄弟部队的配合下，被迫进行了昌都战役，歼灭藏军 9 个代本，5700 余人，其中藏军第 2 代本起义。

　　1951 年 5 月 23 日，中央人民政府和西藏地方政府在北京签订了《关于和平解放西藏办法的协议》。西藏从此摆脱了西方的羁绊。

　　两天后，中央军委发布进军西藏的训令，第 18 军开始向拉萨及西藏全境进军。

　　第 18 军部队从川西出发，一野从西北派出了独立支队和骑兵团，由青海、云南、新疆方向出兵配合，形成向心入藏的势态。

上篇

行军在死亡线上

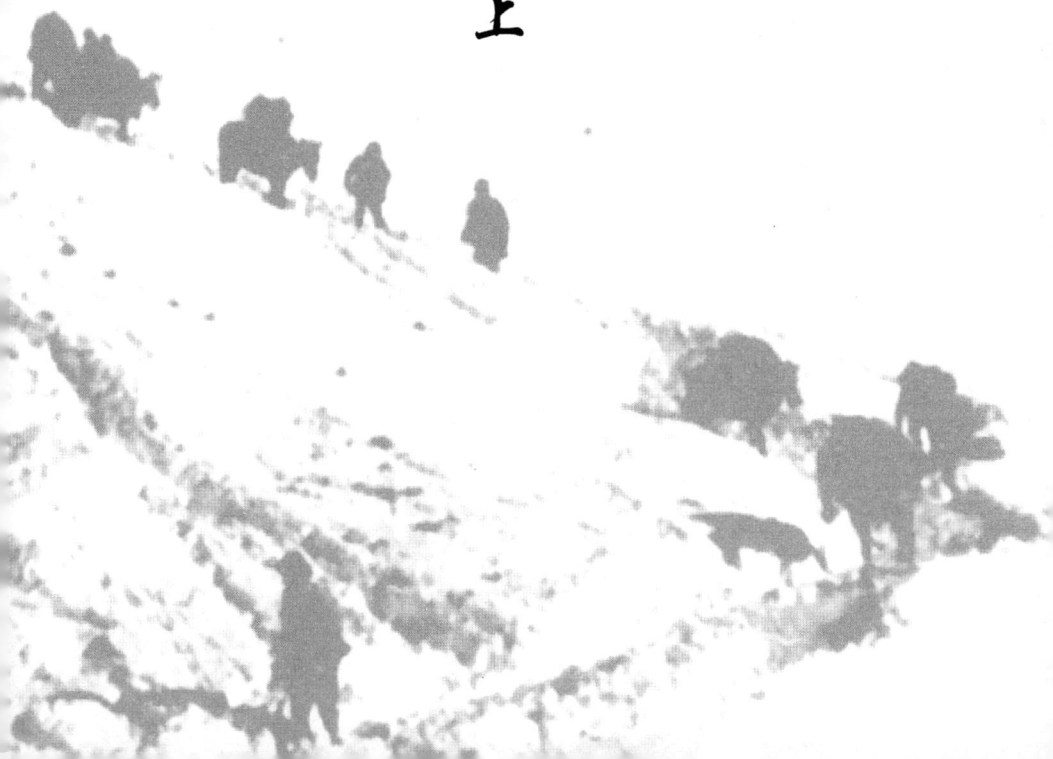

在第 18 军以及西北独立支队进藏的几万大军中，有一千多名女兵，她们意气风发，都是以文艺兵、医院卫生员、机关机要、通信兵等身份入伍的。

　　千名女兵分散在进军西藏的队伍中，和男人们一样背负着沉重的行囊，在缺氧、断粮、无路等恶劣的高原条件下，经过半年、一年，甚至四年（修建川藏公路）艰苦卓绝的行军，征服了海拔 4000 多米的雪域高原，徒步走进了拉萨及其他边防重地。而作为女性，当行军中特殊的生理现象出现时，她们将面临更为残酷的考验。

　　这一批十六七岁的花季少女，在川藏线、青藏线上创造了人类行军史上未有的奇迹。

第一章　参军进藏

1950 年 10 月，中国的大街小巷回荡着嘹亮的军歌，昂扬的革命乐曲激荡着无数青年的心。

参加抗美援朝是当时城市青年美好的愿望，但批准入朝的名额有限。于是，那些被革命的号角鼓舞得热血沸腾的年轻人，把目光投向另一片神秘的土地——西藏。

解放西藏，和解放内地任何地方不一样。部队进去后要留下来长期建设，这就需要一批从事医疗、文艺、通信、后勤等工作的女兵，征召女兵成为当务之急。在成都、重庆、西安、北京等地，"我要进藏"替代了"我要入朝"。征兵点上，青年女学生人潮涌动，姑娘们迫切参军的愿望，演绎了五花八门的入伍形式。

北京女孩

1949 年，她十三岁，从北京郊外的上庄，来到城里帮哥哥看孩子。

哥哥家在西四北大街 74 号，如今的北京城中心地段。那年春天，这个对世界充满了好奇的小女孩，亲眼看见了解放军浩浩荡荡进入北平城，军人威武的雄姿让她心驰神往。

西四的红楼电影院，离哥哥家仅有几百米。那是她生平第一次看电影，年少的她记不得电影的名字，却清楚地记得坐在她前面的十多名解放军女战士。那天晚上，她的目光停留在女兵身上的时间远超过银幕。从电影院走出来，女孩一直跟在那些女战士后面，直到她们上了一辆军车。

1949 年春天的北京，涌动着参军潮。在哥哥家当"小保姆"的女孩，虽然不到十四岁，心却早已飞出了哥哥家的小院。但因为年龄、身高及小学五年级的学历，她不在招兵范围内。

西四胡同内有个叫英子的姑娘，长女孩两岁，是她平时要好的伙伴。英子上过初中，被驻在景山公园的炮兵部队征招入伍。领了军装的英子回家后，母亲坚决不同意她去。性格温和的英子不敢抗拒，就把军装给了女孩。女孩又惊又喜，穿上了英子的军装，跑到景山那边报到。

征兵的军官很快发现了破绽，核对后发现女孩是个"冒牌"的，狠狠地批评了女孩一通。当她不得不脱下军装时，女孩当场大哭起来，并央求军官让她参军。

看着女孩伤心的样子，军官动了恻隐之心。

"你想到医疗队去还是文艺队？"军官的问话让女孩破涕为笑。

"我要去文艺队！"女孩子回答干脆。

就这样她当上了兵。

然而，女孩在四野的某炮兵团只待了一个多月，该团就接到了上级的命令：撤销团文工队。一批新招的北京兵就地解散了。

两个月后，女孩在前门饭店前，看到旁边围着一群人，有几个姑娘从人堆里挤出来后满面春风。她意识到了什么，赶紧挤了进去，发现是部队在招兵，而且是招文工团员。她挤进去报了名，考官上下打量着她，觉得她个头太小，歌舞都不突出，就让她念了段报纸上的文字。只有小学毕业的女孩，十分紧张，磕磕巴巴地念了下来。几名考官交换了下意见，当场把她刷了下来。

小女孩这回没有哭，只是呆呆地站在一边。考官示意她走开，她跟没听见一样一动不动。一批批应考的人经过考试陆续地离开了，她依然站在一边。

到了中午，考场快要撤掉时，她依然站在考场边。考官发现女孩没有走，仔细打量着她，觉得她一双大眼睛里透着灵气与倔强。他们商量后决定录取她。原来，这次来招考的是贺龙部队著名的战斗剧社。她进入了文工团少儿班。

1949年10月1日前，女孩随着战斗剧社离开了北京城。

女孩叫李俊琛，是后来中国舞蹈界著名的编导。几十年前红遍大江南北的歌舞《洗衣歌》正是她的成名作。

当中华人民共和国宣告成立时，十四岁的李俊琛正跟随着战斗剧社一批新入伍的少儿队员，在去往西安的闷罐车上。

后来，李俊琛模糊记得在西安一个宽敞的房子里，一位留着小胡子的首长给部队开大会，宣布部队要向大西南开进。胡子首长说了很多风趣的话，逗得大家直乐。其中有几句话让她终生难忘：

李俊琛

> 大西南四季如春，天气暖和，不用穿棉袄。橘子多，会往你嘴里掉。

再后来，李俊琛得知，那胡子首长正是第三野战军的司令贺龙。

听说那边四季如春，不用穿棉衣，天真的李俊琛做了件傻事儿，她把自己的棉衣棉被送给了别人，直接穿着单衣去了大西南。当夜间火车开进秦岭时，她冻得直打哆嗦。幸好与她一起的小战友刘爱兰对她很友好，让她钻进自己的被窝。

刘爱兰是山西人，是著名的英雄刘胡兰的妹妹。在西安的那些日子，她们八九个少儿班的小女孩，一直好奇着一件事，就是刘爱兰睡觉时枕头总是捂得严严实实的，而且不让任何人动她的枕头。小孩子顽皮，她们趁其不在打开枕头，发现枕头里有一块发黑的手帕，一只空空的清凉油小盒子。原来，那都是姐姐刘胡兰的遗物，手帕上的黑斑是姐姐的血迹。

在成都一个叫玉带桥的地方，李俊琛和一帮战友每天接受文化课及专业课的训练学习。一个多月后，她随队转到了重庆的山上。她清楚地记得，她们住在山上，下山时走了几百级台阶。山下驻扎着三野的指挥部，她们一帮孩子常在山下看到最高首长的身影。

1950 年春，李俊琛和战友们一起被划归到第 18 军，执行进藏任务。后又被分到了后政文工团，与筑路的战友一起，修筑川藏公路。

2006 年 7 月，我在北京朝阳安贞医院生活区的一幢楼里，采访了一个叫徐奎的进藏老兵。

按了徐奎家的门铃后，眼前的一幕让我有些意外。小小的客厅里，一个老太太坐在轮椅上，目光

徐奎

散淡地看着我，表情静如平湖。

从里屋出来一位老大爷，他朝我笑了笑，指了指沙发，示意我坐下。我这才反应过来，自己进门后忘记和老人打招呼了，心里觉得有一丝不安。看了一下时间：上午 10 点 16 分。从北京的城西赶来，一路堵车，迟到了四十六分钟。

坐在轮椅上的老人就是徐奎。她是我半年来采访的第六十二名进藏女兵。老大爷叫郭季宣，是徐奎的丈夫，也是当年与她一起进军西藏的老战士。他将轮椅上的徐奎转过来正面朝我，自己坐在她身边的一张凳子上。徐奎盯着我缓缓地说："他是我的老伴，当年我们一起进藏的，我得病后脑子有些不好使了，过去的事好多记不得了，我们俩一起说吧。"

1951 年春天的北京城，大街小巷到处响着"雄赳赳，气昂昂，跨过鸭绿江"的歌声。在那激情澎湃的岁月里，北京大多数青年学生都有一个共同的理想：报名参军，抗美援朝。

即将从北京出发进藏的部分同志（中排左三为徐奎）

当时将要从北京大学医学院毕业的徐奎和郭季宣，都报名申请了参加抗美援朝手术队。当时，要求上前线的人很多。十八岁的徐奎热切期盼着党组织的通知。两个月后，她终于等到了消息。但上面没有批准她去朝鲜战场，而是让她去参加解放西藏的任务。

"没能去成朝鲜，但能进军西藏，真是一件意外之喜。那个时候，我们很年轻，脑子里被'革命'两个字占得满满的，对人民解放军充满了崇敬和向往。我们常常为没能亲自扛枪打仗而感到遗憾。我们是学医的，上前线肯定能派上用场，接到参军进藏的通知，激动得一夜睡不着觉。西藏是祖国大陆最后一块没解放的土地，能赶上这一趟末班车，算是我们的幸运。"徐奎老人说。

1951 年 4 月 3 日晚上，对于徐奎和郭季宣来说，是终生难忘的日子。那天，两个人和其他被批准进藏的十七名青年男女学生，来到灯火辉煌的北京饭店，参加中央统战部的宴会。这些从事医务工作的热血青年，将以中央医疗队的名义加入进藏队伍。他们不仅要承担进藏部队的医疗工作，还要肩负保护返藏的班禅额尔德尼和班禅堪布会议厅工作人员的医疗保健任务。

当晚，中央统战部部长李维汉向大家发表了讲话。

郭季宣讲述往事的时候，轮椅上的徐奎凝神听着，她不时插话，提醒或纠正老伴说错的时间和人名。

"我家在山东，他家在吉林，我们俩当时来不及回家与父母告别，就跟着队伍出发了，后来看到那些在路上牺牲的同志，想到我们要是和他们一样，真有些对不起生养我们的父母。"徐奎说。

现如今，郭大爷已经不在人世，徐奎阿姨仍然住在安贞医院里，仍然每天坐在轮椅上。郭大爷走后，她患了阿尔茨海默病，很少与人说话。她的目光总是专注在一个地方，没有人知道她在想什么，或许沉浸于当年奉献过青春的青藏高原吧。

告别西北

这是中国西藏历史上一个重要的日子。

1951 年 5 月 23 日，中央人民政府和西藏地方政府在北京签订了关于和平解放西藏办法的《十七条协议》，宣告西藏和平解放。同年，西北军区政治部秘书长兼联络部部长范明，被任命为西北进藏部队司令员兼政委。

我寻找她们，从南到北，由东向西。发现从西北进藏的女兵，年龄太小的较少，且大多是在校学生。而她们入伍进藏，必须要经过那漫长的"世界屋脊"。

千余名徒步进藏的女兵中，后来官至部级的为数不多，她算一个。

她叫吴景春，原国家计生委副主任，长期从事中国人口和妇女儿童卫生工作。2006 年春天，我第一次在民旺胡同见到她时，感觉七十三岁的吴景春不像退休老干部。她神采奕奕，思维敏捷。她很少有休息时间，甚至节假日也少闲暇——每天忙于艾滋病的防治工作和国人的健康事业。

当兵进藏的那段往事，她历历在目，如在昨日。

吴景春参军前在校发言

1951 年 5 月 23 日，在古城西安，当广播里传来关于西藏和平解放的消息后，大街上成了一片欢腾的海洋。西北特色的锣鼓声响彻云霄，威风八面。

"那个时候，我是一个刚从陕西省助产学校毕业的学生，在大街上看到那些英气十足的女战士，一个个昂首挺胸，走着整齐的队列，唱着嘹亮的军歌。她们的样子，真是让我们这些青年女学生们羡慕极了。"

"我要当兵，我要进藏！"

这是从一个青年女学生心底发出的声音。那天傍晚，吴景春找到亲密的同学高生玉，说出了这个想法。高生玉当时就激动得跳起来，她搂住吴景春的肩膀兴奋地说："呀！我们想到一块了，我正想找你商量呢！"

她俩经过酝酿，又找了孙汉云、冯克运、王改兰三位女同学，五个人在吴景春的牵头下，首先向学校提出了申请。没想到校领导对她们的行为很支持，痛快地答应了。几个人高兴得一路蹦跳着往家走，大声唱起了《中国人民解放军军歌》："向前，向前，向前，我们的队伍向太阳，脚踏着祖国的大地，……"

然而，没过多久，女孩们进藏的梦想却被省卫生厅打碎了——他们不同意五名助产学校刚毕业的学生入伍进藏。

当时，一直是学生干部的吴景春，已经被分配到省卫生厅的妇幼处，其他四名同学也被省卫生厅分到了西安的一些卫生单位。新中国刚刚成立不久，各行各业百废待举，好不容易培养出来的学生，怎能轻易放走？吴景春得知这个消息后，浑身像被浇了一盆凉水，其他几人也都傻眼了，一时没了主张。

"走，咱们到省厅去！"

吴景春大胆地领着四位同学来到省卫生厅，向上级恳求并陈述理由，但领导就是不同意，反而给她们做了一通思想工作。吴景春再三争辩，省卫生厅接待她们的那位同志冷着面孔转身去做别的事了，不再理会她们。

参军入伍进藏，就像一股不可抗拒的魔力召唤着吴景春，她已经铁了心。从省卫生厅出来时，两个年纪稍小的姑娘已经垂头丧气，孙汉云说："不行就算了吧，看来咱们当不成兵了，去不了西藏了。咱们回家吧。"

吴景春和高生玉商量了一下，决定去找西北局的民委（民族事务委员会）。没想到，真的出现了山重水复后的柳暗花明。吴景春领着几个人来到西北民委，直接找到时任民委主任的汪锋。汪主任听了眼前这个大眼睛姑娘的陈述后，又看了看几个眼神中充满渴望的姑娘，哈哈一笑，大手一挥："好嘛，好嘛，年轻人要求去西藏是好事，应当支持！"

几个姑娘兴奋地冲出了西北民委大院，她们的愿望实现了。

在古城西安，参军进藏的梦想点燃了无数少女的心。然而，她

参加进藏女兵欢送会（前排左起：冯克运、孙汉云、高生玉、吴景春、王政兰）

们的父母大多不希望女儿去那么遥远的地方，一路的艰险是这些未谙世事的女孩意想不到的。有些家长甚至坚决反对。

十八岁的贾瑞梅，当时从西安女中考上了团校。父母得知女儿要参军进藏，坚决不同意。贾瑞梅瞒着自己的家人，和女中的八名同学一起报了名。办完手续后，她被正式批准入伍。父母虽然极力反对，但女儿去意已决，他们只好同意。

十多年前的秋天，我在西安见过贾瑞梅后，又来到了西藏驻西安干休所，见到了贾湘云。这个当年的西北军才女，退休后在老年大学研修中国古典文学，填得一手精美的词，在西安的老年文学圈中，有着较大影响。提起当年，老人淡然一笑，讲了一个鲜为人知的事情。她说她当时正在兰州女中读高中二年级，得知西北部队进军西藏要在学校招女兵，她想都没想就报了名。后来得知兰州女中有十多名同学、校友应征入伍。这主要得益于范明的夫人梁枫，她当时是女中的教务主任。梁枫后来被中共中央西北局任命为中共西藏工作委员会青年工作委员会副书记，随军进藏。

1951 年 8 月 28 日，中国人民解放军第 18 军独立支队，在香日德隆重举行了进军誓师大会后，带着一万多头骡马、牦牛、骆驼，以及其他装备、粮秣，还有大量的文化教育用品、医药器材等物资，浩浩荡荡出征了。

在这支队伍中，有我在北京、重庆、西安寻访到的吴景春、高生玉、冯克运、贾瑞梅、贾湘云。

逃出家门

十二年前，在总政北极寺干休所，我见到一对当年的进藏夫妇——徐永亮和周鼎桐。

那天，进入徐永亮夫妇家门时，眼前的情景让我动容。

七十六岁的徐永亮，当年第18军文工团副团长，正在过道里扶着一位满头白发的老妇人，慢慢地向卧室挪着。徐永亮说这是他的老母亲，已经一百岁。而他的老伴周鼎桐，正躺在病榻上。

周鼎桐

徐永亮

徐永亮对我直言："我明白你的意思，可老伴病得不轻，都是当年在高原落下的病根，没办法，她不便说话。当年我们都是文工团的，女兵们的情况我都了解，她是我老婆，你想了解什么你就问吧。"

徐永亮直接、干脆。谈起当年周鼎桐是如何参军的，他亮开了嗓门儿，讲述了妻子的一段故事：

那年我们18军文工团路过贵州的毕节，我老伴周鼎桐正在读师范，和许多女孩一样，她很想当兵，可她父母不同意。原因是父亲已经年迈，母亲身体不太好，她的大哥到延安参加革命了，姐姐跑到重庆加入了地下党组织，家里还有一弟一妹要她照顾。我这老伴呢，在家待不住，一心想跑出去投身革命。部队决定要她时，当天晚上她都没敢回家，只是从家中悄悄地将牙刷拿出来，跑到同学家睡了一宿。第二天就要离家跟队伍走了，天还没亮，她跑到家门口，对着房子深深地鞠了一躬，说："爸呀，妈呀，女儿对不起你们，女儿走了！"嘴里说着，眼泪止不住地流。后来，我那老岳父岳母看女儿没回来，知道她跟部队走了，十分着急，自己又跑不动，就让一个叔叔去追，她那叔叔追了半天没追上，只好回去了。

徐永亮认为，那年头，真正知道西藏高原气候和环境的人不多，西藏对他们来说遥远又神秘，因此，大多数家长是不容许自己的子女当兵进藏的。但年轻人总是有一股子冲劲和闯劲，他们根本就不知道进藏到底是怎么回事，也不去考虑那么多后果。总之，看到解放军队伍就激动，就想加入。当然，文工团和作战部队还不一样，它对青年学生，尤其是那些天性活泼的女学生，更有吸引力。她们对部队文艺兵充满了向往。

进藏女兵中像周鼎桐这样逃出家门的还有很多。

第18军在泸县招兵时，当地的匪徒到处散播谣言，说什么解放军招的不是女兵，而是去西藏当"慰劳队"的。这些恶毒的流言使招兵工作变得被动。青年学生王坤维，当时是一名地下党员，她和几名同学在党组织的鼓动下报名参了军，加入了第18军随营学校文艺工作队。1950年2月中旬，部队要向川西地区进发，已穿上军装的王坤维请了半天假回家向父母告别，本来对女儿当兵很支持的父亲，突然改变了主意，坚决不同意女儿入伍。

原来，父亲听信了谣言，任凭女儿如何解释，就是听不进去。晚饭过后，他把王坤维反锁在房里，坚决不让她出门。王坤维又气又急，她大声喊叫着，拼命地砸门。弟妹们都不知为什么，吓得跑到了一边。这时，有人来找父亲有事，他出去了一会。王坤维看到天色渐晚，急着归队——再不走就没机会了，她砸开了窗户，跳出来追赶部队。她在暮色中跑到了河边，一条渡船上人快坐满了，她急匆匆跳上船后，船马上就开了，她这才回头看，好在父亲没追过来。

第二天，王坤维和逃出家门的姐妹们，提前离开了泸县。

穿着旗袍追军车

四川的叙永，东接贵州，西连云南，一个青山绿水中的小县城。

1950年春天，第18军文工团开进这里，在叙永县中与学生们进行了一次联欢演出。一个叫宋惠玲的十六岁高中女生能唱会跳，代表学校表演了节目。那天夜里，宋惠玲做了一个梦，梦见自己在学校操场搭起的舞台上，和部队文工团员们一起演出，演着演着，自己也穿上了军装。她发现自己的干娘也在台下，专注地看她演唱，她看到干娘用衣袖擦着眼泪……

宋惠玲

宋惠玲醒来后，发现自己在做梦，被角湿了一大片。

宋惠玲五岁那年，父亲被日本人的炸弹夺去了生命。第二年母亲又得了急病撒手而去，留下她和一弟一妹。宋惠玲被母亲的闺密抚养着，宋惠玲一直叫她干娘。干娘供她读书，教她自立，待她如亲生女儿，而幼小的弟妹分别被寄养在大伯家和另一户人家。

文工团在叙永招兵时，单纯的宋惠玲一直以为招的都是男兵，做梦都想当兵的她，有些失望。招兵期间正好赶上干娘病了，她急匆匆回家照顾干娘。后来弟弟参军入伍了，她为弟弟高兴。那天，她从学校跑来送弟弟，含着眼泪向弟弟挥手告别。就在这时，一辆军用卡车从她身边驶过，她看到卡车上有自己熟悉的同学的身影："那不是18军文工团的人吗？"有个穿着军装的女兵还向她挥手笑了笑。她一下子愣住了，这才明白过来，有同学当上了女兵，自己真是傻，怎么没报名呢？

就在这个时候，文工团出发队伍中响起歌声，她鬼使神差跟着汽车小跑起来。

"不行，我要参军，干娘，我不能向你告别了，我一定要跟她们走！"她心里默念着。她穿着红色的旗袍，不顾汽车加速后扬起的尘土，拼命地追，她想喊停卡车，不知怎的，嗓子就是发不出声来。文工团的演员们以为这个小姑娘因为好奇才追着汽车跑，她长得胖乎乎的，却穿着有些紧身的旗袍，跑动的姿势逗得车上的演员们哈哈大笑。车已经开出县城很远了，那小姑娘还在跑，她似乎没什么力气了，她的身影越来越远。这时，朱子铮团长命令司机停车。

当筋疲力尽的宋惠玲看到汽车停下时，泪水一下子涌了出来，她用尽浑身的气力冲到汽车边。一双双温暖的大手将她拉上了车，泪水、汗水混合着尘土在脸上流淌着，她身边的一位女演员揽过她的肩，她无限幸福地依偎在那位女演员的怀中。

2006年6月中旬的一天，在北京的八一电影制片厂离休干部宿舍区，我见到了当年第18军文工团团长朱子铮和演员江一，提起宋惠玲，老头扬起了八字眉，哈哈大笑起来，说他一生都忘不了那么个场景：一个穿着旗袍追着汽车跑的小胖姑娘。

"当时部队确实需要人，当兵相对容易些，有的时候没法进行一些体检和政审手续。我当时是文工团团长，看了这孩子的大致情况，我点头就算入伍了。像宋惠玲那样的孩子，你如果不让车停下来，她那样跑下去，不累死在路上才怪呢。她那种精神，正是进藏所需要的。那年头，年轻人什么苦都能吃得了，但像宋惠玲那样拼了命追部队的还不多。"

许多年以后，我向宋惠玲老人询问，是否还记得当时追着汽车奔跑的样子，当时要是汽车不停，会不会一直追下去。她说："忘不了，永远也忘不了，如果那车不停，我肯定会一直追，因为我一定要当兵，不管去哪儿，我都要去！"

落选之后

徒步进藏的女兵大多集中在四川、重庆。

仅重庆十二军军政大学三分校和西南军大八分校，就招进了两百名在校生，她们都是经过严格的筛选进来的。落选的姑娘，有的难掩失落转头回家，而有的心有不甘想方设法"混"进队伍，陶平就是其中一位。

1950年4月，奉命在邛崃一带完成剿匪任务的二野工兵12团，很快接到了修建康藏公路的任务。工兵12团是入川后新建的部队，团宣传队成立后需要一批宣传队员。4月16日，团部在邛崃的固驿镇上，面向社会进行招兵面试。

陶平是小镇的一名小学老师，兴冲冲地跑来报名参军。一名主考官看她填写的材料上有"教师"字样时，特意关注了一下。陶平从考官的眼神中看到了希望，她甚至觉得自己很快会穿上军装了，心里一阵欢喜。

然而，体检时陶平被刷下来了。理由只有一条，她的身体过于瘦弱。工兵12团宣传队要求的文艺兵，不仅有文化会宣传，还要体力好，能参加修建康藏公路。陶平当场被淘汰了。这个十九岁的姑娘，性格内向，她悄悄擦着眼泪，沮丧地回到家中。因母亲死得早，陶平在家里外一把手，从学校毕业后当上了小学老师，父亲觉得已经很好了，他不想让女儿出去闯世界，更不想让女儿去天边一般远的地方修建公路。他见女儿当不上兵反而高兴，笑着劝慰女儿。

陶平哭了一夜。就在她断了参军进藏的念头时，第二天上午，已被 12 团录取的同学高竞秋来了，让陶平马上跟她一起走。陶平当时很纳闷，说自己又没被录取，怎么能去呢。高竞秋说："我们都打听了，部队走得急，不点名也不清点人数，也不对号发军装，你去了没问题，走吧！"听了高竞秋的一番话，陶平喜出望外，但她感到有些紧张，要是被发现怎么办？然而，大大咧咧的高竞秋，三言两语打消了陶平的顾虑。

那是一个有雾的早晨，陶平跟着高竞秋来到了邛崃南街，部队正在整装集合，新入伍的女兵们站在一起，穿着各式各样的便装，一位负责这十几名女兵的干部，在陶平身边走过几趟，陶平感觉心脏快跳出来了。高竞秋在一旁掐了一下她的胳膊，意思让她别慌张，干部根本对不上谁跟谁。出发的哨声响起后，她们大大方方地爬上了军队的卡车，当天便跟随部队来到了雅安。陶平从此和宣传队的同志们一起生活、学习，居然谁也没问起这个混进来的女孩的情况。几天后发军装时，管理员发现少了一套，他数了好几遍，终于发现不对劲，于是将新兵喊过去点名查对，陶平这才露了馅。事情马上惊动了团领导，负责宣传队的张主任知道后很生气，要陶平马上回去。陶平急了，她涨红着脸急切地说："首长，我要当兵，我要去解放西藏！"

张主任当时正在气头上，对陶平的行为十分不满，说："你这个姑娘怎么无政府主义？这是军队，不是什么人都能随便进来的。你赶紧准备一下，快点离开吧！"说着转身离开。没想到陶平冲了过去，挡住了他的去路，理直气壮地说："我就是一名解放军了！我有文化，我能吃苦，我不比任何人差，为什么要让我回去？"张主任被陶平激动的样子惊住了，一时竟不知说什么好，但他还是想打发她回去。

谁知这个看上去瘦弱的姑娘却很有主见，给张主任将了一军，她指着驻地附近的青衣江说："如果领导非要我回去，我就跳到青衣江里去！"

团领导研究后，决定留下这个"混"进队伍里的兵。

后来，陶平在部队到达甘孜时调入了军文工团创作室，不久又重操旧业，当过一段时间拉萨分校的汉语老师。西藏军区图书馆可能没有多少人知道陶平这个名字，但陶平是创建图书馆的第一人。谈到图书馆，陶平老人对我说，当时什么都没有，她每天东奔西走，收集各类图书，找领导批这批那，想到自己入伍"不光彩"的经历，她就拼命工作，去弥补这一缺憾。

1951 年的春天，整个川西平原天空湛蓝，河水清澈，岸边绿树成荫，田野麦浪滚滚，菜花金黄，到处是一片生机盎然的景象。

第 18 军文工团自 1949 年 2 月成立后，随大军从江北出发进军大西南，经过近一年的跋山涉水，于新年时到达泸州。

过完新年后，部队进行了进军大西南的总结，王建英所在的文工团女兵分队被评为"铁腿班"。这个听起来有点风趣的荣誉，传递着一个信息——那些从淮海战线上过来的女兵，徒步行军时表现出色。

团长朱子铮对我说，部队接到进藏任务后，客观地讲，一些常年打仗的老同志，多少有点思想上的顾虑。他们本想全国解放了，在这鸟语花香的天府之国扎下根来，娶妻生子过上安居乐业的和平生活，这回又要进军西藏，有的人脑子一下子转不过弯子来。

文工团的官兵大多是年轻人，他们走到哪儿都是一片欢天喜地。"铁腿班"的姑娘们，听说到甘孜这段路还有汽车坐，个个都高兴得不得了，因为一年下来，她们很少坐汽车。那天，王建英和几个兵哼着《解放区的天》一路蹦跳过来，一位老同志见小姑娘整天嘻嘻哈哈的，冷着脸说："你们乐吧，唱吧，以后有你们哭的时候。"王建英转头问为什么，老同志说："甘孜往后没有路了，天天要爬大雪山，看你们到时怎么办！"王建英这才明白过来，冲着老兵说："大雪山有什么？你们能爬我们就能，我们是'铁腿班'，到时候咱比一比，哈哈哈！"

开朗乐观的王建英，是团里爱出风头的活跃分子。

进藏出发前，全体人员都检查了身体。文工团有四五个人身体素质不合格，不能进藏，这其中就包括"铁腿班"的王建英。那天，朱子铮团长找王建英谈话，当朱团长告诉她，她有高血压不能一同进藏时，她一下子从凳子上站起来，激动地说："团长，不行，不可能，我身体好好的，吃得香睡得好，怎么可能呢？我一定要进藏！"

第 18 军文工团"铁腿班"

经过几次说服工作，王建英仍然无法接受留在后方的现实，在她眼中，这简直就像宣判她死刑一样。王建英天天找领导，她一再表示自己决不会拖后腿，一定会再次被评为"铁腿"，无论进藏有多大的困难，她都会克服的，哪怕是死也要死在西藏。她在团长政委面前激动得哭了起来，后来经过领导和医生反复做工作，一再讲明有高血压的人在高原上很危险，王建英才带着失望的情绪留在了后方。

部队出发前的誓师大会上，王建英站在离操场远远的一棵树下，看到女兵战友们昂首挺胸地站在那儿，和大部队一起喊着震耳欲聋的口号，她泪流不止。她扭头跑到了宿舍，趴在床上大声痛哭。

2006年初秋，我在北京见到了年过七旬的王建英，谈起当年没能进藏，老人虽然笑谈往事，但从她那眼神中，仍然能看到一份岁月难掩的遗憾。

第二章　负重行军

　　川藏线盘桓在莽莽的西藏高原，沿途雪山连绵、深沟峡谷和飞湍急流构成了世界上罕见的平行岭谷地貌，这就是所谓的横断山脉。加上冰川、泥石流、地震、暴雨、洪水等复杂恶劣的自然因素，行军难度不可预测。

　　那些活蹦乱跳的小姑娘，满怀豪情与梦想跟着队伍进来了。从第18军军部所在地乐山的新津、训练营的所在地邛崃到西北独立支队会合地西宁，千余名英姿飒爽的女兵们出发了。她们有的连西藏在什么方向都没搞清楚，谁也没想过进军西藏的路上会遇到怎样的困难。

　　爬不完的雪山，趟不完的冰河，望不尽的天涯。

刚柔之肩

　　从西藏回来的人，会有这样的感受，那里天蓝、山高、水清、人爽，但空气却很稀薄。人到了那儿都会有不同程度的高原反应：头痛、胸闷、恶心、口干舌燥，因缺氧而呼吸困难。内地人如心脏不好、血压高、身弱体虚，最好别去。

人在青藏地区，一旦有了高原反应，即使是在平坦的地方，都会感到呼吸困难。

进藏的女兵，无论年龄大小、高矮胖瘦，负重行军是每一个人必须面对的现实，谁也免不了。

见到李俊琛，是 2006 年春的一个上午，在西四环北太平路铁道兵的西院里。确切地说，她是我在北京寻访到的第一位进藏女兵。

七十一岁的李俊琛，又名"李头"，这是当年文工团进藏老兵们对她的一致称呼。

我问她这"李头"是什么意思？老人说："好记呀，我的真名李俊琛有些拗口，当然可能和当时个头低有关。行军呀排练呀，我总是在队伍的最前头或最后头，所以大伙就这么叫了。"

后来，我从别的进藏老兵口中得知，"李头"这名还有别的意思。就是她虽然个头小，但修路背石头这些吃苦头的事，她敢打头，开会发言讨论她也敢当头。所以，大伙不再叫她真名，几十年来都叫她"李头"。

"进藏时对你来说最大的难题是什么？"我问李俊琛。

"负重！"李俊琛毫不迟疑地回答我。

"当年你才十四岁，能背多重的东西？"

"四十斤，至少得四十斤。

"那时候，我十四岁多点，真是个懵懵懂懂的小女孩，一个地地道道的娃娃兵。站在队伍中，前面如果有一个稍大个的人，就会像一堵墙一样把我完全挡住，但作为一名军人、一名文工团员，我根本就没觉得自己是个小孩。虽然，领导，包括一些大点的男兵，都是尽量让我少背点东西，可怎么少也要背行军包、干粮、武器装备，还要背乐器和演出用品，每个人怎么着也得有四五十斤。大家都要背，你不背就得别人背，我不能跟男兵比，但其他女兵能背多少，我就背多少。那时候，年龄虽小，但就是不愿意落后。

"开始还好些，爬过一座雪山后，明显感觉不行了，高原反应明显出来，由于负荷太重，行走时感觉自己身上一阵阵发紧，感觉人要往地下陷。大家都艰难地张着嘴喘气，嘴唇发紫，面色苍白。再后来，过了几座雪山，行走更困难了，许多人吐出的痰都是粉红色的。随行的医生说这是由于缺氧引起的肺出血症状。但当时既无氧气袋，又少药物，只能做一般的抢救，有的战友走着走着就倒下了。"

曾两次进藏的女兵安佩回忆道："从甘孜刚进发时，我们这些小女兵尽管背着几十斤重的物品，但个个精神饱满，恨不得一口气跑到拉萨去。但每天几十里复杂的山路走下来，背上像压着一块大石头，腰间捆着的米袋子里装着银圆，像铅块一样直往下坠，当时的感觉就是恨不得全部丢掉，可这些都是我们缺粮时向藏族人民买粮的保命钱，再苦再累也得背上。除了头晕胸闷，就是头上爬着虱子，脚底打着血泡，头上痒，脚底痛。"

在北大校园里，一头银发的陈惠婷老人，说起负重行军，她感慨万端，那种滋味现在想来都让她感觉难受。她和老伴苏流当时刚结婚不久，苏流是52师手术队队长，她是医护队的成员，这对新婚小夫妻加入了先遣部队。接到攻打昌都的任务后，手术队几个女兵每天背着药箱跟着部队急行军，沉重的包袱使她们的双脚打飘腿发软，一阵猛跑下来，心脏被压得要爆炸一样，呼吸十分困难。

"要知道，那些先头部队都是能跑能冲的指战员，他们跑起来真是不要命啊。我们怎么办？没办法，又不能掉队，只能拼了命地跟着跑。当时只有一个信念，不管怎么样就是必须跟上大部队，只要不跑死就得跟上，不跟上就掉队，谁管呢？当时先头部队打昌都可没有后方收容队，要是跟不上趟，一个人落在茫茫雪原，后果真是不堪设想。"

陈惠婷老人坐在凳子上，向我回忆当年行军时的感受时眉头一直紧锁着。她似乎还置身在当年的行军路上。

文工团有大量的演出道具，无论男女都得承担。团长朱子铮说，看到那些十五六岁的小战士背着沉重的物品，心里很不是个滋味，真想给她们全卸了，可没办法，那些骡马身上的负重也已经到了极限了，它们倒下了，后果更严重。

陈惠婷

章道珍，江苏南京人，十五岁那年因唱了一首战斗歌曲，被第18军文工团招入队伍中。回想起当年进藏负重行军，老人说，当时她在腰鼓队中，除了要背所有个人物品外，还要背公用的一些乐器和竹竿。其中最麻烦的就是腰鼓，那又圆又扁的腰鼓，要像挎书包一样斜挎在身上，还要不停地

章道珍与安佩

换肩膀，每走一步它就会向胯骨部敲打一下，道路不平时敲打的轻重缓急不一样，一段山路下来，她们的胯部都被那腰鼓给敲打肿了。上山时，那腰鼓和肩上扛的竹竿，真想扔下，但腰鼓要演出用，竹竿是部队准备进入拉萨时，打红旗用的。这些东西，在负重行军时确实成了最大的累赘。章道珍说，那时候，好不容易爬上一座山头，还没来得及喘气，发现前面还有一个山头，再拼着命地爬上去，还有一个山头……到底哪儿是山顶，战士们已无力再爬，一些同志几乎绝望了。横断山脉就是那样。真是"看山跑死马，山外总有山"。

在整个徒步进藏队伍中，她是最小的一名女兵，当年入伍时才十岁。

很难想象，一个十岁的小姑娘，她在行军中会是个什么样子。她叫刘莉，在队伍中显得那么矮小，最小号的衣服穿在她身上，如同登台唱戏时穿的长袍马褂。行军途中，她跟着队伍一路前行，背包虽然比别人轻些，但背在她肩上的行李，却格外醒目。小刘莉倔强地跟着走，但她毕竟是个娃娃，有时候让她骑马，她还不肯骑，实在走不动了，她才骑一会，或者拖着马尾巴借力前行。

七十年的时光从雪域高原穿梭而过。当年的小女孩，已经八十岁了。不久前，我在成都见到刘莉

十岁的小女兵刘莉

时，发现她的精神状态要比大多数老兵好许多。可能是因为她本来就比其他进藏女兵年轻些吧。

"炮筒子"姑娘

甘孜，川西的藏族自治州，位于康巴地区，古为羌地，唐属吐蕃，一个有着"歌舞的海洋"的美誉、孕育《康定情歌》的地方。1936 年，红二方面军、红六方面军曾在这里与红四方面军会师，从这里向陕北挺进，完成了两万五千里长征。

这片广袤的土地上，高山耸峙，江河奔流，湖泊如宝石般散落于高原草甸之上，是内地与边疆连接的纽带、藏汉民族友好交往的桥梁，也是汉藏商贾往来频繁的商贸重地、兵家争夺的军事要地。

部队进入甘孜，就进入了真正的高原地域。海拔 3000 多米，空气稀薄，缺氧明显。那些一脸稚气的姑娘们，分散在军直部队和52、53、54 三个师的队伍中，她们将从这里跨过地形奇特的横断山脉，翻越无数座终年积雪的高山，趟过无数条寒冷刺骨的冰河。

跟随军前指挥部最早来到甘孜的女兵时钟曼，是一名军机关的收音员，每到深夜负责抄收中央人民广播电台的新闻，第二天就把新闻印在小报上，发给部队，让进藏将士们及时了解国内外大事。

她是少有的几个现在居住于东北的进藏老兵之一。当年的安徽姑娘，现在是一口地道东北腔。

时钟曼这样评价自己：在进藏路上，她是一个敢说敢干还有点调皮捣蛋的女兵，是军直机关有名的"炮筒子"。看到不顺眼的事，不管是谁她都要说。哪怕是军长、政委，有什么让她看不顺眼的，她也敢说。一次一位领导骑马行军时间稍长，时钟曼便在队伍中大声嚷起来。有人劝她小点声，哪知她声音更大了："领导要为我们

时钟曼

做好样子，张军长一直自己走呢，他也应当走呀！""炮筒子"的话一直传到那位领导耳边，那位领导果然下了马行走了。

部队在甘孜集中的日子里，为了让大家更好地适应高原环境，军长张国华号召全体进藏部队在那里强化训练。先从吃喝开始，内地人大多吃不惯藏族人民的牛羊肉，喝不了牛奶、酥油茶。因为驻训，依托当地相对充足的补给，前指部队开始了适应藏族人民饮食的训练。

这是第一关，无论男兵女兵，都得适应。一些女兵刚开始闻到酥油茶的味就捂鼻子，有的喝下去，很快就吐了，就差把肠子吐出来。时钟曼则很快适应了藏族人民的饮食。在甘孜两个月，十九岁的姑娘闭着眼睛喝牛奶、喝酥油茶、吃牛羊肉，身体就像吹气似的胖了起来，大家开玩笑称她为"水桶"。军长张国华在后方进藏部队作报告时，把时钟曼作为适应高原生活的典型向大家介绍。

接下来，进行负重行军训练。在队伍中，每个人都往自己的背包里装上石头，增强爬高山的耐力。时钟曼争强好胜，为了在进藏路上不掉队，她每天晚饭后从山上的政治部驻地下山，到甘孜河边背水。她觉得这既能让自己得到锻炼，又能为炊事班和房东老阿妈家做好事。从山上到山下的河边足有二里地，开始她只能背半桶水，一路上跟跟跄跄，中途要歇好几回。到驻地时，桶里的水也晃得差不多没了。炊事班的老班长和房东老阿妈都劝她别背了，但她一直坚持背，半个月后，她能将满满一桶水从山下的河边背到山上，一路只歇一两次脚，呼吸也均匀流畅了。小姑娘的做法乐得老阿妈合不拢嘴。

经过这样一举两得的训练方法，时钟曼感觉身体轻了许多。腰部的肉明显减少，但觉得很有力气，两条腿儿很结实。时钟曼的经历在部队传开后，她再次受到了军首长的表扬。

这种自觉训练，对她徒步进藏负重行军大有益处。时钟曼说，她很珍惜在甘孜的那段驻训时光。后来进藏的女兵们，很少人有她这样的机会进行有素训练，注定要在进藏途中遇到更大的困难。

巾帼不让须眉

从川西出发一直到拉萨，负重行军四千多里，别说高原上恶劣的气候，就是在平原行走，无论你是男人还是女人，能坚持下来都很了不起。

在西四环一个叫大拐棒的胡同里，我见到了李国柱——老人站在楼道里挺拔的身姿让人立刻联想起她的名字。

李国柱，一个响当当的男儿名字。她和丈夫阴法唐被许多进藏老兵称为

李国柱

"西藏通"。她认为这样的评价是缘于自己一口流利的藏语，那是当年在西藏江孜一带工作时打下的基础。

千名女兵徒步进藏这段被忽略的历史，这批散落在全国各地的老兵，之所以再次得到关注，与李国柱多年来努力收集资料、组织活动密切相关。

在进藏途中，这个来自重庆市郊歌乐山的姑娘，不仅身强体壮，而且有着顽强的意志品质，做什么事她总是要和男人们比一比。

"李国柱挑炭"的故事，曾在她所在的进藏部队中广为流传。

那是为进藏部队运送的一批物资，其中有两筐八十多斤重的木炭，李国柱主动要挑，分管后勤的一位老同志说："你一个小姑娘，怎么能挑得动呢？还是让那些小伙子去挑吧。"

李国柱二话没说，将木炭挑起来就走。老同志看了"呀"了一声说："这姑娘还真是有劲！"几十里的路，李国柱开始还好，挑着挑着便觉得肩上的分量越来越重，呼吸也越来越急促。她换了一下肩，继续前进，渐渐落到了队伍的后面，后来腰压得直不起来了，但这倔强的姑娘就那样弯着腰硬是将木炭挑到了目的地。

放下担子时，她坐在地上半天没起身，大伙都逗她说，今晚演个"李国柱挑炭"的节目。后来，这件事在进藏部队中被一位文艺战士作为素材编写进剧本里。

在修路施工的日子里，她扛石头时一次次和男兵较劲，肩上背上磨出了血泡，常常青一块紫一块，她满不在乎，后来竟落下了病，如今一到阴雨天肩膀、后背就会酸痛。聊起当年的往事，李国柱说当时很年轻，不觉得苦和累，干活也不知道用巧劲，和男同志比试时，虽然开始还可以，但后来就强作镇静咬牙坚持，从工地下来回到帐篷，浑身像熟透的柿子一样软瘫了下来，由"英雄变成狗熊"。说到这里，她发出了爽朗的笑声。已故女兵崔芳敏曾在回忆录中写道："在行军途中，李国柱比我小，她身上背的本来就比我们重，可她见我吃力，硬是将我的雨衣和毛皮鞋拿去加在她的身上。在那种特殊的环境下，她对我的照顾使我终生难忘。"

在进藏的女兵中，说起行军、筑路时负重，李国柱确是名副其实的"巾帼不让须眉"。

她叫于俊娥，一个来自山东临沂的"女汉子"。

2006年7月的一天，成都酷暑难耐。在浆洗街的桥边干休所，我见到了于俊娥。见面后，老人先与我拉起了家常，问我是哪儿人，年龄多大了，做什么工作……一个下午，她用浓重的山东老区临沂口音，讲述了她的故事。

于俊娥

从成都回来后，我的脑子里时常浮现出老人的身影。她那被砸成重伤的胳膊总是在不停地颤抖，她双手抖动捧着一块西瓜送到我跟前，这情景从未因为岁月的流逝而模糊。

1948年，于俊娥从山东沂蒙老区的沂水县入伍，在淮海战役中她是后方医院的卫生员，专门为伤员清洗伤口。由于天生身高力大，两名护士抬不动的伤员，她一人就轻而易举地背起、抱起。当时她还是十六七岁的小姑娘，对前方受伤下来的战友从不嫌脏。大部队渡江后，她来到二野后勤卫生科，后几经调动转入二野后方支援司令部雅安办事处。第18军在岗托建立兵站时，于俊娥随同进入，为进藏部队运送粮食、被装。这个"女大力士"在进藏路上有着许多让人感叹的故事，并荣立过二等功。

行军中为了帮助战友，她一人身上背过上百斤重的物资。一次后方汽车营在抢运行军物资中，于俊娥与几个男兵较起劲来，进行扛米比赛。开始是每人扛两袋大米，每袋五十斤重，从仓库里扛到外面的汽车上，大约三百米距离。几个回合下来，她与几名对手不相上下。这时她要求在库边上米的搬运工往自己背上加一袋，这样她就要一次扛一百五十斤重的大米，几名男兵怎么甘落下风，也要求扛三袋。她连走带跑，几个来回下来，将几个对手拖得东倒西歪，个个自愧不如。在场的人无不佩服这个山东女大力士。这一回，她扎扎实实为女人长了一口气。

岗托，坐落在西藏金沙江西岸。从川西出发的进藏部队都知道这一兵站，但很少有人知道这里有个叫于俊娥的女兵。于俊娥在这里每天倒腾着运来运去的粮食和被装。由于公路没有修通，在岗托兵站，各种物资堆积如山，部队便在江边搭起了一个没有门的临时大仓库。仓库里面的米面必须要定时拆包翻晒，否则会发霉。

1951年10月初的一天，兵站几十人都在仓库里忙着翻粮，于俊娥和往常一样，钻到最里面翻着最下层的粮食。忽然从江边方向传来了呼喊声："仓库倒啦！仓库倒啦！"只见仓库向江边方向慢慢地倒去，里面的人纷纷向外跑，"咔嚓"一声巨响，整个库房全部扑倒，一根粗粗的木棍连同树枝泥土砸在她的身上。当人们把她扒出来时，她的脸血肉模糊，已经昏迷过去。曾在淮海战役中抢救、清洗过无数伤员的女战士，这回终于轮到别人抢救她了。他们把她抬出来清洗时，发现她的下腭右边被砸出一道足有二寸长的口子，右小臂上的口子足有五寸长，鞋子没了，衣裤上满是鲜血，她的心跳很微弱。

于俊娥当时已经怀孕近四个月，后来发现最为严重的是她的骨盆也被砸伤了，掀开衣服一看，整个后腰的颜色像冻坏的紫茄子。过了一会儿，她醒来了，身体无法动弹，血还在流。兵站没有止痛药，没有医疗设备，伤口得不到缝合。去甘孜没有公路，要翻数座大雪山，抬着她要走十几天才能到。丈夫在外线兵站数日未回，大家只能眼睁睁地看着她干着急。

出乎所有人意料的是，于俊娥就这样躺在床上挺过了鬼门关，第二年春天，居然生下了儿子"小岗托"，创造了一个生命奇迹。后来西南军区一位记者听说了这件事，采写了一篇关于于俊娥与"小岗托"的通讯发表在《解放军文艺》上，部队指战员争着传阅。

1959 年，经西藏军区总医院门诊部拍片检查，那次事故造成她的骨盆骨折后畸形愈合、左腿动脉畸形等伤害，于俊娥被评定为二等乙级残疾。

于俊娥和儿子"小岗托"

那天，我见到于俊娥老人时，由于她左腿麻木，行动十分困难。右小臂因为麻木，手总在不能控制地抖动，吃饭拿不住筷子。但在交谈中，老人却显得十分开朗乐观，声音也很洪亮。她说不知为什么自己的二等乙级残疾军人证到了地方后被降了一级，变成了三等甲级。她说好像是地方上的同志看到她精神状态挺好的，头脑很清楚，说话也挺好，就给降了一级。我问老人为什么不去找，她说自己行动不便，老头子又是个老实人，不愿意去找。她还说组织上已经给了她不少荣誉，好歹保住了一条命，后来还生了几个孩子。"虽然受了不少罪，可比起那些在进藏路上牺牲的同志，比起那些为修路掉进江里牺牲的战士，还有什么想不通的呢？"

第三章 雪域

连绵的高山银装素裹，白茫茫一片。

那些很少有机会见到雪的南方女战士置身于雪国世界，个个欢呼雀跃。一个从没见过雪的南方女兵，轻轻地捧起一团雪放在手心，送到嘴边舔了下，尝尝是否甜，尔后边走边看它慢慢融化。

随着行军的深入，女兵们连续在雪地里行走、宿营，视线里总是一片白色，分不清地平线在哪儿，所有的生命被冻结着，世界异常寂静。她们渐渐感觉这雪不再那么美好，那种诗情画意日渐淡去。

从甘孜出发，一路经过近二十座海拔 5000 米以上的大雪山，看到身边的战友一个接一个倒在了雪岭中，安详、静默、纯洁……雪曾带给她们的这些美好感受荡然无存。她们感受到了高原雪的残酷，它无时无刻不在威胁她们的生命。

雪盲 雪窝

见到李宁是在成都南郊的一座山上。她的牙齿脱落了许多，眼神不好，但头脑清楚，思维活跃。

她当时坐在疗养院的床上，正看着一张报纸，几乎把脸贴到了

艰难的雪山行军

报纸上。她既不是深度近视，又没患白内障，也不是因为老眼昏花。原来，她的眼疾正是当年进藏路上两次得雪盲症落下的病根。

和许多女兵不一样的是，李宁当初从上海进藏前面临另一个选择。她的姨父郭影秋是中国人民大学的校长，新中国刚刚成立不久，国家需要大量的人才，郭影秋想到了在上海的聪明好学的外甥女，想让她来人民大学读书。李宁当时犹豫过，在校学习一直拔尖的她很想去读书，家人也觉得这是个难得的机会。但李宁经过一番思考，选择了进藏，她认为，进藏今生可能就这一次，读书的机会还会有。重要的是，她和千千万万年轻人一样，向往加入革命队伍，愿意到西藏那块神秘的土地上接受洗礼。

雪盲是什么？李宁说，没有在雪域高原长途跋涉的人是无法理解的。人长期在雪地上行走，目光一直在雪面上，眼睛一直被雪光照射，走着走着眼睛开始流泪，有刺痛的感觉，先是眼前一片红光，接着便模糊一片什么也看不清了，这就是患上了"雪盲症"。部队进藏前给每人都配发了防风镜，但一路风餐露宿，摸爬滚打，许多人的风镜有的摔坏了，有的丢了。起初，一些女兵患上雪盲症后不知怎么回事，在雪地上闭着眼睛不知所措，急得团团转。出现雪盲，只能闭着眼、流着泪、忍着痛跟着队伍走。尝到了雪盲的厉害，大家便开始小心起来，有的觉得风镜不太管用，就在上面涂上墨汁；有的风镜坏了，就用帽子盖住自己的眼睛；有的干脆就用头发挡在眼前。李宁说，爬那些海拔5000多米终年积雪的高山时，稍不注意就会得雪盲。当时患上雪盲是常事，也并不可怕，轻的休息几个小时能好，重的一两个星期也能好，但要是连续患病就会落下病根。当时年轻，得了病好起来也快，自己根本就不当回事。

在积雪很深的山腰上，得加倍小心，除了预防雪盲症，还得防止掉进那看不见摸不着的雪窝里。雪窝，说白了就是路边一个大坑上面覆盖着一层厚厚的雪，下面就成了雪窝，也就成了雪陷阱。

在重庆的杨家坪，我找到了当年从西北进藏的冯克运。和李宁一样，冯克运因为当年患雪盲症眼睛受到了损伤，读书看报都得用放大镜。除此之外，冯克运当年还因为捡一块牛粪不慎掉进了雪窝中，由于雪窝太深，她无法爬上来，差点在下面被闷死或冻死。后来队长赶到，用一根绳子将她拉了上来。

冯克运说那时的牛粪可比黄金值钱，一路上没柴火，牛粪可管大用了。她当时见到一块大牛粪兴奋得什么都忘了，朝它直奔过去，在抓到牛粪的瞬间，人突然掉进雪窝。她在雪窝里使劲地呼喊，但嘴和鼻子都埋在了雪里，声音很微弱，要是来人再晚些就完了。那根绳子抓到手里时，冯克运的身子已经冻得麻木了。当战友们把她从雪窝里拉上来那一瞬间，她感觉就像是从地狱中爬了上来。当冯克运像个雪人似的"回到人间"，战友们发现她的另一只手里居然还攥着那块牛粪。

老人说现在眼睛到冷天时就流泪，见风也流泪，阴雨天两条腿的关节会疼得发木，平时稍坐久点也会不听使唤。

我采访过的所有当年进藏的女兵，几乎没有一个关节好的，这就是所谓的高原病。在北京，我见到了后来成为女作家的刘延，老人精神矍铄，思维敏捷，谈吐优雅，可惜她的两条腿已经不能弯曲了，上下楼只能直直地挪着走。医生说不做大手术只能这样拖着。老人说她不敢轻易做，一旦做不好就瘫在床上了，等有一天实在拖不动了再说。

一个叫张世琏的女兵，我一直没见过她。老兵们讲，她在进藏路上翻越瓦合山时，因山上的积雪太深，她的一只鞋子掉进了雪窝里，为了不掉队，她只穿着袜子跟着部队走。同伴战友王蓉翰要从背包里拿出鞋子给她，她坚决不同意，生怕自己掉队又影响战友掉队。就那样一直走着。不幸的是后来她因脚冻僵了又掉进一个雪窝里，她从此落下了终身残疾。

张世琏，您在哪里？

雪梯　雪被

俗话说："上山容易下山难。"这一点，在高原行军的女兵们体会更深。费尽所有力气爬上那些海拔5000米以上的大山，下山是又一道难关。如果下山的路没有人走过就只能自己摸索着前进，深一脚浅一脚没个准。趟一条下山的路，人马很容易摔跤，跌入很深的雪窝、雪谷，险情难测，这种情况下人和马都可能出现伤亡。如果前面的路有人走过，尤其是大队人马过去后，同样十分危险，整个山坡的积雪被踏成一道冰道，又光又滑，像雀儿山、丹达山、冷拉山等这样陡峭的高山，从山顶向下看，深谷不见底，人、马下山时稍不注意便会滑倒，轻则摔得鼻青脸肿、肌肉拉伤，重则断胳膊折腿，有的甚至当场牺牲。但没有别的办法，女兵和男兵一样，下山时常常在雪坡上连人带马一起下滑。坚硬的滑道容不得你一步一个脚印地前行，只能摆好姿势，将背包光滑的一面贴着雪面，"呼啦"一下像坐滑梯一样下去，这就是雪梯。

睡的是冰床，盖的是雪被！这是对女兵们雪域生活的形象描述。

要越过海拔6000米的雪山，其艰难程度更是无法想象，所有由川藏路进藏的将士们都领教过它的厉害。从山脚下抬头望去都让人直打寒噤，但再高的山总得要过去。

她们早听说有过两名警卫战士牺牲在山顶上。曾昭琼、郑家玲几个女兵跟着部队爬上一座雪山的山顶时，天色已晚。由于下山时又遇暴风雪，无法冒险乘雪梯滑下去，加上队伍疲惫不堪，每个人的体能都已消耗到极限，只能在西边山腰宿营。姑娘们撑起帐篷一头钻进去，呼呼大睡。几个女兵的帐篷半夜被大雪压塌了，居然全然不知。一觉醒来天已大亮，她们一个个从雪堆里钻了出来，看看对方，伸出舌头，居然大笑起来，说这一夜睡在雪被里还挺香。

在李俊琛家中，她向我讲了两次在雪地上宿营的故事。那一次爬冷拉山，她和几个小战士累得都快瘫了，天快黑时要宿营休整，她们几个小女兵搭的帐篷不够结实，刚躺下不久山上就刮起了大风，呼啦啦的，眼看帐篷就要被卷走了，几个瘦小的女兵拼命拽住绳子，好不容易才把帐篷拉了回来。快天亮时帐篷再次被大风刮跑，但因为太累，她和另一名小女兵睡得太沉，还不知道别人在忙着追帐篷。还有一次，睡到半夜时突然觉得身上被什么东西压得喘不过气来，她稀里糊涂地以为自己在做噩梦，醒来才发现帐篷被大雪压塌了。当她们从帐篷里钻出来时，暴风雪正劲。旁边许多帐篷都被雪压塌了，还有的帐篷被风刮跑了，几个战友正忙着追……几十年过去了，她们早已远离了那些令人生畏的高原暴风雪，但暴风

川藏路上难得的开阔地

雪却常常进入她们的梦里。李俊琛说，现在有时睡觉被子盖厚了点，就会梦到帐篷塌下来；睡觉前听到外面刮风，会梦到睡在高原雪地上，听着外面吼吼的风声……

每一个当年进藏的老兵都会有这样的经历。江一告诉我，当年进藏路上，她是分队长，总是起得早，文工团的同志们常常宿营在山坡上，白天都累得快瘫了，夜里钻进帐篷就睡。天亮起来一看，战友们的睡相都不老实，有人的脚伸在外面雪地上，有的大半个身子蹿到了外面，看了又好笑又心疼。

雪歌　雪舞

在位于北京公主坟的海军干休所见到她时，我无法将眼前的老人和当年红遍西藏的女文艺兵联系起来。她当年的英姿与活力透过

黄崇德

相片跃然眼前，然而谁也逃不过岁月的风霜雨雪。她就是歌舞、戏曲、曲艺、歌剧、话剧样样精通的黄崇德。

她安静地坐在我面前，声音永远是平静的，叙述永远是舒缓的，时不时地咳嗽几声。

提起黄崇德，第18军文工团的老兵无不为之感慨。从内地出发，一直到拉萨再到喜马拉雅山脚下，听过她歌声的人都会由衷赞赏：太美了！

"我是一名'老运动员'了！"黄崇德幽默了一句。我看见她的脸上掠过一丝苦涩的笑。

由于父亲是国民党军队的军官，注定了她一生命运坎坷。"运动"频发的年代，她一次次受到冲击。

因能歌善舞，黄崇德在文工团中被大家称为"半台戏"。她向我讲起了行军中一些关于雪的故事。

一次，部队翻越海拔6000米的大雪山，快到山顶时，由于积雪太深，风又大，大家的体能透支到极限。领导让文工团队员给大伙鼓鼓劲，黄崇德的嘴唇已发紫，呼吸很困难，但她坚持要为快要登顶的战友演唱。一名体力好的男队员打完一段快板，黄崇德便接着唱歌。大风卷起雪，一团雪在黄崇德张口唱时进入她的嘴里，她在换气时将雪咽了下去，喉咙受刺激，呛得直流泪。但她必须将一首歌唱完，战友们以为她哭了，被她的精神深深地感动。她含着"泪水"在风雪中唱着，她的歌声，给精疲力竭的战友们注入了力量，他们顺利登上山顶。

女兵们说，在行军中文工团演员们总是露天演出，她们就把雪山当舞台，蓝天作大幕。一次演唱《白毛女》时，天突然下起了大

黄崇德在某次行军途中演唱

雪，她们的头上落满雪花，不用化妆；又一次在演唱歌剧《刘胡兰》选段时，唱到"数九寒天下大雪"，飞舞的雪花成了天然布景。

　　一位参加筑路的女工兵回忆说，在天寒地冻的工地上，成年累月看不上电影，听不到音乐，文化生活基本与她们无缘。一有剧团来慰问演出，大家都喜出望外，奔走相告。记得有一次放电影，电影名字叫《攻克柏林》。那天晚上下着大雪，放映员用雨布盖着放映机放电影。地上全是积雪，不能坐，大家就披着雨衣在一个山坡上站着看，雪越下越大，但没有一个人愿意离开。有位首长担心大家受不了，问大家雪下得这么大还看不看，大家异口同声地回答要继续看。看完电影时，女兵们的两腿都站僵了，这才算真正过了一把瘾。

当年被周总理称为"工程艰险，意义重大"的川藏公路，战士们修到矮拉山时，面临着极大的挑战。矮拉山并不矮，海拔接近5000米，山高坡陡，风大缺氧，气候多变，人罕鸟绝。

1952年9月，进藏路上的西南军政大学第八分校文工队奉命上山慰问演出，队长徐容一声令下，游青淑、谢正芳、黎秀实等一帮女兵欢呼雀跃，恨不得一下飞上山去，为筑路部队唱歌跳舞。而在山上施工的战士们听到晚上文工队要来演出的消息，一个个兴奋得像过新年时的孩子，可见常年在雪山里筑路的战士们文化生活的贫瘠。女兵们经过紧张准备后，背着沉重的行李和演出道具奋力向山上攀登。上山后看到野人似的战士们，女兵们一扫疲惫，迅速搭起简易舞台。

天还没黑，部队提前收工。战士们坐在各自的背包上伸着脖子等待演出开始。女报幕员上台还没张口，台下就是一片热烈的掌声。他们表演了男女声合唱《开山炮》，扬琴独奏《将军令》，舞蹈《小车舞》等节目，台下掌声经久不息。在表演《骑兵舞》时，台下突然一阵喧然大笑，队长徐容从侧幕一看，原来是一个男演员因用力过猛，裤腰带绷断了，不得不一手提着裤子，一手做着动作。那演员继续认真地跳，他越是认真样子就越滑稽，战士们笑得前仰后合。队长徐容开始有些着急，后来自己也被这特殊的场面所感染了，没想到演出"意外出丑"却收到了意想不到的效果。

后来，几个女演员正跳《采茶扑蝶》舞时，突然刮起大风，掀起了幕布，吹灭了汽油灯。大家拉住了幕布，点上了备用的酥油灯，继续演出。这时，天下起大雪，一会儿雪花夹着冰雹一起袭来，越下越大，台上开始湿滑，怎么办？是继续演出还是撤下来？看到战士们一个个坐在那儿岿然不动，所有演员都被感染了。队长徐容大声说："我们继续演，一定要演好！"最终，全部节目在风雪中演完。

雪山　雪山

什么是横断山脉？《辞海》中有这样一句解释："川滇两省西部及西藏东部南北走向山脉的总称。因横隔东西间交通，故名。"

而川藏线上对"横断"有更好的注解。横在面前的一座座大山，经过怒江、金沙江、澜沧江等水系无数年的冲刷，沟壑越来越深，山越来越高，就像伸出的手张开一样，指头像山脉，指缝是看不见底的深谷。

从川西入藏，第一座标志性的山就是二郎山。这座所谓的"高呀么高万丈"的山，开始确实让女兵敬畏了一阵，但到了高原地区，翻越了真正的高山，海拔不足 4000 米的二郎山实在算不上什么了。"如果都像二郎山那样，进藏就成了我们来找旅游的感觉了。"有的女兵开玩笑说。

那么从甘孜徒步出发至拉萨，这一路上 4000 米至 6000 米的雪山到底有多少座？女兵们不知道，也没有人准确地统计过。我曾就此问题采访过当年的侦察科参谋王贵，王贵也只能说出中路的数字。他说这要看从哪个方向走了，从昌都向拉萨进发有三条路，分别是北路、中路、南路。

当时军长张国华、政委谭冠三率领军前指走的是北路，这条路相对平些，翻越的 4000 米以上的雪山少些，但过了丁青一带便进入了"无人区"，行走十来天看不到人烟。由于草场多些，放牧较为方便，许多骡马帮和商人愿意走这条道。

第 52 师副师长陈子植、副政委阴法唐率领部队和军文工团六队走中路。这条路大雪山就多了，它是过去西藏地方政府的官道。全程直穿横断山脉西半部和念青唐古拉山脉的崇山峻岭，几乎每天都要翻山越岭。当年二十来岁的王贵，曾随那支奇兵小分队，在队伍进藏前就把整个中北南线的路探了个遍。中路连他们想起来也很可怕。这条线上，海拔 5000 米以上的大雪山就有十多座。其中丹达山是山中之最，资料上几乎都记录其海拔为 6300 米，但王贵认为稍有夸张，他认为确切地说是接近 6000 米。

丹达山，藏名又称"夏贡拉"，也叫"东贡拉"。这是进藏途中的第一大雪山。

在清朝乾隆年间，就有关于丹达山的许多记载。

在丹达山脚下，有个叫丹达塘（藏名为乌金丹达）的小村子，只有十余户人家，但这个小小的村子里，有一座庙。庙虽然小，却是个汉人庙。里面供奉着一个死于清朝乾隆年间的汉人。汉人姓彭，是个粮饷官，当年从四川往拉萨押运驻藏大臣衙门官吏员薪俸银饷时，过丹达山掉进雪窝冻死。为了纪念他，乾隆帝下诏在此修了这座小庙，封他为"丹达王爷"。

当时的进藏清军都受到奖赏，丹达塘藏族人民因为福康安军队反击廓尔喀军时支援清军，受到了乾隆帝恩典，免去了当地近六十年拖延未交的税银。

丹达山对于女兵黄崇德来说，也是一次生死考验。

早在昌都之前翻越雀儿山后她就得了胃病，后来在翻越另两座海拔 5000 米以上的达马拉山和甲皮拉山时，她又感到心脏有些受不了了。每到休息时她总是躬着腰大喘气，战友们开着玩笑说她是"喷气式"。在昌都度粮荒的日子里，能歌善舞的黄崇德饿着肚子为部队和藏胞演出。一次演出后她感到胃一阵剧痛，嗓子里有一股咸咸的东西往上蹿，接着，她吐出了一大口鲜血来。接下来，她感到稍吃点东西胃就疼痛难忍。粮荒结束后，战友们盼来了一顿米饭。那米饭刚吃两口，她就吐了出来，未消化的米饭还和着鲜血。经医生检查，她得了较重的胃溃疡，要住院治疗。

那天，年仅十七岁的黄崇德捂着胃来到医院（几个帐篷临时搭建的医院）。但看到躺在"医院"里呻吟的同志，听说他们将不再随部队前进了，休养一段时间后就会转移到后方去，黄崇德转身便回到了文工团。

她告诉我，当时自己年轻，虽然得了胃病和轻度心脏病，但还是能扛得住，那年头谁都想进步，不愿意掉队，哪怕前面是刀山火海。

第52师在丹达塘进行了充分的准备，为了使部队顺利翻越丹达山，小分队头天上山后在垭口一个玛尼堆处设了个鼓动棚，文工团要提早到达，在那儿为上山部队做宣传鼓动。

1951年10月25日拂晓，黄崇德跟着先遣队向丹达山进发。大概是经过了一段时间的休整，她觉得胃似乎有些好转，上山前感到精神不错。丹达山有三道垭口，均有玛尼堆，黄崇德在第二个玛尼堆前一阵大喘气后，吐出了两口血。她看到最后一个玛尼堆早已有战士们在鼓动棚边，便悄悄地擦了嘴边的血迹，向上面爬去。她爬上了鼓动棚，面色发紫，战友们对她这种状态习以为常了，没当回事儿。她稍事休息，便开始了为后续上来的部队演唱。

黄崇德说："我已经记不清当时是怎么在鼓动棚唱的了，头一回感觉唱完后，整个人很轻飘，脑子里一片空白，似乎灵魂已经出了身体。"

第四章　血染冰河

对于进入青春期的女孩子来说，每个月都有那么几天特殊的生理期。在物资丰富的今天，各种各样柔软舒适的卫生用品，可供女性选择。当年，那些徒步进藏的女兵们，月经来的时候，用的是坚硬粗糙的草纸。负重、缺氧、冰天雪地、山高水远，这些就够她们受的了，月经来时，又往往伴随着腹痛、腰酸、浑身乏力等症状，在这期间也无法清洗，这些痛苦男兵无法感受。

月经来时，不管前面是雪山还是冰河，都必须过去。趟过一道冰河，河面一片鲜红。河水齐腰深，刺骨的冰水像冰刀扎进她们的身体。再来月经时，小腹更是疼痛难忍，经血已不再是红色，而是像牲口吃了青草后嘴里冒出的绿色泡沫。

坚硬的草纸

六月末的成都，屋外温度达 38℃。在北校场的锦园宾馆，瘦弱的王琦玉老人坐在我面前，屋里闷热，却没开空调，因她肠胃不好怕着凉。

王琦玉是进藏女兵中为数不多的女大学生之一，聊起当年的进藏行军路，她说："那时候，新中国刚解放，各行各业都是白手起家，国家物资紧缺，加上朝美战争打响后，我们不仅要出兵，还需大量的物资援助。进藏部队在这样的背景下就得艰苦些了。"让她最难忘的经历不是负重翻越望不尽爬不完的雪山，而是作为女人来例假时的难言之隐。

王琦玉说，当时姑娘们用的所谓卫生纸，都是手工做的又粗又硬的草纸。行军中女兵们例假来了，只能用它垫上，走起路来特别难受，硬草纸在两腿间不停地摩擦，很快便将两腿内侧磨破、出血，一段路走下来，大腿间已被磨得血肉模糊，疼痛难忍。但没办法，又不好意思说，只能忍着，一拐一拐地往前走。

这样的经历所有的女兵都体验过。当时，女兵队伍中流传着一句顺口溜：苦不怕，累不怕，就怕行军路上来例假！

女兵一旦来例假，就会感到恐慌。后来，有的女兵疼得没办法，干脆扯掉草纸，任凭鲜血顺着腿流下。

即便那种粗糙坚硬的草纸，也不是想用就能用的。每个女兵只发一卷，很快就用完了。

当年的第 53 师师长金绍山，在进藏路上用自己的马驮着女兵们用的草纸。他的脚打了血泡，走路一拐一拐的，就是不上马。行军中下雨时，金师长深知这些粗糙的草纸来之不易，是女兵的特供品，便将自己的雨衣盖在装草纸的袋子上，自己淋着雨，司令部的几个女兵看到后十分感动。2001 年春，金绍山之子金逊在成都见到当年司令部的文化教员王道惠，老人拉着金逊的手说："你爸爸金师长是个好领导呀，当年用自己的马为我们女兵驮卫生纸哟！"

在采访中，当我提起行军中最痛苦的是什么时，有人说负重爬雪山，有人说缺氧饥饿，但更多的人是说来例假时过冰河。进藏女兵祁奋，当年是个娇小的重庆姑娘。一次来例假时过冰河，河水并不深，她看前面的人过去很容易，河水也就到膝盖上一点，最深的也就到大腿部。她清楚地记得，当时指导员命令几位身强体壮的男兵朝她们女兵喊了几声，问有没有需要背的。她当时红了一下脸，赶紧趟到河中，她明白指导员的意思，有来例假的女兵可以骑马或让男兵背过去。但许多女兵都不愿意那样。当时的祁奋，大腿内侧已经被草纸磨破了，但她一直强忍着疼痛，没有人看出她的痛苦。她下水后没趟两步，便觉得糟糕了，那水一下子漫到了大腿根部，她这才意识到自己身材矮小，也知道这下惨了。到了河中间的最深处，冰水一下子就淹没到她的腰部，她觉得下面的草纸很快被泡开，身下有一种膨胀并下坠的感觉，那刺骨的冰水如万针扎体，她硬是咬着牙趟过了冰河。上岸时，刚垫上的草纸全部变成纸糊，她一拐一拐地躲在一旁，费了好大工夫才处理掉，那纸浆里还有一些树枝状的硬条。

祁奋

张均

当年的文工团指导员张均对我说，那些被女兵痛恨的草纸也很快用完了，又无处去买，怎么办？来例假的女兵们只好撕棉衣或被子里的棉花垫。有的女兵的棉衣半截都空了，冻得脸都紫了，还装成没事的样儿。有的男同志见她们扯棉花，起初还以为她们是为了轻装，他们也学着女兵将被子里的棉花给扯了，光背着个被套。一位女兵每次来月经，量大周期长，一路行军脸色苍白，由于不能垫草纸，血顺腿流到脚上。过冰河时她拒绝指导员背她，她的腿被冰块划破了，两处的血混合着染红了河水。她晕乎乎地拉着绳子，最后连抓绳子的力气都没有了，一松手晕倒在河中，幸好身后的张均将她拉起。

回忆当年行军路上的女兵们，张均总是不停地叹息。他说，那些女孩子，真是太不容易了，有的性格特倔强，再苦再累再疼都咬着牙不吭声，生怕别人笑话。

黄崇德说，很多女兵在进藏途中突然闭经，这与行军中趟冰河有很大关系，当然也与饥饿、劳累、缺氧等有关系。她发现自己闭经后，还暗暗高兴——终于不来这"麻烦事"了。到了太昭，部队休整了一段时间。她在排练新节目时，小腹突然疼痛，月经来了，如"洪水猛兽"，她痛得控制不住地在地上翻滚。后来，每一次来月经，都是痛出一身汗。遇到演出时，只能打一针吗啡止痛上场，但人在台上如脚踏棉花一般无力，只能靠着坚强的意志完成演出。演出结束下台，只想就地躺下。这种状况一直到1958年生下女儿后，才好转起来。

雪白　血红

一个十五岁的小男兵，跟在女兵身后走，发现女兵从腿上往雪地上滴血，他大声喊叫，却无人理他。他不明白别人为何无动于衷，那血是从哪儿来的。

在北京北四环边的北极寺干休所里，"老西藏"徐永亮向我讲述了行军途中出洋相的一段往事。

进藏时，徐永亮还是个不谙世事的小男孩。那时，他看到两个小女兵不知怎么突然被领导安排轮流骑马走，感到很纳闷。因为当时进藏一直流传一句口号："上山不骑马，下山马不骑。"徐永亮想，嘴上说爱马，可她们倒好，一个个没受伤，也没生什么病，怎么突然骑上马了，是不是指导员偏袒她们。

十五岁的徐永亮在文工团中确实算小的，也背着四五十斤重的东西，脚上磨出了血泡，确实走不动了，很想骑会儿马。徐永亮就问旁边的肖迎春："大老肖，你说怪了，指导员怎么总让她俩骑马呢？"肖迎春故意逗他说："你想跟她们一样嘛，也找指导员去呀。"徐永亮想："她们凭什么呀，骑了那么长时间，我骑一会儿不行吗！"

徐永亮真的跑去对指导员张均说："指导员，我也想骑马！"

张均上下打量了一下徐永亮问："你怎么了？为什么要骑马？"

徐永亮指着马上的女兵说："她们凭什么总骑马？"

指导员张均明白过来了，朝徐永亮直挥手说："去去去！你走吧，她们有特殊情况。"

她们有特殊情况？什么特殊情况呀？徐永亮更加纳闷了，身边的战友都朝徐永亮笑。记不清哪个女兵朝他说："徐永亮，你赶紧'来红'呀！"那女兵的话一出，引来队伍一阵哄笑，指导员也跟着笑。徐永亮被大伙搞得不知怎么回事了，就盯着大老肖问到底怎么回事，什么叫"来红"？

大老肖悄悄在徐永亮耳边说，那是女兵的事，不好意思说，就是来月经了。

什么是"来月经了"？徐永亮更加糊涂了，几个男兵和他嘀嘀咕咕讲了一通，徐永亮总算明白了一些，但还是有点懵里懵懂的。后来，他们被徐永亮问烦了，不再搭理他，他也不好意思再问了。

接下来的几天，徐永亮终于对那神秘的"来红"有了新的认识。

那天爬过一座陡峭的雪山后，进入一片较为平缓的开阔地。大家正在雪地上行走，徐永亮突然发现雪地上有几滴鲜血，他低头走着走着，发现血迹一直往前延伸。他大声喊叫起来："啊呀，谁受伤了，在流血！"

前面的人都朝地面上看，果然有许多血。谁受伤了呢？

队伍中没人吭声，好奇的徐永亮朝前跑，盯着每个人看了一眼。当他快跑到一个女兵跟前时，他傻眼了，那个女兵的裤脚上一片暗红，血正是从她的腿上流下来的。他又傻傻地大声喊："她受伤了，血是从她腿上流出来的！"

让徐永亮感到奇怪的是，他好不容易找到流血的人了，战友们居然没什么反应，好像大伙早已知道一样。那个女兵转头很不友好地朝他瞪了一眼说："你个瓜娃子，瞎嚷嚷，做啥子嘛！"

有几个女兵朝他挤眉眨眼，他搞不清怎么回事。后来，还是身边一位男兵把他拉到一边告知他："你别尽冒傻气了，她流的是月经。"

徐永亮说他永远忘不了那个流着血行走、朝他瞪眼骂他的女兵。一直到结婚后，他才真正明白女人的月经是怎么回事。

血染冰河

过冰河，是整个进藏途中，除了翻越雪山外的又一大难关。

那些冰河水是由高山上的雪融化而来的。一路上，官兵们要趟过大小冰河无数。女兵们刚刚焙干了的衣裤鞋袜子常常很快又会湿透，有时行程几华里要连过十多条冰河。如果天太冷，一过冰河裤子鞋子立马冻成冰块，这个时候你就是再累，上岸后也要不停地跺脚，要赶紧跑，否则整个人会与地面冰在一起，像被地面给吸住了，又像钉子一样被钉在那儿。

女兵们最怕的是在傍晚宿营前过冰河。这个时候，鞋袜会湿透，无法焙干或晒干，你怎么跺脚也没用。睡在雪地里，第二天起来时，手里拿着硬邦邦如铁靴一样的鞋子，每个人都不敢把脚一下子伸进"冰窟窿"里去。但又不能不穿，经过一番激烈的思想斗争后，咬着牙伸进去，然后哇哇乱叫直跺脚。

"趟过一道冰河，河道一片鲜红！"

在民旺胡同里，吴景春老人向我描述女兵在来月经时过冰河的情景："进藏路上的冰河虽然不是那些又宽又深的大河，但是一旦有齐腰深的河水，麻烦就大了，过冰河的女兵来月经时泡在这冰凉的河水里，你想象一下会是个什么样的滋味？女兵们每天跋山涉水，淋雨踏雪，许多女兵的生物钟都被打乱了，到了拉萨，几乎所有的进藏女兵都闭经了。"

在成都东郊的无缝钢管厂的宿舍里，我见到了陈曼石，她高高的个子，背有些驼，边说话边用扇子扇着风。

过冰河

这个当年被大伙称为"运动健将"的女兵，身高腿长。第18军进军西藏前，举办了一次运动会，陈曼石获得了几项田径冠军。但她最擅长的不是运动，而是拉二胡和跳舞。她出身音乐世家，父亲陈振铎，是二胡演奏家刘天华的得意弟子。陈曼石五岁时就开始学钢琴和二胡，从小得到父亲的传授。

陈曼石个性鲜明，行军路上再苦再累也不吭一声。因为块头大些，负重要比别人多些。过那些深一些的冰河时，有的女兵要骑马过去，或者让男兵们背过去，她一次也没有。一次来例假，过冰河时看到水流湍急，她本想申请骑马过河，但看到有几个小女兵上马了，另几个体弱的女兵也由男兵背着，所有人都没有想到她的难处，她自己不说谁知道呢。下水前她

陈曼石

突然觉得肚子疼，但她还是背着行装下了河。她感到浑身颤抖起来，几次差点跌倒在河水中。她将背包顶在头上，低头看到河水已被血染红，她知道那血是从她身体里流出来的。

喻惠均从军大八分校刚毕业，就加入到了进军西藏的队伍中。出发前，细心的分队长对她们说，进军西藏，路途遥远，生活艰苦，尤其是女同志受生理所限，行军就更为艰难，希望大家遇到困难要设法克服。并将每个军用蚊帐一分为二，每人一份，还教她们将纱布撕成块，装叠好保存，以便在行军路上来例假时使用。

进军西藏时正值雨季，遇到的河流很多。记得过第一道河是在雀儿山下，同志们用绳子把竹竿接起来，两岸由人拿着，水位齐腰，水流很急。岸边的男同志不停地喊着："有例假的女同志过来，让我们背过去！"喻惠均听了连头也没回就趟了下去，她将背包顶

在头上，一只手抓住竹竿，脚下石头很滑，加之河水冰冷，她的脚不敢往上抬，只能滑着步前进。身后的人发现，在她走过的河面上一片血红。过了河，她的衣服湿了半截，裤子湿透了，边走边流淌着液体，她自己也不知道裤子里流的是水还是血。

到了晚上，喻惠均一看，两条腿已被湿透了的棉裤摩擦得尽是红斑点，又痛又热，鲜血染红了下半身，痛苦得睡不着，难受极了。第二天行军前，她用两根树枝插在背包上，将洗净的纱布晾晒在上面，晚上到营地再用。有一天，部队趟了二十多条河，有深有浅。自那以后，喻惠均再来例假时，肚子便疼痛难忍，经血已不再是红色，而是像牲口嚼了青草后嘴里冒出的绿泡沫。

命悬一线

文工团大多是一些少男少女，开朗活泼，能歌善舞，行军中就算再苦再累，他们到的地方气氛也总是很活跃，一路上大家笑语不断。那天他们正穿行在乱石嶙峋的山谷间，远处传来滚滚浪涛声，突然，前面有人喊："嘿，又有冰河给咱们接风洗尘了，大家准备洗澡吧！"

穿过山谷，眼前出现一条宽阔的大河，河面漂浮着大大小小的冰块。走在前面的同志像往常一样想也没想就走进水里，一个趔趄，差点栽倒，幸好被后面的同志抓住。领导当机立断，部队就地休息，保存体力，确保安全渡过冰河。

休息后，领导经过研究决定，男女分开，强弱搭配，队伍手挽手组成人墙，共同抵御浪涛的冲击。个别瘦小的女兵只能骑在马上，由男同志牵马过河。

彭联碧，一个从四川泸州入伍的小姑娘，十七岁的她，在文工团年龄不是最小的，但是个头最矮，加上脚上有伤，领导决定让她骑马，跟着队伍过河。由于水面太宽，一个大冰块冲过来，将队伍冲散，若不是几个男同志眼疾

彭联碧

手快，她和几名女兵险些就被冲走了。队伍重新组成人墙，领导在前面大声地喊："一定要抓紧手，不要放松！"

2007年，我在南京见到彭联碧时，她已经是七十五岁的老人了，当时正与一帮当年一起进藏的老兵说说笑笑。说起进藏的往事，她说最难忘的是差点葬身冰河。

她骑的那匹小黄马因为长期负重，加上粮草不济，已经瘦骨嶙峋。马由团里一位男同志牵着，现在，她已经记不得当时牵马的那位男同志是谁了。那马刚进入冰河时，直打激灵，本能地往岸上跑，经过几次折腾才壮着胆子向河中走去。当时骑在小黄马身上，她就觉得有点别扭，她觉得那匹马太瘦弱了，她也担心马驮着她过不了河。由于水流很急，加上不断有冰块冲过来，小黄马在水中行走十分艰难，她感到小黄马的脚下不停地打滑。彭联碧几次想下来，却无法下来，只能惶恐地看着急流中横冲直撞的冰块，听天由命。快到河中间时，她担心的事情还是发生了，小黄马大概是体力不支，马蹄在石头上打了滑，一下子跪倒在水里，彭联碧一下子就被抛到激流中。

她"啊呀"了一声，人在水中失去了平衡，脚无法站住，整个

命悬一线

过冰河

身体连着背包漂在水面上，人随着河面上的激流直向下游滚去。她当时吓得喊不出来了，脑子里一片空白，心想自己完了，死定了！这个时候，她的身体恰好被一个很大的冰块挡住，缓解了下冲的速度，说不清是那个牵马的男兵，还是哪一位男兵，反正当时是一个男人冲过来，一把抓住了她。

彭联碧被救上岸时，浑身湿透了。她的手脚和脖子被冰块划破了，鲜血直流。那个救她的男同志，手、脸同样被冰块划破了。上岸后，彭联碧身上的棉衣裤马上被冻成硬邦邦的铁板块了，她感觉整个人都麻木了。她想迅速脱去如铁甲的棉衣裤，但她的身体抖个不停，手脚也僵硬了没法动弹。有人上来帮她，一时也脱不下来。幸运的是，附近有军司令部的宿营地，失去知觉的彭联碧，被战友们直挺挺地抬了过去。她被放在做饭的地方烤了一会儿火，冰融后，战友们又帮她脱下湿透的外衣，把她塞进一个男同志的被窝里。半个小时后，她才恢复了知觉。后来，司令部的几位男同志帮她烤干了棉衣，将她送回了文工团的驻地。

很多年过去了，她与那些救她帮她的战友再也没见过面。当时她被吓得也被冻得失去了知觉，都没记住他们的名字。他们到底在哪？后来的生活是否顺畅？身体是否健康？她的牵挂无处安放。她说，能找到他们，是她余生最大的愿望。

第五章　西线大穿越

有人说，以四川、云南、新疆、青海为起点的四条进藏线中，最好走的是青藏线，当年青藏公路能够在七个月建成，也是因为该线原本就已经有入藏的路作为基础。从历史来看，青藏线也是最便利的入藏道路。但这种说法不是说从青海进藏就容易，确切地说，当时的进藏路没有一条不是"死亡路"，每天的行军都是在和死神下赌注。文成公主进藏和亲就是从青海的西宁、日月山、玉树一线入藏的。在这青藏线上，文成公主和她的队伍走了整整两年。

一个庞大的军团行进在青藏线上，按照队列顺序，先头部队是骑兵连，随后是司令部的机关部队，接着就是长长的马队，缓缓的牛队，漫长的驼队，最后才是收容队……

迷路柴达木

来自北京、西安、兰州等地的女兵会合于西宁，走过倒淌河、青海湖、橡皮山、茶卡、都兰等地，汇集到香日德后，开始向拉萨进军。

八月的青藏高原，香日德，中午时分是炎热的夏季，早晚却又是深秋的感觉，需要穿毛衣。出发的那天，在誓师大会上，西北独立支队首长在动员令中说："行军路上是没有路可走的，路是人走出来的。这条连接汉藏民族团结的路要靠我们这支队伍走出来，我们只能胜利，不能失败，不能让党中央再发出第二次进军西藏的命令。"

吴景春说，当时的场面十分壮观，可惜的是没有留下更多的资料。虽然进藏的西北独立支队人数没有西南线上那么多，但是由人畜组成的队伍一下拉出了几十里，一望无际。只见一片片颜色不同的军帽、驼峰，因为路面凸凹不平而起起伏伏，像波浪般地向前翻滚。队伍中有那英姿勃发的骑兵，有驼峰间神采飞扬的姑娘，中间还夹杂着穿光板羊皮袄的西北民工——这些健壮的汉子们挥着牧羊鞭，吹着悠扬的口哨，赶着庞大的牛群走向天边。

郭季宣告诉我一件有趣的事。出发前，听说进入草地后，可能会遇到瘟疫和瘴气，领导让每个人都要学会抽烟，据说吸烟可防瘴

骑兵出征

气。于是后勤给每个人发了一条中华牌香烟，不管男女老少，会不会吸，人手一份。为了预防马因瘴气致病，还给每匹马发了一只马用大口罩，口罩做得挺厚，里面还放了防瘴气的中药，味很呛。

出发后不久，有一次，快过水草地时，据说有瘴气，上面通知让人和马都戴上厚厚的口罩。谁知马不适应呛人的中药味，拒绝戴口罩，后来费了很大的劲才给它们戴上。那些马边走边甩，还呼噜呼噜地打着响鼻，十分不情愿。走了一程，并没有遇到什么瘴气，有人就把马鼻上的口罩摘了，后来，大家都把口罩摘了。

在吴景春和徐奎家中，两位老人都回忆起当年迷路柴达木的故事。

收容队从香日德出发后的第一天，由于刚开始行军，大家兴致很高，牵着马欣赏草原美丽的风光。先头部队已走远了，由于前方部队留下的路标不清，收容队只能沿着前面的马蹄足迹前进，路也渐渐不好走了。进入了像红军长征时走过的草地，遍布大小不一的

人困马乏

水坑、水塘，也没有任何标志，只能寻找最近的一簇草丛，跳过一个个水坑，迂回前进。稍不小心就会掉进一些深不可测的水坑里，人也将被淤泥淹没。他们亲眼看到一匹马，陷入水坑，挣扎了一会儿，就没了踪影。

天色渐晚，他们仍然看不到前面部队的帐篷，大家饥渴难耐，但水坑里的水多呈深棕色，民工们说有毒，不能喝。大家只能忍着。天色将暗时，他们突然感到行走的路线不大对劲，指挥部怎么会选择这样的行军路线呢？

不一会儿天色就黑了，不管朝哪一个方向看，都看不到一点灯火，更看不见人马，收容队开始骚动不安起来。大家心里都明白，队伍迷路了。有人拿出手电筒，试图寻找大部队走过的足迹，光亮所及之处依然是水草地。他们像是被世界抛弃在外太空的一群人。有人建议往回走，寻找大部队设置的路标，但水草地已经把他们的足迹淹没，没有了退路。

更为糟糕的是，由于那天是第一天行军，早饭吃得早，中午带的一点早饭时剩余的烙饼也吃完了，水壶中的水早已喝光。饥渴、困乏和恐惧一齐向收容队袭来。更令人不安的是，这是一群没有任何武器装备的人，不要说遇到小股武装土匪，就是碰上一群草原狼也无还手之力。所幸在黑夜降临之前，他们找到了一块稍微平坦的小山坡。那里水草较少，大家自发地聚集在一起，无声地立在马旁，期望大部队有人发现他们迷路，并派人寻找或发出信号。

晚上十点多了，他们没有得到任何信号，也没有人来寻找他们。与傍晚时分的骚动不安相比，此时大家都很安静，没有人走动，没有人说话。大家心里只有一个信念，就是等待天亮，寻找路标，赶上前面的大部队。

即使是在水草地上平静地等待也是奢侈的。草原的天气捉摸不定，本来是晴空万里，繁星点点，刹那间，狂风裹挟着大雨向这支疲惫不堪的队伍袭来。紧接着便是电闪雷鸣，大雨瓢泼。一会儿雷电稍弱，雨水又带着冰雹从天而降。他们就这样无助地站在风雨中。一个多小时后，风雨停歇，此时已是午夜。这时，有一个帐篷驮子跟了上来，男队员和民工们一起动手，找了一块平坦些的草地，支起唯一的帐篷。大家簇拥着度过了难熬的初征之夜。

第二天凌晨，他们升起了篝火，煮了一些马料权当早餐，吃完又上路了。经过第一天的锻炼，大家变得聪明了许多，把前进的路线选择在靠近山坡脚下的地带，尽量避开水草地，路也相对好走了。但方向是否正确，谁也不知道。但他们坚信，指挥部一定会派人来找他们的。

到了上午九点多，他们仍然没见大部队的踪迹。此时的路变成遍地黄沙，一个个沙丘绵延不断，看不到一点绿色，他们又走到了沙漠的边缘。人们每爬上一个沙丘，都会举目四望，希望能找到大部队，找到水。

徐奎说，当时很累很渴，感觉希望变得越来越渺茫。她看到有些人索性仰躺在沙丘旁，大口大口地喘着粗气，口干舌燥，连说话的力气也没有了，大家只能用手势无力地相互鼓励着。躺一会儿就得爬起来，继续往前走。只有这样才有一线生存的希望，否则只有葬身沙谷了。

走到一个山脚下，有人发现一个只有小盆口大的水坑，水成泥汤状。有人说，这肯定是前面有人在里面取过水。大家心里马上又燃起希望。他们几个人决定在这里休息一会儿，用缸子盛些泥汤，希望能澄出些水来解渴。遗憾的是那泥汤太稠了，澄出的清水太少太少。几个人小心翼翼地分饮一小口，继续上路。

下午一点多，当他们翻过一个山岗时，突然看见远方有一条波光粼粼的河流，还有绿色的草地。他们就这样幸运地走出沙地了。大家的精神立即振奋起来，刚才的沮丧一扫而光，兴奋地牵马前行。马似乎也看到希望，低声嘶鸣，加快了脚步。

"望山跑死马"，这句话得到了验证。大家竭尽全力朝刚才看到的河边跑去，跑到了沙谷底，却被山岗挡住了去路，怎么也到不了河边，大家的情绪又低落下来。

吴景春说，没准爬过这个山岗就会看到了。当大家爬过去后果然发现河又出现在眼前，这回没有山岗遮挡了，那河面就在前方，泛着白亮亮的水光。所有人都兴奋起来，加快步子向前走去。几个民工边跑边喊，就像哥伦布发现了新大陆。

然而，跑到跟前，才发现这条远看滔滔的大河，原来是洪水留下来的一道宽宽的胶泥带子，干枯后裂隙处卷起了一片片发着光的薄泥片儿。几个民工一脚一脚地踢着泥片，有的嘴里还发泄地骂了几句。

一直到了傍晚，终于看到了几家牧民帐篷，在附近遇到了一条小溪。这回切切实实是真的，渴得嗓子快冒烟的人们顾不得河水的冰凉，人和马都迫不及待地狂饮起来。女兵们现在想起来，都觉得那是一生中喝过的最甘甜的水。

就在大家埋头痛饮的时候，一个女队员突然向左侧一回头，兴奋地叫起来。大家顺着她指的方向看去，发现在另一个山沟里，有几顶白色军用帐篷，还有几十头散在周围草地上的牛。大家停止狂饮，朝那个山沟奔去。走近那个山沟时，又发现很多白色帐篷，他们辛辛苦苦寻找的大部队终于出现在眼前。帐篷里的人也发现了他们，纷纷走出来迎接。

原来这是大部队的牛队，他们接到司令部发来的电报，已派骑兵小分队过来寻找迷失的收容队员，没想到在此相遇。

深陷沼泽地

从香日德越过诺木岗雪山，行走不远就是黄河的源头，那是一条约百米宽的黄色水域。虽然是源头，但河水泥沙含量大，河水卷着漩涡向下流去。部队宿营在河边，看到不少散落在河边的骡马尸体，它们的肚皮都胀得鼓鼓的，显然是先头部队试渡时被淹死的。

过黄河源有惊无险，只是过去后，面临的地段异常复杂。

首先是沼泽地段，从地貌看上去是水陆难分，脚踩上去就像踩在橡皮上一样，故称橡皮地。行走在橡皮地上要特别留神，还得速度快，千万不能一脚一脚地踩踏实了，因为踩踏实的话容易陷进去，而一旦陷下去就会遭到灭顶之灾。那些骆驼队、牦牛队、骡马队在这个地段吃尽了苦头。很多骡马陷进泥潭，官兵们只能眼睁睁地看着它们被淤泥吞噬。

准备过河

过了沼泽地后便是水盆草地，地上是一洼一洼的水，水洼周围是草地，草皮长得茂盛。湿漉漉一片，无法就地休整。好在水盆边的草地上的土稍坚硬，踩上去不至于下陷，但踏进水盆里就危险了，人马陷进去后一样会像在沼泽地一样。更艰难的是这一地段过宽过长，方圆几十里，一眼望不到边。好在前方部队冒险探出了一条曲曲弯弯的小路。从兰州女中入伍的女兵小贾，跟在队伍中一直小心地走着，前方突然传出口令："牵好自己的马，拉开距离，准备过淤泥河。"不幸的事情就在这时发生了，不知谁的马脱了缰，拼命往前跑，一下子扰乱了正沿着路标行走的队列。一位民工冲过来想把它拦住，那马转头一下跑出了路标，没跑出几步就陷入了齐腰深的泥沼中。那民工同志拼命地想把马拉出来，谁知马在泥沼中挣扎时越陷越深，民工也随马越陷越深。许多同志呼喊着想去救援，这时，一位指挥官大声命令所有人不许乱动。他说完，自己脱下棉大衣，铺在草地上，迅速从上面滚过去，棉衣铺出的路在向前延伸——许多人都脱下棉衣来。可就在指挥官要够着那位民工时，民工已经和马一起被泥浆吞没。

在西安，贾湘云对我说，从西北进藏的路线上，许多民工谱写了一曲曲悲壮的战歌，他们不仅奉献出自己的牲畜，还一路护送进藏部队。这些人大多性格豪放，能吃大苦，在最困难的时候敢往前冲，他们是真正的无名英雄。

那地段已经泥泞不堪，路标东倒西歪。冯克运说当她们路过那里时，只能一路摸索着行进，在水草地段整整走了两天。第一个傍晚，天已经黑了下来，部队无法行进，又无法搭帐篷，无法坐卧，无法野炊，人困马乏，大家饿着肚子，撑着步枪半蹲半站着。但这一夜总不能不休息，于是几个女兵想出了一个办法，大家三五人一组侧着身子挨着挤着，相互找支撑点，站好后闭着眼睛睡觉。睡了一会儿，有一人倒下后其他人一起倒下，大家一身泥水站起来继续睡，一会儿又有人倒下，又是一起卧倒了，再站起来，有人在笑，也有人还在梦中，嘴里嘟囔着。就这样经过无数次地倒下站起、站起倒下，不知不觉天亮了。大家两条腿又酸又麻，出发时，都挪不动脚步了。

多年以后，冯克运回忆起那段往事时说，那种睡觉的方式现在想来觉得很可笑、很特别，一生中也就那么一次。

抢渡通天河

从香日德往西，部队拉开距离，几天后走到了诺木岗。当部队翻越海拔 5000 多米的诺木岗时，人们普遍感到头痛、恶心、呼吸困难、四肢无力，严重些的甚至昏倒，病人逐渐多起来。行军途中很少有副食，吃的是白水加盐的揪面片，还有些又干又硬的蛋卷棒，加上高原缺氧，人的面部黑中透紫，大多数人有浮肿。即便这样他们还是每天天不亮就开始行军。

进入巴颜喀拉山时，已是 9 月份，翻过昆仑山，开始进入黄河源地带。这里地势开阔平坦，分布着大大小小的湖泊，大的有扎陵湖、鄂陵湖，小的是一个接着一个低洼潮湿的泥潭，潭面微黄，水陆难分，泥深莫测，马每前进一步都要费很大力气，有的马四肢都陷入泥中，甚至泥地紧贴马肚皮，有的马陷入泥中不能自拔而困死其中。人徒步行进也很困难，一天行军二十里，已是满身泥泞，筋疲力尽，彼此看着苦笑。奋战几天后进入黄河发源地，一条条没膝深的河流在辽阔的草原上到处流淌，据说这就是黄河源头。在巴颜喀拉山北麓的黄河源草地上，部队作了小小的休整。这里气候多变，一会儿电闪雷鸣，雨落雹飞，一会儿又雨过天晴，艳阳当空，草地上到处是水。在此，高生玉和同学吴景春相遇，相互拥抱，欣喜若狂，都说对方又黑又胖了，实际上是有些浮肿。

9月20日前后，高生玉跟随部队来到了通天河畔。

相传通天河畔有玄奘的"晒经台"。传说唐僧到西天取经回来，路过此地，经书落进通天河中，唐僧师徒便把落水的经书拿到这里来晒，故取名"晒经台"。看过《西游记》的人们都知道这段有趣的传说。

这里还流传着文成公主远嫁松赞干布，到此被湍急的通天河挡住去路，后来请来神仙，挥鞭分水才渡过去的故事。

据高生玉回忆，到通天河时，正逢雨季，河水上涨，一时间无法过河。部队多次驱赶马、牛、骡子、骆驼下河抢渡都不成功，河水冰冷，水流势猛，驱赶牲畜下水的人连连被水冲走而牺牲，队伍受到严峻考验。牛队的兽医刘益民同志自告奋勇下河赶马渡河，高生玉给他全身涂了凡士林油并让他喝了些酒做好准备，其他十二位同志也都同样准备好。刘益民带领他们勇敢地跳下了冰冷的水中，扬鞭吆喝着，驱赶十多匹牲口抢渡。

驼队

开始还比较顺利，可到了通天河的中流时，那些骡马大概是因为水流湍急，开始纷纷往回蹿，渡过中流爬上对岸的牲口很少。高生玉一直盯着河面，只见刘益民在激流中，奋力地走着，忽然被河水冲倒，一瞬间就被冲到下游几十米远，中间翻滚了几下就再也看不见了。高生玉急得在岸边直跺脚，拼命地喊着，但任凭她喊多大的声音，叫多少次，只听见激流奔涌的声音，刘益民已经无影无踪，高生玉顿时泪飞。后来统计，抢渡通天河共牺牲了八位同志：辛列、刘益民、刘治明、王百宝、吴邦英、吴发英、马进才、张进才。还有一百五十头牲口被淹死。

由于物资损失严重，部队给养逐渐缺乏，战士们吃了七天的马料充饥。指挥部经仔细研究，决定用牛皮筏子和羊皮筏子，人坐在上面牵着水中的牲口。这一招真管用，部队顺利渡过了河。

多年以后，在高生玉老人的家中，她回忆起当年渡通天河的情景，老泪纵横。她说她永远也无法忘记那几位死去的战友，想起刘益民在洪水中翻滚的样子，仍想大声呼喊。

最后的收容队过河时，有了大量的羊皮筏子，大家心里感到踏实了许多。每个筏子约可搭乘五六人，大家把自己的行李先搬上筏子，然后牵着马入河，让马随着筏子游过河去。筏子从上游下水，顺水下漂，每个筏子上有河工掌舵，调整方向。一上了筏子，什么都不想了，谁也不敢盯着水面看，因为湍急的水流使人头晕眼花，只能抬头望远、望天。羊皮筏顺水下漂，速度很快，十几分钟已到河中心。徐奎前边的一个筏子已过河中心，在那个筏子上坐着几名医疗队员，还有新影*的几名摄影记者。突然，传来一声尖叫，只见前边一个人从筏子上掉下水，大家的情绪一下子又紧张起来。徐

---

* 即中央新闻纪录电影制片厂，简称新影，2010年与北京科学教育电影制片厂共同组成新影集团。

奎见了，死死地用一只手抓住皮筏上的木棍，尽量把自己和皮筏紧紧地连在一起；另一只手又紧紧地拉住小黑马的缰绳，希望它能和自己一起平安渡过。大家都在惦记着前面落水的人是谁，上来了没有。举目望去，只见一匹黑马向对岸游去，在黑马的身边似乎还有人头浮动，估计就是前面刚刚落水的人。此时，大家只能在心中默默地为他祈祷，希望他能拉住缰绳，让马把他拖到对岸。前边的皮筏终于靠岸了，落水的同志也和战马一起踏上了浅滩，大家庆幸虚惊一场。她们的皮筏随后也到达岸边。上岸后才知道落水的人是北影厂的摄影记者老吴，大家都爱称他"大帅"。他为了拍摄大军渡河的壮丽场面，一只手牵着马，一只手扛着摄影机，谁知他的马猛一甩头，就顺势把他带入水中，幸亏他水性不错，没有慌乱，才躲过这一劫。只是那架摄影机永远留在通天河底了。

翻越唐古拉山

西北进藏支队的男女战士们经过通天河的惊险后，继续前行。有一天下午，大家正在支帐篷、埋锅搭灶，找水的同志刚刚取回一锅水，准备放在灶上。突然，雷声隆隆，由远而近，满山坡上，烟尘滚滚，山坡上滚下无数大大小小的石块。马儿惊得四处乱跑，大家都面面相觑，不知发生了什么事情。有人以为遭遇到敌军的马队，人也摇晃起来，不能站稳。锅从灶口震落在地，刚搭起来的灶立即塌了，水也洒了。这时，大家都想到了地震。个别同志没躲过滚下的石块，受了外伤，好在没有大碍。几分钟后，一切又归于平静。

这时，前面传来消息，部队已接近唐古拉山口，这是西藏和青海省的省界。翻过唐古拉山，就真正进入西藏地界了。上级通知，今天要早宿营，做好准备工作，明天翻越唐古拉山。

西北支队的男女战士们

　　当天下午一两点钟宿营，各帐篷又分别传达了翻越唐古拉山的注意事项和要求。文工团已在上山的预定道路上，插上红旗指引方向。放眼望去，山峰上白雪皑皑，山体大部分都在雪线之上，雪峰耸立在碧空下，十分壮美，阳光下的山峰，反射出金色的光芒。一路上，见过很多雪山，习以为常，所以大家也没有把它放在心上。但通知说，唐古拉山口高达 5300 米，空气稀薄，要大家团结互助，迅速通过山口，不可在山顶停留，以防不测，并要求大家戴上深绿色的防风镜，防止患上雪盲症。

　　吴景春和徐奎等几个女兵，背着各种急救药品和注射器，走在队伍的最前面，她们在陡峭的山坡上，沿着前方队伍留下的脚印向山上爬行。她们开始还靠年轻力壮快速攀了很远，但到了半山腰时，由于负重过量，山坡过陡，加上缺氧和积雪，渐渐感到体力不支，几个人都大口大口地喘着粗气，脸色发乌，嘴唇发紫。

"医疗队的同志千万不能倒下，要先到山顶上，随时准备救护伤病员！"

出发的前一天，领导就作了严肃的交代。想到领导的话，吴景春抓了一把雪塞到嘴里，继续向山峰冲击。

"我们必须要先到山顶，随时要做救护工作，为了不让后面的人催着或超越，我们几个女兵手脚并用，大家相互鼓励，相互帮助。那个时候体力已完全透支，哪怕是用一只手轻托一下，总感到用了很大的力。到了艰苦险要地段，由于坡面过陡，如果直着身子就有摔下去的危险，我们几乎是胸膛贴着坡面前行。每前进一步都要付出全身的力气……"

不经历风雨怎么能见彩虹。

吴景春回忆起当年翻越唐古拉山的情景，感慨万端。

吴景春提前到了唐古拉山垭口处，站在海拔 5300 多米的地方，

滑行下山

举目望去，她被眼前的景象一下子迷住了，医疗队所有同志也惊叹不已：莽莽苍苍的冰峰雪岭，重峦叠嶂，好似一条银色巨龙，闪耀着银光；在前面的山腰间，云如洁白的花一样漂浮着，抬头看，天空一碧如洗，如梦如幻，宛如仙境。

由于上山前准备工作做得比较充分，大队人马上了唐古拉山居然没有出现一个危急病号。

下山时，和在川藏线上过雀儿山、冷拉山、丹达山一样，冰雪覆盖了下山的路，让人无法辨别虚实，手也无处可抓，人马只能连滚带爬地下山。

翻越了唐古拉山，就进入西藏地界了，大片的草原地段气候无常，刚才还烈日当头，转眼间风云突变，天黑风狂，橘子般大小的冰雹劈头盖脸打下来，马儿被砸得嘶叫起来，部队赶紧停止前进。

在古城西安，贾瑞梅对我说，进藏路上，她感受到高原气候的残酷与多变。有时候，一天就能感受到一年四季的天气。所谓的"度日如年"，是她为当年的徒步进藏途中的感受找到的最准确的形容。

第六章　饥饿

"进军西藏，不吃地方。"这是中央从西藏的经济、政治状况出发，体恤藏族人民的疾苦，作出的一项重要指示。进藏部队的费用由中央包干，所需物资全部由内地供给。由于西藏远离内地，有高山大川阻隔，交通不便，运输补给成为一项十分艰巨紧迫的任务。

粮食紧缺时，女兵们想方设法省下来一点，留给那些胃口大的男同志们。从昌都出发不久，连日大雪封山，后方补给无法上来，部队每人只能定量为二两代食粉。战士们饿得头晕眼花脚下打飘，男兵只能靠捉地老鼠充饥，女兵们则挖野菜、扒草根……

珍贵的稀汤

她叫黄永琼，是离我住处最近的一个"老西藏"，仅隔一条马路。

因长年在西藏工作，黄永琼患了高血压、心脏病，2002 年由这两种病引发了帕金森综合征，我几次约见都被她推迟。后来我才知老人自得了帕金森之后，身体状况很差，手脚都在不停地抖动，无法站起来，眼睛几乎看不清东西了。她说，如果当面接受采访，提起进藏那段往事，她会因激动而出现意外。她只能在电话中接受采访。

1951年的冬天，昌都因大雪封山，飞机无法空投粮食，由于严格执行"进军西藏，不吃地方"的政策，整个部队开始断粮。在断粮的整整41天里，部队每人每天靠二两代食粉填肚子。炊事员早晨起来烧一大锅水，放上代食粉，泡成稀粥，每个人盛上一碗，这样的能照见人影的稀粥被他们戏称为"液体镜子"。即使这样的"镜子"，每人也只能分一碗。喝完后，分别去山上打草。黄永琼说：那一碗稀粥要管到晚上。大家上午还有点劲，到了午后，一个个饿得眼冒金星，但打草有任务，大家只能咬着牙砍柴割草。当时，已是农历十月，为了让骡马过冬有草吃，师里给在昌都休整的部队下命令，每人要割三百斤马草，男女都一样。那天傍晚，黄永琼背着一大捆马草，有五六十斤，压得她喘不上来气。饿得腰已经直不起来了，她感觉肚子成了两层皮，想坐下来歇一歇，但天色已晚，只能坚持向下走，脚下飘飘忽忽地一踩空，连人带草滚下山去。虽然受了些伤，但保住命也算是幸运。

在饥饿的日子里，黄永琼是文工队腰鼓班的领头，她总要比别人付出更多的体力。有一次，在为藏族人民演出时，表演到一半，她一阵昏眩，一头栽倒在地上，半天没有起来。领导过来问她："你怎么啦？"她无力地说："我已经困得不行了，想躺在地上睡一会儿。"演出就此结束后，腰鼓班所有人都躺在地上，大家都饿昏了。但是，晚上还是只能喝一碗稀粥。

有一天早晨，喝完稀汤的黄永琼又上山打草，在上山的小路上，突然窜出一头牦牛，把黄永琼撞下山去。山下就是激流滚滚的澜沧江，当时，所有人都吓得目瞪口呆，眼看着黄永琼向山下滚去，幸运的是她被一块岩石挡在了半山腰。旧伤未好，又添新痕，她的脸和脖子上都是血。回来后，卫生员给她满脸都缠上了纱布，晚上喝稀汤时，嘴无法张开，有人给她找来一根空心草作为吸管，慢慢将那碗稀汤吸进肚里。她在帐篷里休息了两天，又上山打草去了。

黄永琼说，在进藏的过程中，饥饿是最刻骨铭心的，能填饱一次肚子宁可再摔几次。

春天来了，冰雪消融，飞机恢复了空投，断粮的日子终于结束了。那天，司务长向大家报了一个特大喜讯：今天一共煮了一百一十斤大米，保证大家吃饱。当时只有九十多个人，每人可以吃一斤多大米。大家吃了一碗又一碗，总觉得肚子没填饱。一百一十斤大米煮出的饭被吃得光光的，许多女兵撑得坐在地上一动不动。由于长时间饥饿，有人得了胃炎，吃完后全吐了出来。

当黄永琼在电话中讲完这段"饥饿"的往事后，我提议要去看她。她在电话中停顿了许久，对我说："算了吧，就是你来了，我也看不见你！我的眼睛已经瞎了！"我说："黄阿姨，我想看看您，不再提过去的事好吗？"

电话那边是沉默。

马料与草根

马料就是马吃的粮食。进藏途中离不开马，在连绵不断的横断山脉中，没有马这无言的战友、最重要的交通工具，在没有一条路的条件下，趟冰河、过草地、翻山越岭、完成进军西藏大业会更加艰难。

在成都采访时，十多名当年进藏的老人都和我讲起吃马料的故事。

在九龙沟，女兵司徒蓉告诉我，她在行军途中犯的唯一一个错误就是偷马料。昌都断粮时，军前方政治部文工团正在行军途中。断粮后期，大家饿得东倒西歪，病员不断增加，马也饿得皮包骨头。看到大老肖等几个身体好的男演员饿得踉踉跄跄，还要抬担架，司徒蓉心里很难受。大老肖叫肖迎春，块头大，力气大，胃口大，饭量大，"没有他我们文工团的那些病号就无法往前走了，我们不吃也得让他吃两口，可当时实在没法子"。

那天早晨起床，轮到司徒蓉喂马。走到马棚跟前，司徒蓉想到文工团几名抬担架的男战友饿得两腿无力，抬着伤员已经晃荡如打秋千。她的脑中突然闪过一个念头：扣下一些马料。但她马上又犹豫起来，这可是违反纪律的呀，这种行为要是被上级知道了得受处分的。她把黑豆往马脖子下的袋子里倒的时候，脑子里一直晃着挨饿战友的身影。她的手突然一松，黑豆呼啦一下全倒了进去。

马儿们欢快地吃着，鼻子里发出一阵阵的呼哧声响，她站在那里看着马的吃相。

"马儿呀，我想从你这里弄点出来，给我那几名饿病的战友，可以吗？"

司徒蓉站在马跟前轻声地问马。马鼻子里发出"呼哧"两声，不知是同意还是抗议。她就从地上捡起一根树枝，搔了一下马耳朵，马摇动脖子，抖落下一把马料（黑豆）。马被牵走后，她从地上把黑豆捡起来，悄悄地装进自己的口袋。当时只有十六岁的司徒蓉天真地认为，这样不是偷，而是捡的。她只吃了两粒，因为她走在队伍的后面，就把黑豆往前传，一人分上几粒，最后传到几个抬担架的战友手里。

年近八旬的陈曼石说，当时她是前政文工团块头最大的，所以比别人多负担背马料的任务。马料装在一根长长的袋子里，挎在肩上。那天，过了几条冰河，翻过一座大雪山，整个部队又困又乏又饿，她感到身上的东西越来越重。她的手摸到了马料袋子上的一个小眼。她走着走着，经过一番激烈的思想斗争，手慢慢伸到那个小眼边，用指甲抠了一下，又缩回来，她告诫自己，不能犯错误。走了一会儿，她的手又不自觉地伸到那个小眼边抠了两下，又缩回来。她感觉胃里翻江倒海，终于还是没有抵挡得了黑豆的诱惑，抠出一粒。那一粒黑豆在手里攥了很久，因为她走在队伍的前面，害怕被人看到。这时，她看到不少同志因为饥渴抓地上的雪吃，她也随手抓了一把雪，连同黑豆塞到嘴里。整整一个下午，她都忐忑不安。由于思想负担过重，晚上开班务会时，她主动向班长交代了自己的"罪行"，并写了一份深刻的检查。

半个世纪以后，这一粒黑豆仍然是陈曼石的一段"灰色记忆"。她的老伴贾志敏，当年和陈曼石一起进的藏。他说："我老伴这一辈子总是和这一粒黑豆过不去，时常和我唠叨这件事。"

陈曼石的全家福

1951年的国庆节，前政文工团全体指战员，继续饿着肚皮在高原上艰难地跋涉。三分队的几个饿得不行的男同志找到队长肖迎春，说能不能请示一下团长，今天让大伙多吃一点，"不管是代食粉还是面糊糊，最好能让我们吃上一顿饱饭"。队伍中最能吃最能干的大老肖觉得国庆的日子特殊，就硬着头皮找团长。团长朱子铮用舌头舔了下干裂的嘴唇，面带难色地说："这个要求很合理，可我做不了主，得向上级请示。"

　　朱团长看了看男女队员们一张张菜色的脸，领着大老肖转头向军政治部驻地帐篷走去。政治部刘振国主任听完文工团朱团长的汇报后，沉默了一会儿，说："朱团长，国庆这个大喜日子，按说不用大家提我们就应该考虑，吃个饱饭实在太简单了。现在大家又提出了，我们就更应该考虑了。但是，现在带的粮食必须要吃到拉萨，每顿必须得定量，因为去拉萨的途中已经没有兵站补给了，还有一个月左右的路程，现在多吃一口，就意味着下顿少一口。所以过国庆只能按定量吃。大家把裤腰带勒紧点。"刘主任要朱团长和大家解释一下，并让他把红军长征时战士们靠挖野菜吃草根艰苦度日的经历跟同志们讲一讲——"好在我们还有点粮食呢！"

　　朱团长和大老肖往回走时，大老肖乐呵呵地说："苦不苦，咱就想想红军两万五；累不累，咱再想想革命老前辈。咱就过一个饿肚皮终生不忘的国庆节。"

　　司徒蓉说："在断粮的日子里，我们上山到处挖野菜吃。有一次，我们翻过一座雪山后，在山脚下休息十分钟，大家坐在地上，地上正好有一些干草，当时我随手拔出来一把，看到草皮虽然枯黄，但草根好像还有点涩，就放到嘴里嚼一嚼，没想到草根还有点甜味，于是赶紧招呼大家拔。几分钟后部队要出发了，我们抢着拔了一些草根，一路上放到嘴里嚼嚼，还真管点用。虽然无法往胃里填点什么，但嘴里有了津，就感觉好多了。"

半盆糌粑

在原成都军区大院的首长宿舍区，我见到了两位老首长的夫人。一个叫郭蕴中，一个叫孙常愉。谈起进藏那段历史，郭蕴中老人说："那时候年轻，也不知道什么叫苦，爬雪山过草地趟冰河，这些过程虽然很艰难，但能吃得消，也没觉得什么，过就过了。最难受的就是饿肚子，那滋味可不好受。有的同志饿得没办法，行军路上，抓起一口雪放到嘴里嚼。那雪还用嚼吗，能嚼出什么感觉来吗？"

郭蕴中

在孙常愉家中采访时，她拿出了参加成都市老年游泳比赛获得冠军时的照片。她说她喜欢游泳，因为经常游泳，进藏落下的一些病反而好多了，尤其是饥饿落下的胃病现在好了许多。因为饥饿，那时她还偷吃过糌粑。

师康藏工作队完成任务后，到了昌都就被宣布解散了。孙常愉被分到了师文工队美术组。当时的美术分队和其他文工队同志一样，白天要上山割草，晚上回来要加班写宣传标语，写好后一起出去张贴。有一次标语写得很晚了，分队长顾建英带着孙常愉和另外几名同志去外面贴完后，大家一个个饿得受不了，顾建英就自作主张将贴标语剩下的糌粑分给几个人当夜餐吃了。当时，孙常愉吃着分到的一大口糌粑，觉得特别香甜。几个人都用感激的眼神看着分队长。然而，第二天分队长却挨了上级一顿批评。上级认为，那糌粑是用面粉做的，在粮食紧缺的情况下，节约糌粑就是节约粮食，剩下的糌粑应当留着下次用，不能擅自分了吃。

有人说那糨糊放下来会干的，下次就不能用了。领导说干了可以用水搅拌一下糊一糊照样用，就是真的不能用了，也不能随随便便吃了。

后来，孙常愉调到宣传科，负责抄收中央人民广播电台每天的记录新闻，供部队定期出的油印小报《战线要闻》用。由于工作常在深夜，加上白天吃得又稀又少，她常常饿得头昏眼花，有时甚至也不知在纸上写了些什么，第二天自己整理时都不认识了。当时，昌都刚解放还未使用人民币，市场上通用的是银圆。部队一律不发津贴，只给女同志发三块银圆的卫生费。孙常愉说她饿得实在是没办法了，如果夜里不吃点东西就无法完成任务，就拿出一块银圆在昌都街上买了三个大饼。她悄悄地放在一边，工作到深夜饿了就拿出来咬上一口。高原气候干燥，熟食大饼很快变得坚硬如铁，吃到第三块饼时，她已经咬不动了。她不舍得把它丢掉，就用石头砸成一个个小块，泡在温水里，慢慢食用。

天寒地冻的深夜，气温常常下降到零下三十多度，孙常愉的手指常被冻得发僵，不听使唤，人又饿又乏。由于暴风雪，这个时候收听信号很不稳定，为了打起精神工作，她就把辣椒粉放到鼻子前闻闻，再犯困就放到嘴里，辣得直流眼泪，头上直冒汗，想睡也睡不着了。但是饥饿了只能忍到第二天。

在成都的北校场，孙常愉老人告诉我，她一生中做的一个最美的梦就是在"帐篷报馆"里。那天她记录完新闻后，由王丽庭和王翔接替她值班，她交接完工作，躺下就进入梦乡。她梦到自己在昌都的大街上，用自己的卫生费买到了五六个又大又香的猪肉包子，兴冲冲地跑到帐篷里，正准备吃时，突然被同伴王丽庭和王翔胳肢醒了。孙常愉生气地问她们："你们为什么把我弄醒？！"她们问："你睡觉笑什么？"孙常愉把刚才做梦的情节说给她们听了，两个同伴张着嘴听她说，口水都流出来了。在一旁的方清远大姐说：“你们真不该把她弄醒，要不然我们都能跟着她在梦里吃到大肉包子了。”

假想的盛宴

想象和意念能让人摆脱饥饿吗？显然是不可能的。

不过，人在饥饿难忍的时候，靠想象和回味那些美味佳肴，来缓解自己的饥饿感觉似乎还真管点用。古代就有画饼充饥、望梅止渴之类的成语和典故。

在饥饿的日子里，那些在漫漫荒原上的女兵们，迈不动步子，在宿营休整时，会三五人凑到一起，每个人说一种自己认为好吃的东西，开始进入一种精神大会餐。这种精神会餐在大多数女兵中都会有，大多发生在晚上睡觉的帐篷里。

1951年大年三十晚上，住在太昭附近的文工团，远远地闻到了从镇上飘来的酒肉香。几十天的断粮虽然有所好转，但吃的都是些干粮。进藏后第一次闻到这么香的味儿，大伙都被香味醉倒了，不自觉地伸出舌头舔着干裂的嘴唇，迫不及待地拿出空荡荡的粮袋——连一点糌粑面都抖不出来，没办法，只能忍着饥饿钻进被窝。几个女兵躺在地铺上，望着天上闪烁的星星，在她们眼中那是饱满的米粒。冬天的寒夜漫长，加上饥饿，让她们更加无法入睡。赵邦玲听到睡在身边的吴莲响着吞咽唾液的声音，她问吴莲：“你怎么没睡？”吴莲说：“我哪能睡得着，饿啊，你知道刚才俺想什么来着？俺在想家乡蒸的那种白面馍。下面是一个好大好大的炉灶，柴米堆进去烧得通红通红的，还响着噼里啪啦的声音。俺最喜欢听那声音。好大好大的锅上面堆着好大好大的笼屉。炉火烧到一定的时候，那笼屉一揭开，哇——好香啊！香得很。整个屋里散发着热腾腾的雾气，一会儿你就会看到一个个白嫩嫩、圆滚滚、小山包一样的白面馍，一个挨着一个，真是馋死人了！"说到这里吴莲侧过身问赵邦玲："你知道俺能吃多少？"没等赵邦玲回答，她就说："俺能吃一笼屉！"地铺上顿时响起一片咂摸嘴唇的声音。大家都好像在狼吞虎咽地吃着吴莲家的白面馍。

这时候，赵邦玲的四川老乡刘霞说："你们知道我想吃啥子？我想烧一锅我们成都的甜烧白来吃。我先把一大块带皮的肥肉，捎带那么一点点瘦肉，在开水里煮一下，刚过心就捞起来，将肉切成三寸长，一寸宽，两分厚，切成好多块，再一块一块地加工。把每一块肥肉从中间切开，皮不切开，在两片肥肉中间夹上豆沙。将一块块洗沙肉做完，再拿来斗碗（大碗），将洗沙肉在斗碗里一块块皮挨皮地横着码好摆满，在肉上面放上甜的酒米饭（糯米饭），再放在蒸笼上蒸。蒸好后，倒扣在盘子里，啊——香死人了！夹一块放进嘴里，一抿就化，甜香糯滑，满口流油而不肥腻……"屋里又响起一片咂嘴声。

这回轮到赵邦玲"做菜"。她首先卖了个关子，问大家是不是记得那次行军路上看到的鱼。大家想起那是在昌都往丁青的路上，在小河塘里游动着几十尾一尺多长的鱼，由于河塘很浅，那鱼几乎可以随意抓起。饿得东倒西歪的战友们，本来可能美美地大餐一顿，但是，他们只能眼睁睁地看着，谁也没有动鱼一下，因为鱼在藏族人民心目中和天上的鹰一样被奉为神灵。人民军队有着严明的纪律，战友们只能望"鱼"兴叹。赵邦玲说："如果可能，我就从那河塘里捞两条鱼，先把它们剖开洗净，在锅里放上油，用中火炸一小会儿，等鱼皮炸黄时铲出来备用，然后将家乡特制的豆瓣酱放在油锅里煸炒，再将事前准备好的姜末、蒜泥、辣椒放进油锅，待香味炒出来后再放水烧开，汤上漂起一层红油，然后将鱼放进去用小火慢慢地煨，使鱼入味，起锅时再放料酒和别的调料。先把鱼盛到盘子里，完了将汤汁一淋，葱花一撒。哎呀！色香味俱全。让你们吃后，一辈子也忘不了！"

姑娘们说，这一晚上过得真解馋，"吃"了那么多好东西，好像胃里真的也不怎么饿了。就这样她们在"精神大餐"的盛宴中度过了除夕夜。

第七章　极地情深

有一种精神，浑厚壮阔，超越喜马拉雅。

有一种情感，纯粹无私，比肩兄弟姐妹。

她们难忘那患难与共的人生历程，甚至愿意重新去体验一次。虽然遇到了异常的艰难险阻，但正是在这样困境重重的情形下，人与人之间的关系，没有私心杂念，没有功利色彩。战士们的心灵像山峰上的雪一样晶莹剔透，胸怀像连绵的山峦一样宽厚，在生死相依的行军日子里，她们演绎了动人的大爱乐章。多年后，她们常常想的不是自己，而是当年进藏路上那些无私无畏情同手足的战友。

怀暖冰脚

说起六月飘大雪，可能有人见识过这种罕见的反常天气，但说到七月盛夏冻肿了脚，恐怕就没人见过了。

章道珍的脚就在七月被冻伤过，她因此而永远忘不了一个叫高乐政的女战友。

高原夏天像孩子的脸，说变就变。本来烈日当空，突然阴云密布，转眼狂风大作，大雨哗啦啦地冲刷下来。转而风停雨歇又是晴空万里。部队在神经质一样的天气中被折腾得狼狈不堪。文工团宿营后，本以为能安稳地睡个好觉，没想到夜间又有暴风雪。章道珍正在睡梦中，听到有人喊："马不见了，马不见了！"

她连忙起来，发现自己分队的马不见了踪影。几个人赶紧分头去找。章道珍自己的马也不见了，马丢了可是一件大事，意味着第二天行军所有

章道珍

的东西无法负担。她和另一个同志顶着风雪焦急地寻找，一直找到后半夜才把马找回来。这个时候，章道珍感觉自己的双脚木木地发沉，回到帐篷里，费了好大的力气才将鞋子脱下来。她发现脚肿成了两块硬硬的冰坨，疼痛难忍。与她睡一起的是另一分队的高乐政。由于白天的劳累，她睡得正香，章道珍不忍将她弄醒，拖着冻伤的双脚躺下后，不敢将一双冰脚伸进被子里。她慢慢地将冻脚移到一侧，尽量不靠近那边的高乐政。没想到高乐政很快就被一股寒气凉醒过来，她发现章道珍的脚时，毫不迟疑地搬过来，抱进被窝贴在自己的胸口。已经累得无法动弹的章道珍说："乐政，不能这样，不能，这样会冻坏你的！"

高乐政抱着章道珍冰块一样的脚，感觉胸前一阵透凉，她紧紧地抱着说："道珍你千万别动，要不你的脚明天就完了！"这头的章道珍任凭热泪流到当枕头的棉衣上，她已不能随意支配自己的脚了。由于暴风雪一直没停，帐篷里气温太低，高乐政抱着章道珍的脚一直焐到天亮，却依然没有焐热，但章道珍已经被战友的行为感动得不能自已了。

第二天早上，章道珍跪着打好背包后，却怎么也穿不上自己那

三十七码的鞋了；后来分队的同志找来了一双四十码的，她仍然穿不上；又找来全团脚最大的肖迎春的一双四十二码鞋，她总算勉强穿上，但还是有点嫌小。

行军时朱子铮团长安排章道珍骑马，想到夜里找马的心情，想到马冻得可怜的样子，章道珍坚决不肯。她在战友们的扶持下，一瘸一拐地向前走。军宣传部部长夏川看到章道珍的样子后，过来问朱子铮怎么回事，说："你们的人脚都肿成这样了，怎么还叫她走路？"朱子铮把章道珍不肯骑马的情况向夏川汇报后，夏川看了章道珍一眼，说："你的坚强意志和爱马精神都很可佳，但你不能这样走下去。"这个时候，军政治部主任刘振国牵着他的青灰骡子正好走过来，问明情况后不容分说就把缰绳递给了章道珍。章道珍想拒绝，但看到首长一脸严肃的样子，又有些让人敬畏。刘振国和警卫员一起把章道珍扶上骡背。骑在骡背上，章道珍感觉疼痛的双脚好受些了，但看到和自己父亲年龄一般大的首长在走路，心里很不是滋味。

章道珍想着该怎么样去说服眼前的首长，让自己痛快地下来。她突然有了主意，接着用央求的口气说："首长，我这冻脚越是骑马，血液就越不流通，再这样下去，我的脚会坏死的，快让我下来吧，我能走。"

这一招果然奏效。刘振国听了章道珍的一番话皱起了眉头，想了想，觉得这小丫头说得还真有道理，才让她下来了。

三个男兵的死

"二呀么二郎山，高呀么高万丈。"

部队进入二郎山时，前政文工团的男女兵们齐声高唱起了这首歌。

二郎山海拔仅 3400 多米，在整个进藏路上，实在算不上什么高山。但它在川西境内的盆地上突然拔地而起，与高原地段没有可比性。行军时队伍一路轻松欢笑，歌声不断。戏剧队的尹学仁、邓群介、章道珍、司徒蓉、卫家喻等演员们一路唱个不停。到了泸定桥、大渡河这些当年红军战斗过的地方，每到一处，都会响起大家群情振奋的歌声。

团长朱子铮回忆当年事，感慨万分，那是一个充满欢乐和友爱的集体，像个真正的大家庭。谁病了谁就会得到关心，但谁又不愿意落后。

尹学仁是个活跃分子，他身高体壮，从甘孜出发时，主动扛着两根旗杆和团里的器材。离开岗托不久，他就病了，大概是因为年轻，他的好胜心又强，有了病不愿意说，生怕拖队伍后腿。到昌都前翻越最后一座达马拉大山时，尹学仁头痛恶心得厉害起来，脸色苍白。分队在上山前做起了"碰球"游戏，到了半山腰，细心的章道珍从尹学仁碰球时的声音，判断他的身体已经很虚弱。她跑了过来，发现他已经大口大口地喘着气，脚下像拖着石块一样沉重。章道珍要帮他分担点东西，他却摆手笑着说没事。行走时他的双腿已经飘飘忽忽，分队长陈霁、副分队长肖迎春赶紧过来分担了他身上的东西，大家一路将他拉着扶着上了山顶。到了山顶，他的两腿不停地抖动着，嘴里一口一口地吐着淡红色的泡沫。

下山后，部队宿营在昌都边上的云南坝。宿营做饭时，尹学仁蹒跚地向安佩走来，他艰难地蹲到灶前，面色发紫，大口大口地喘气说："我很想吃一口家乡的小烙饼！"安佩看了看他的样子，心里一酸，马上说："你等等，我给你做。"安佩用江水洗净凝固燃料用的盒盖，放在三块石头上，用树枝在茶缸上搅拌好代食粉，点燃了燃料，将代食粉糊糊平摊在烧烫了的盒盖上，用最快的时间做出了一张小烙饼。安佩将小烙饼送到了尹学仁手中，尹学仁望着安

安佩

佩，眼中流露出感激的神色。他慢慢地咬着，吃力地咽着。看着他的样子，安佩直想哭。

安佩对我说，多少年以后，她时常会想起两位死去的战友，一位是文工团的女兵刘韵华，刚到拉萨不久后生下女儿便离开了人世；另一位就是男兵尹学仁。两人生命垂危时对生命无比眷恋的眼神，深深烙印在她的脑海中。每每想起尹学仁在极度饥饿却又无力吃东西时的样子，安佩的心都要碎了。那时，她感觉自己一下子长大了。日后，无论遇到什么困难，都没有一丝放弃生命的念头，她相信只要活着，多大的困难都会挺过去的。

据团长朱子铮回忆，当天晚上大约11点多，大家正在睡梦中，尹学仁已经不行了，他的呼吸已十分困难。军医过来抢救，说他得的是肺水肿，给他刚喂进去药，又全吐了出来。给打了一针后安静地睡着了，凌晨4点时，他的呼吸更微弱了，守在他身边的同志焦急万分，医生赶紧做了人工呼吸，但已无济于事，他永远地睡去了。

安佩、江一、章道珍、司徒蓉、卫家喻等女兵们，在云南坝放声大哭。

在云南坝北侧500米的山角边，年仅十九岁的尹学仁长眠在那里。

朱子铮说，在断粮的日子里，女兵们表现了女性特有的爱心。国庆节那天本想吃上一顿饱饭的，但没能得到上级批准，那天开饭时，女兵们商量，尽量让那些出大力的男同志们多吃点，他们负重比她们多，一路上还要照应伤病员。吃饭时，安佩、司徒蓉、江

一、章道珍等几个女兵，主动把碗里的饭送到肖迎春、邓群介等一些男兵这边。一直喜欢照顾女兵的男人们，哪好意思吃，就这样送过来推过去，团长过来问几个女同志："你们怎么不吃呢？"女兵们说："今天是国庆节，我们特别高兴，这一高兴呀，就不想吃饭了呀！"

在翻越海拔近6000米的大雪山时，山上的积雪很厚，漫过人的膝盖，部队在雪山上一个个手拉手艰难行走。军乐队的马云亭病了，面色蜡黄，呼吸困难。张国藩一个人替他背起了背包，并和另一个同志架着马云亭在雪山上艰难行走。张国藩由于负重过量，体能已透支，很快也感觉到呼吸困难起来，胸闷难受。队长魏耀宇赶紧让大家把张国藩身上的全部东西放在了骡马身上，但没走多远，张国藩感觉心里发慌想吐，双腿已经迈不动了，他似乎得了急病，面色相当难看。魏耀宇又让队伍腾出一匹马来让张国藩骑上，并在左右两侧各安排一人保护。陈曼石、章道珍等几个女兵主动负担着马上的物资，她们背着沉重的行李跟着保护张国藩，张国藩伏在马上，头部已垂到马的腹部。

张国藩两次从马上摔了下来，他连骑马的力气都没有了。下山的路很滑，一旦再摔下来就有滑到深谷中的危险，几名同志只好将他连背带扶，蹭着山坡下山。下山后，邓群介，这个强壮的小伙子，提议用竹竿绑成一个担架抬着张国藩走。救人要紧，团长朱子铮觉得是个好办法，江一、司徒蓉、彭联碧等几个女兵赶紧捆绑担架，那几十根准备到拉萨举行入城仪式时用的旗杆被做成了一个担架。

邓群介，这个同样不足二十岁的小伙子，说什么也想不到，这个担架对他来说将是一个什么样的后果。

邓群介和其他几个同志抬着张国藩走，其他人轮流地抬着，但邓群介却始终坚持着，没有停歇。他看到别人走得都很艰难，自己

亲如兄妹的战友

不好意思叫人换手，他咬着牙坚持抬，这样的超负荷使他耗尽了全部的体力。

到达宿营地后，张国藩昏迷了，医生过来抢救一会儿，但也无济于事，他和尹学仁一样，永远地离开了人世。就在大家沉浸在无限的悲痛之中时，肖迎春过来找到朱子铮说："团长，邓群介也不行了。"大家赶紧又跑到邓群介的帐篷里，只见邓群介安静地躺在地上，面如死灰，见到团长和同志们过来，他用微弱的声音问："张国藩……咋样了？我就是胸闷……"

朱子铮让他赶紧吃药，他吃了药，几分钟后全部吐了出来。医生又给他打了一针，他安稳地睡了，然而，他的呼吸渐渐微弱，脉搏越来越轻，越来越慢……又是一个凌晨时分，又一个年轻的战士永远地长眠在进藏路上。

这个夜晚，女兵们的哭声划破凌晨宁静的天空。

2006年夏天，在北京的复兴路大街、八一电影制片厂，在成都的东郊和九龙沟以及六朝古都南京，每一位当年的进藏女兵，回忆起这段往事时，无不扼腕长叹。几十年来，她们从不曾忘记那三个埋在雪山上的战友，他们的身影清晰如昨。每每想起他们，女兵们都老泪纵横，嘴里念叨着："年轻可爱的战友呀，你们将永远地躺在终年积雪的山上，永远地寂寞、孤单。"

寻 墓

天真烂漫的女兵，怀抱远大的理想，一路受尽了恶劣环境的折磨，忍耐着常人难以想象的艰苦。那些挺过来的女兵，无论后来怎么样，她们都结婚生子经历了完整的人生过程。而还有一部分战士，她们连拉萨都没能到达，只能永远地长眠在雪山脚下、怒江之畔。

她叫杨顺慈，成都人，一个十八岁的高中女学生，文静可爱，凭着满腔热血加入进军西藏的队伍，成为光荣的女战士。杨顺慈和一批女战士经过长途跋涉，翻过二郎山、折多山、雀儿山、达马拉山、瓦合山等雪山之后，来到嘉玉桥。嘉玉桥位于西藏东部昌都以西的恩达和洛隆之间，横架于怒江之上，是进军途中必经的栈桥。这里处在横断山脉地带，雪山耸立，山谷深险，河流湍急，是进军西藏途中最艰难的路程之一。因为超负荷行军，杨顺慈在嘉玉桥畔的一个小村庄宿营时病倒了——重感冒引发急性肺炎。

途中，她的脸色不好，嘴唇发乌，走路吃力，但她还是很顽强地和大家一起艰难行进着。郑桂芬、罗宗英、唐泽贞几个战友主动帮她背背包，以减轻她的负担。这样熬了一两天，大家见她实在走不动了，就向连里反映，连队抽了一匹马，让她骑上。到了嘉玉桥宿营时，她的状况越来越差，战友们铺好床，就让她躺下休息，其他人按照分工，有的出去拾柴，有的找水，只留下一名同志照顾她。开始，她的呼吸还比较正常，偶尔也咳一两声，以后就听不到咳声了。当时都是十七八岁的年轻人，既没有照顾危重病人的经验，也没有对付高原缺氧的方法，还以为她睡着了，根本想不到她会死。大家拾柴、找水回来，战友给她送水过来时，发现她已停止了呼吸。女兵们一个个泣不成声。

在海拔 5000 多米的雀儿山，当时进藏部队传唱着一首奋战雀儿山的歌曲："提起雀儿山，自古少人烟，飞鸟也难上山顶，终年雪不断。……人民解放军，个个是英雄，雀儿山下扎下营，要把山打通。……山坡架帐篷，睡在云雾中，树枝铺在雪地上，胜过钢丝床……"这首歌曲是对筑路大军奋战雀儿山的真实写照。

在雀儿山脚下的雪地里，埋着两个年轻的女兵。

她叫杨细珍，湖南人，只上过初小，当过童养媳，因家中无亲人，1949年人民解放军解放湖南，将她从苦难中解救出来，参军入伍后，她把军队当作温暖的家。1951年春天进军西藏，她常在或饥饿或寒冷的行军中，教女兵唱湖南民歌。

战友曹旭英说，杨细珍学历虽然赶不上那些高中学生，但唱起歌来音很准，而且很富有感情，湖南籍的女兵们听起来格外亲。活泼可爱的杨细珍和大家相处格外密切，受过苦的她遇到困难的时候总是想着别人。在队伍中女兵人数少，生活很不方便，行军在荒原高山途中，几位女兵便组成一道人墙，遮着人们的视线，轮换着躲在人墙后面解小便或紧急处理女孩子特殊的事情。在这种情况下，杨细珍总是先让姐妹们轮换，最后才轮到自己。在途中口渴难忍的情况下，她总是把自己水壶里的水让给别人喝，大家都喜欢她，把她当作大姐姐。

另一个名叫邹建新的女兵，四川泸县人，十八岁，以高中学生身份参军，拉得一手好二胡。1950年在西南军政大学第八分校学习，上级将文娱骨干集中到十一中队，交给他们演出歌剧《白毛女》的任务，以鼓舞部队斗志，启发人民群众的阶级觉悟。邹建新分在《白毛女》演出队声乐组，负责拉二胡。

就是这样的两位女兵，随同筑路部队驻扎在雀儿山下，当时的生活条件十分艰苦，她们住在战士们搭建的土窑中。一次，夜间有暴风雨，土窑突然坍塌，两位能唱善弹的女战友，就这样被土石夺去了年轻的生命。

翻越了雀儿山，曹旭英将医疗器械、医药箱和行装放入帐篷，她不顾整日强行军的疲劳，不顾外面呼啸的寒风，走出帐篷寻找两位战友、亲密女伴的坟墓。在荒无人烟的山谷，一个女兵单独远离驻地是非常危险的，她只得怀着遗憾的心情，远望着夜幕即将笼罩的山野，站立在嶙峋的乱石丛中，面迎凛冽的寒风默默地说：

"亲爱的战友，我的姐妹，你们的小妹不能到你们墓前了。我在这儿给你们敬个军礼！"

在男人中间

她叫陈钊，一个年近八旬的老人。她身姿挺拔，面容清癯，思路敏捷，谈吐清晰，见到她你会觉得眼前这个老太太非同一般。十六岁那年，她从开封女子中学跑了出来，参加了豫皖苏地区游击队，跟着部队打了几年仗，入了党，提了干。

她们兄妹四人都是当年通过开封地下组织参加革命的。在18军中，哥哥和弟弟都当上了文艺兵，陈钊因为个头高而落选。对此她一点不后悔，她当时唯一的愿望是当一名炮兵，这种理想在女兵中，当属少见的。在成都的洗面桥横街的西藏自治区成都干休所，我曾就此问题问过她。她说，她从小喜欢军事，入伍后希望到正规部队去，当年刚进游击区时，她就把自己的头发理得很短，加上自己的气质就很阳刚，不细看真看不出她是个女兵。后来进军校学习时，自己主动报了军事队，人们都叫她花木兰。

第18军在乐山召开进藏誓师大会后，陈钊被派到政治部任指导员。一个二十岁出头的姑娘，大着胆子上任了，她要管理部队"八大员"，许多老同志都比她大，而且大都是男的。陈钊上任后第一次当众讲话，特意选在晚点名时，因为这个时候光线暗些，自己的表情变化大家看不清楚。后来，为了与老兵们融洽感情，她主动与战士们多接触。到炊事班帮择菜，她发现那些老兵虽然爱说俏皮话，爱发牢骚，但工作起来很认真，纯朴可爱，很讲情义，有的老兵心眼实又细腻。不到半年，陈钊离开了连队，调入西南军区保训队。临行前，她看到送她的老兵，表情里隐藏着一种难舍之情，她的鼻子酸酸的。

进藏路上，她调入了军政治部保卫部，司政机关本来女兵很少，保卫部只有她一人。行军中的陈钊，虽然很要强，不愿意受到特殊照顾，但"照顾"还是免不了。比如，她无法一人占用一个帐篷，常常和男同志睡在一起，那些兄长一样的战友，总是把最暖和的地方给她留着。她有什么不舒服，都会得到兄长们的关爱。

在西藏自治区成都干休所的一间会议室里，陈钊回想悠悠岁月，充满怀念。她说，在那些特殊的日子里，战友之间的感情纯朴深厚，甚至超越了亲兄弟亲姐妹。她记得在第18军刚组建时，向大西南挺进，过了淮河，她得了疟疾，夜里总是发高烧。作为机关文印股唯一的女兵，她和男同志睡在一个地铺上，股里一位王同志，每天夜里按时叫她起来吃药。当时没有暖水瓶，老王在吃晚饭时留着一杯开水，夜里起来时，先用草把水烧温，然后再喊她起来吃药。那种细致入微的照料，现在想来仍让她感动不已。

在成都，我很想见见一个叫杨星火的女诗人，但她已经故去了。

她留下了一行行关于那个年代的激情炽热的诗作，还有关于她进藏的故事。在美丽的蓉城，我无法听这位诗人亲口道来，只能借助当年和她一起出生入死的"老西藏"们的讲述，以及她留下的相关回忆文章来尽量还原她的故事。

在前面已经集中写过关于女兵们来月经的故事，之所以将这一个故事放在这儿，我觉得更能准确地表达一个意思，那就是男女战友间那种超越世俗的深深的爱和情。

当初，这个女兵诗人写下的第一首诗叫作《叫我怎能不歌唱》，被谱成曲后，一下子唱遍了大江南北，还获得了一等奖。

杨星火在自己的回忆录中写道：那年她跟着筑路部队生活了八个月。女孩子参加筑路，每个人都会遇到那个特殊问题。刚下连队时，什么东西都带，包括足够三个月用的例假草纸。三个月后，草纸用光了。那时，部队正在荒无人烟的原始森林里筑路，到哪里买去呢？这种事，女孩子又羞于启齿。怎么办呢？情急之下，她只能把床垫里的棉絮剪下来用。三个月后，床垫被剪光了。下个月又能剪什么呢？只能剪被子。可是高原的夜如果没有棉被是不行的。这时的杨星火真有点怨自己为什么是个女孩了。

正在她一筹莫展的时候，老营长到连队来了。他把她悄悄叫到离住处几十米外的一棵树下，塞给她一大包东西。她打开一看，脸"唰"的一下红了，里面是草纸和消毒棉花。她低着头看着脚

1953年《慰问小唱》剧照（前排左一为杨星火）

尖，羞答答地问老营长："你怎么知道人家……"老营长骄傲地仰起头看看天，说："我是谁啊？神仙！料事如神。"杨星火突然想起母亲，在家的时候，这些事是瞒不过母亲的眼睛的，也只有她才会那样细致。眼前这位看上去粗壮的汉子，却有着母亲般的细致和柔情。她的眼泪一下涌了出来。

后来，她从卫生员那里了解到，有一次连队检查卫生，卫生员看到她的床上没有床垫，又发现她的"专用厕所"里有一堆一堆的红色棉絮，他们就将这个特殊情况向营部反映了。老营长一听就知道发生什么了，就命令一个战士骑马到公路终点采购了一些卫生用品。

黄道群是千名进藏女兵中，少有的一名女侦察兵。这位早年做党的地下工作的女情报战士，一直默默无闻地为革命事业奉献着自己的青春。由于工作的特殊性，她的事迹很多时候无法去宣传、去受奖，但她始终有一种乐观向上的心态。

她当年随第18军侦察科进行先遣队侦察时，一直和男同志们住在一个帐篷里，同志间那种纯洁无私的感情，那种无比珍贵的经历让她永生不忘，每次回味起来，她都感到很温暖很美好。

女政委

她叫郑旭，是一位在进藏队伍中受许多女兵爱戴的大姐。

我曾数次打过长途电话寻找这位"大姐"，在将要失去信心时，有人给我提供了一个重要的线索。根据这个线索我找到了她，怀着激动的心情赶紧联系，可老人的耳朵已经很难听到我的声音，无法顺利接受采访。

在第18军文工团进藏队伍的许多女兵的心目中，身高体壮的已婚副政委郑旭是个说话干脆、办事利索、性格刚毅的女强人。她的表情虽然总是十分严肃，但她有一副柔肠。部队到达甘孜休整时，团里收到了一封从后方政治部转来的信，信是泸州郊区一些人联名写来的，信的内容是"揭发"团里歌舞队一个叫童莹华的小演员。小童刚刚十四岁，天真活泼，性情开朗，跳起舞来姿态优美。

信中反映小童是地主家庭出身，她家在当地有些劣迹，要求部队开除小童，将她退回去。郑旭看了信，想到抗日战争时期，在老根据地的减租减息运动中，曾出现过不少株连地主子女的过火现象，并造成了那些子女的人生惨境。她扣下了那封信。这件事仅有个别领导知道，连小童本人都不知道。后来，有人就此事问郑旭，为何就能把信单独扣下了。郑旭认为，主要还是取决于自己当时对党的政策的理解，"家庭问题看本人，历史问题看现在，出身不由己，道路可选择"。正是基于这样的理解，郑旭才作出决定的。

郑旭爱憎分明，部队进入康定时刚好在国庆前夕，文工团要为当地藏胞和僧俗上层演出，这是入藏的第一场演出，任务交给了豫剧队。豫剧队的前身叫"河南灾童剧校"，早在 1945 年在西安由河南灾民和流浪艺人创办，牵头创建人是河南籍帮会头目和著名艺人，这些小演员都是从小受苦的孩子，在旧社会饱受了童年的艰辛和艺人的苦楚，整个班子入伍后便加入军文工团进藏。

一个叫王绥德的老职员，平时身上流露出一些坏习性，总是不把郑旭放在眼里，对一个女流之辈领导自己有些不服。对于这些表现，郑旭开始也没太介意。那天演出将要开始时，王绥德拉着一名小男生来到后台找到郑旭，说小演员忌荤，晚饭里有些猪肉，导致小演员没吃饭，不能上台演出。郑旭觉得事情太突然，第一次为藏族人民演出，不能出岔子，于是，耐心地做了王绥德的思想工作，要炊事班以后注意伙食的调整。小演员的戏又不重，赶紧让吃点东西，准备上台。没想到那王绥德却坚决不同意。开场的锣鼓响了，没有时间再纠缠下去，郑旭果断地命令换人。这件事引起了郑旭的注意，后来王绥德到了甘孜又违反了纪律。一次，郑旭从一些小演员口中得知王绥德有严重的犯罪行为，经过深入细致地调查，发现这个家伙原来是个罪大恶极的流氓痞子，多次欺压男童，强奸幼小的女演员，加入队伍后仗着自己过去的淫威，仍在暗中操控着豫剧队。后来，经过军保卫部调查后，王绥德交代了自己的罪行。王绥德被军法处置后，那些受过欺凌却不敢声张的小演员，真正得到了解放。一个长期受王绥德操控的小演员扑到郑旭的怀中大哭起来。

第八章　驼铃声声

俗话说："兵马未动，粮草先行。"该如何行？除去将士们身上背负有限的粮食物资外，更多的还是要靠那些"无言的战友"来承担。骡马队、牦牛队、骆驼队成为进藏线上一道庞大景观，它们默不作声地行走在雪山草地间，承载着部队成千上万的物资。

它们与进藏女兵有着许许多多的动人故事。一匹马死去，会让她们掉下伤心的泪水。牦牛撞伤她们，她们会强忍着不哭，但一头牦牛丢了，她们会急得大哭起来。它们的背上，背负着维系整个部队生命的物资。女兵们与这些充满灵性的动物演绎了一段段生死情缘。

女兵牦牛队

年过八旬的田涛，清楚地记得当年在四川眉山三苏公园里，第18军主力第52师进藏出征誓师大会的情景。军政委谭冠三亲临会场检阅部队。

当时的师长吴忠正是自己的丈夫，站在全师队伍的前面庄严宣誓：一定要把五星红旗插到喜马拉雅山。整个广场上回响着嘹亮的

女兵牦牛队队长田涛

军歌。她站在队列中，率领康藏工作队三十名女兵一同宣誓，看到自己的丈夫意气风发，心里油然生出一种幸福。

部队进入甘孜后，第52师购买了一万四千头牦牛。五千多头分给了北路部队，其余的编成了五个运输队，从中路进昌都。田涛率领工作队，赶着两百多头牦牛上前线，在支援昌都战役中谱写了动人的"牦牛进行曲"。领受赶牦牛的任务时，师领导多少有点担心，这些身体柔弱的女兵们在进高原"自身难保"的情况下，能否将这些牦牛护送到前线。

女兵牦牛队的队长就是田涛，这位从淮海战役后进入大西南的山东女兵，现住在北京北四环的北极寺干休所。回忆起当年领导的三十多名入伍不久的女兵和两百多头健壮的牦牛，她有着自己独特的感受。在老人珍藏的照片中，她给我四张不足一寸长的小照片，有两张就是她们当年赶牦牛的照片。

田涛回忆说，当时自己领回牦牛时，姑娘们都觉得很新鲜，围着牦牛一番品头论足。个别胆小的女兵看到那些粗头怪脑的家伙，心里有些怵。部队出发时，队长田涛专门向她们讲了赶牦牛的重要性。她们都知道了牦牛驮着的银圆、粮食等物资是前方部队等着用的，责任重大。在横断山脉中，她们顶着风雪，克服重重困难，将两百多头牦牛送到了前线。

那些难以捉摸的大家伙常常会把小女兵吓得心惊肉跳。当然，初赶牦牛的女兵，摸不透它们的习性，总会出现这样那样的问题。徐萃文年纪小，牵着牦牛走在队伍的最前面，说不清什么原因，小徐牵的牦牛突然发狂，先是在原地蹦跳，大声地吼叫，将背上驮的物资使劲地甩下来，然后撒腿向林中奔去，转眼就不见了踪影。

"牦牛跑了！牦牛跑了！"小徐急得像犯了大罪，坐在地上大哭起来。田涛过来安慰了小徐，让大家分头进入树林里找。李国柱从藏族人民那儿学会唤牦牛的口哨，并教会了几个女兵，几声悠扬的口哨声过后，牦牛果然乖乖地从树林里钻了出来。小徐这才破涕为笑。

日子长了，女兵们对牦牛的习性渐渐熟悉，对这些伙伴也有了感情。牦牛虽然强壮，但由于在高原负重长途跋涉，有的牦牛渐渐消瘦下来，有的牦牛累垮了默默地死去。对死去的牦牛，女兵们都非常伤心。见到牦牛背上被磨破后露出了一道道血痕，女兵们就用干净的软布给牦牛擦伤口，再扯出自己棉衣里的棉花，在牦牛背上垫上一层厚厚的棉垫，减轻牦牛的痛苦。

队伍进入一座横跨两个山谷之间的白利桥时，一头牦牛大概是受到了桥下雄浑的浪涛声的惊吓，发疯一样冲向了队伍正行走的桥上，铁索桥面突然剧烈晃动起来，桥上的人赶紧向两侧闪开。牦牛很快就冲到桥中间，女兵孙常愉见牦牛冲来，下意识地做出了反应——跨前一步抓紧了护栏。没等她转过身来，牦牛就将她的身体顶了起来，由于桥面过窄，她

女兵牦牛队里的牦牛

被挤出了桥面。小孙整个人悬空吊了起来，她紧紧抓住护栏，想用力用脚勾上桥面，可人被护栏的铁丝缠住了，无法挪动身体，只好随着晃荡的桥面打着秋千。她的帽子、背包、棉大衣都掉进了浪涛里。人们被突如其来的场面给惊住了。

正在指挥部队过河的师直工科长乔学亭见状，大喊道："抓紧护栏，千万别松手！"他快速向桥中央跑过来，大声命令孙常愉后面的人："快把她拉住，快！"

走在孙常愉后面的两名同志赶紧冲过来抓住了她的胳膊，又有几个人过来一起将她拉上了桥面。孙常愉被拉上来时面色苍白，她已吓得说不出话来，却没有哭，但桥这边却传来了两个女兵的哭声。恢复了平静的孙常愉，用一双大眼睛对救她的战友表示感激。师首长闻讯过来时，孙常愉向领导汇报了刚才的险情后，还没忘向首长敬了一个礼。

我在原成都军区大院里见到了年逾古稀的孙常愉，她回忆那段

牦牛队部分女兵合影

往事时说，那是她进藏路上最惊险最刺激的一段插曲，难以忘记。她告诉我，那个叫乔学亭的直工科长后来成为她的丈夫。女兵们有了前些日子赶牦牛的经验，一路上虽然仍遇有一些波折，但经过大家近一个月的努力，顺利地将牦牛和粮食送到了觉雍兵站。

骡背医院

西北进藏线的地势，相对于西南线的横断山脉要平缓一些，但由于高海拔和大面积无人区，行军同样面临着严峻的考验。从香日德出发时，浩浩荡荡的骡子大队、马大队、骆驼大队、牦牛大队，开进在青藏线上，由马大队领头，整整连绵了几十里，无比壮观。吴景春说，那场面真是罕见，可以称之为一大奇观。据说，西北独立支队开展征集骆驼的工作时的一些事迹十分感人。为了支援解放

骡背医院

西藏，西北人民向进藏部队支援了一万多头骆驼。西北独立队几乎征集到了当地全部的骆驼。

吴景春说，在几千人和几万头牲口的大队伍的最后，有一个奇特的"医院"，它建在骡子的身上，在队伍的编排中又叫收容队。这个建在骡背上的医院有一张单人病床，由两个骡子抬着一个小棚子，西北人管它叫架窝子。就是这架窝子在当时管了大用，真不亚于今天大医院的保健病房。病人住在这个"病房里"可以坐、可以躺，也可以避风挡雨防寒冷，因而能得到充分的休息和尽可能好的护理治疗。进藏途中许多伤病员就是在这里战胜了死神，恢复了健康。一个女干部还在这个"医院"里顺利地生下了孩子。

骡背上的"医院"是西北独立支队的专利，"医院院长"是郭季宣。

在徐奎家中，郭季宣对我说，那个所谓的医院由二十头骡子搭成的十个"架窝子"组成，虽然很简单，但"医院"对所有医务人员的要求非常严格。在行军的特定环境下，"医院"有一套相对规范的管理制度。每天都要按时查房、治疗、书写简要的病历。在行军途中，医护人员总要跑前跑后照顾病人。

有一天，骡背医院收了一个重病人，是因为感冒和极度缺氧导致的肺水肿，病人大口大口地吐着粉红色血沫，医生听诊时发现肺部满是像开了锅的水泡音。经过医护人员全力抢救无效，他在骡背医院度过了人生的最后时刻。

吴景春当时是救护队的护士，她清楚地记得，那是一位为进藏部队运输物资的民工，他穿着一身青衣皮袄皮裤，头上缠着一块白布，一脸憨厚的样子，一看就是能吃苦耐劳的西北庄稼汉。吴景春说，在整个进藏线上，西北人民做出的贡献不可低估。他们不仅无私地献出了大量的骡马、牦牛、骆驼等牲畜，还亲自上前线，许多人甚至献出了生命。他们是真正的无名英雄。那个民工的样子至今让她记忆犹新：他安详地躺在骡背医院的病床上，似乎为自己临终前能在荒无人烟的高原上躺在温暖的"架窝子"里感到满足，觉得这算是一种不错的归宿。

那些骡子是"医院"的主体，没有它们就没有医院。骡子身体强壮，才能为伤病员提供安生休整之地。一路上，大家都把骡子当战友看，它们的待遇往往超过人。行军中，粮食定量时，骡子一定要吃得饱饱的，它们的休整放牧也有专人照应。每到翻山越岭时，要根据地形临时拆散架窝子，好让骡子轻松行进，安全过雪山、草地、沼泽及冰河。部队先后穿过黄河源头的沼泽地带和长江源头的通天河，翻越白雪皑皑的唐古拉山，骡背医院经过了无数次的冲击，不断地拆散，又不断地重组。吴景春和徐奎等一批女兵，一会儿成了"医院"的装卸工，一会儿又成为"医院"的构建者。

在整个进藏部队中，行军时始终流传着这样的顺口溜："上山不骑马，下山马不骑。平时骑一半，最好不要骑。"这也是上级的有关规定。意思很明白，马是最主要的运输工具，是整个部队长途跋涉最为忠实的伙伴，要倍加爱惜。

马走不动了，躺在雪地上，战士只能眼睁睁地看着，它那疲惫无助的样子十分可怜。当时，大家肚子都很饿，却没有人想到去杀它。

满头白发的江一老人，是当年第18军文工团的一员，谈起马来，她有些激动地说："我们文工团出发时分了十八匹马，到了拉萨只剩下七匹了，每每看到那些无言的'战友'累死在荒原上，我们心里很难过，三步一回头，看得真是舍不得，可又没办法。有人曾问过我，路上缺粮食饿得不行，那些马死了，为何不把它吃掉？我说就是饿死，也不会那样做！"

女兵王蓉翰爱马如亲人。马身上鬃毛蓬乱，她就用自己的梳子为它梳洗，为它编小辫，她还把自己很喜爱的一根红绸系在它的小辫上，打个蝴蝶结，这样可以在马群中很快地找到它。在宿营地，天黑前队长让上山割马草。为了不让马吃到有毒的草，王蓉翰只敢选择一种像小蒜苗叶似的草，一点点地用毛巾包好，匆匆下山回营，把马草交给队长。队长一看大笑起来，高高地举着小王毛巾里的马草说："这么点草，够一匹马吃一口的。"小王又羞又难过。

和那些爱牦牛的女兵一样，王蓉翰在疲惫的行军途中总是咬着牙，再累也不愿骑在马上，她担心物资磨破马的背。每日起床后，她总要细心地为马垫好厚厚的棉垫，上好驮，让马一路好走。

部队要过金沙江的那天，全队的任务就是先把马群赶过江去，然后才是物资和人过江。金沙江横渡距离较宽，江水湍急，有漩涡。几个藏族汉子驾着几只牛皮船牵领头的马先下水，然后文工队近百人在岸上齐声赶着马群下水。开始还算顺利，谁知马群游至江中流时一个大浪袭来，几匹马被冲向下游，船和马乱作一团。红绸结离开了小王的视线，急得小王差点哭出声来。她为自己的马悬着心，她怕心爱的马经不住这场险风恶浪。

好不容易赶完马，牛皮船队又忙着来回运物资过江，直等到皓月当空，才来了一个牛皮船运送王蓉翰和几个留在江这边的人。上岸后的王蓉翰跑向马群，看到自己的马经过在江上的折腾，这会儿正浑身水淋淋地站在寒风中瑟瑟发抖，那根红蝴蝶早已不见，王蓉翰心疼极了。像久别重逢了亲人，王蓉翰抱着马的头又亲又蹭，马也打着响鼻，亲热地招呼她。

小儿马

2006年7月的重庆，气温始终在40℃上下。那些天，我在酷暑烈日中东奔西走，寻找一个叫冯克运的进藏女兵。

在杨家坪的一个坝子上，一幢靠路边不远的新楼里，冯克运讲起她和小儿马的故事，说到动情处热泪盈眶。

那匹小儿马是她从青海一路带到拉萨的。当时，她和吴景春、高生玉、孙汉云、王改兰五人一起从西安出发后，在青海西宁的一个马场，专门学习了一段时间骑马。上级分配给她所在的医疗小分队一批马，冯克运一眼就选中了一匹屁股上印有"9573"的小儿马。

冯克运

当时马场的一位老饲养员对她说："儿马难骑，见了母马或骡子它会发疯的，你们小姑娘是降不住它的，到时会让你哭鼻子，还是选个别的。"

冯克运站在小儿马的跟前看着它，它在马群中显得很小，浑身的毛发溜光，睁着两只铜铃样的大眼，似乎在对这个小主人探问："你行吗？"冯克运越看越喜欢。就是它了！她拿过饲养员手中的马绳。那老饲养员还想说什么，冯克运朝他笑了笑，欢天喜地牵着马走了。

训练时，冯克运开始领教了小儿马的厉害。第一次上了马背，她就被小儿马冷不丁地摔了个倒下垂。

第一天训练时，小儿马把冯克运当成敌人，只要她翻上马背，它就会又蹦又跳，想方设法要把她摔下来。搞不清小儿马是在反抗还是在搞恶作剧，故意让冯克运难堪。冯克运一次次从小儿马背上摔下来，倔强的她遇上了更倔强的小儿马，围观的人都在看表演似的兴奋不已。有人喊："小冯，看你俩谁斗得过谁！你能把它给治服了，算你能耐！"

被小儿马摔得狼狈不堪的冯克运，身上青一块紫一块的，裤子都被摔破了，但她没有退缩。那个老饲养员看看小姑娘的样子，牵来了一匹温驯的老马。有人叫冯克运赶紧换了得了，冯克运就是不换。后来在一些老同志的指导下，冯克运终于驯服了小儿马。

行军途中，小儿马异常乖巧，死心塌地跟着自己的主人。冯克运同样爱马如己，她只让小儿马驮点行装、干粮和牛粪，队伍一休息冯克运便将这些东西扯下来，赶紧拔草给它吃，不时地为它梳毛挠痒。小儿马则总是用头和嘴在主人的脸上磨来蹭去。

一次部队翻过一座雪山后就地休息，疲劳的冯克运倒地就睡，很快进入梦乡。休整的部队出发了，护士长在前面喊了声"冯克运"，她也答应了一声。护士长以为她过一会儿能跟上来，就先走了，冯克运嘴上答应却又睡下了。她爬山时总是在不停地呵护着自己的小儿马，居然疲惫到站不起来的地步，倒头便又进入梦乡。后来，她在睡梦中听到小儿马的刨蹄声，醒来时已近黄昏，那小儿马正站在一旁舔着她的脸。冯克运"噌"地坐了起来，发现雪地上露出一个很大的雪坑，那正是小儿马刨出来的。看着荒无人烟的空旷地，没有一个人，冯克运吓了一大跳，她赶紧翻身上马飞快奔驰，向部队行军的方向追去。夜幕已经降临，天上星光闪烁，四面是寂静的山谷，只听到自己的小儿马奋蹄声声。冯克运想起部队老同志讲过的那些凶残的野兽，冷汗直冒。小儿马不知跑了多久，终于跑到一个藏式的帐篷边，一个民工大叫："哎呀，冯克运活着！冯克运还活着！"

听到那民工的叫喊声，冯克运哭了起来。她说不清是感动，是愧疚，还是欣喜。

后来，小儿马一直将她护送到拉萨。在拉萨城里，冯克运的小儿马在一次赛马中获得第二名，与第一名那匹高大的马相差不足半个马身。到了终点后，冯克运紧紧地抱住了小儿马的头，表示祝贺。后来，马交公时，冯克运说什么也舍不得，但她没法留住它，最后一别时，她哭了，小儿马也流泪了。

小青马

　　西安城一幢老式房子里，摆放着一些老式家具，这里是贾瑞梅的家。她给我倒了杯水后，坐在了木椅上，捋了捋花白的头发，谈起了她当年与马的故事。

　　当年从西北线上进藏的女兵们是随牛大队出发的，每人配了一匹马。但配马不是为了乘骑，而是为了驮运军需物资和粮食。马匹成了维持生存、保障给养的主力，是必不可少的亲密伙伴。

　　贾瑞梅牵着她那匹小青马，一路上精心照应，像母亲对孩子一样，每天放牧两次。只要遇到河水，再累也要牵马去饮水。在大雪天的夜里，贾瑞梅怕自己的小青马挨冻，将盖在自己身上的皮大衣披在了小青马背上。

　　部队过了黄河源后，进入了有"星宿海"之称的沼泽地段。看到前方一些骡马陷进泥沼无力自拔时，贾瑞梅牵着马小心地在草疙瘩上迂回跳跃地走，一路上嘴里念念有词："小青马，小青马，你一定要走好，千万不能踩到水洼泥沼中啊！"那小青马似乎听懂了主人的告诫，四蹄灵巧，越过一个又一个泥沼，六七天下来，安全地通过了"星宿海"。

　　在长途跋涉中，由于缺氧、饥饿、疾病，有不少马走着走着就倒下了。沿途有大量的马匹尸体，成群结队的大雕和乌鸦啄食这些尸体，场面惨不忍睹。一些驮运过重的马匹累得骨瘦如柴。由于缺氧，一些老马行走时胸脯像拉风箱似的喘着粗气，有的嘴里吐着白沫，走起来摇摇晃晃。看到这样的情景，贾瑞梅不停地用手抚慰着她的小青马。

通天河，是西北线进军路上一道重要的关口。独立支队人马到达时，恰逢一场大暴雨，河水暴涨，水流湍急，试渡的牲畜不少被大浪直接卷走，也有人员伤亡。贾瑞梅和她的小青马等待过河时，宿营地发生了一起事故。早上起来时，牛大队的大部分马都不见了。听说夜间有狗熊闯入营地，使马受惊冲出马厩不知去向。贾瑞梅发现自己的小青马还在，松了一口气。她和另外几个女兵骑马去找大队的马，在这次任务中小青马发挥了大作用，它和五六个伙伴沿通天河沙漠地带一路寻找，终于在一个避风的山坳处找到了大队丢失的马群。

唐古拉山，是西北线上又一道难关。爬山时，贾瑞梅将她的小青马缰绳盘在它的脖子上，马乖巧地跟在她的后面。爬了三个小时后，贾瑞梅已经体力不支，她气喘吁吁，双腿无力。山高缺氧无法停留，她的战友们都有虚脱的症状。此时，一位指挥员喊道："大家可以拉一下马尾巴。"这一喊，贾瑞梅掉头看见自己的小青马正朝她望着，它同样喘着粗气。它似乎明白主人的意思，走到了主人的前面。贾瑞梅不忍心拉自己的小青马的尾巴，咬着牙继续向山上爬去。小青马在她前面不断地摇晃着尾巴，好像在示意她拉住。她实在走不动了，抓住了马尾，感觉小青马突然发力向山上攀登，而自己顿觉轻松起来。她缓了一口气，赶紧松开手，她知道小青马非常吃力了。她和小青马总算爬上了山顶。再看看战友们，他们的脸色都呈乌紫色。山上无法停留，接着下山，到了半山腰，部队已经连续行军十六个小时，已经是名副其实的人困马乏。

看到累得不断喘着粗气的小青马，贾瑞梅过来轻轻地抱了一下它的头。唐古拉山是青海和西藏的分界线，越过唐古拉山就是藏北草原了。小青马经过四个多月的行军，将贾瑞梅一直护送到拉萨。进藏是她一生中难忘的事，而小青马在唐古拉山上让她渡过了行军中的最大难关，同样让她永远无法忘记。小青马要交公了，和冯克运一样，贾瑞梅怀着复杂的心情和自己心爱的马道别。

那天下午，贾瑞梅在帐篷里写行军总结，忽听帐篷外有一阵响动，她走出来一看，简直不敢相信自己的眼睛，小青马居然找到了她的帐篷。贾瑞梅过了好一阵才回过神来，冲过去像拥抱久别的亲人，紧紧地抱住小青马的头。

第九章　抢修甘孜机场

前方先头部队粮食告急，面对地形复杂的横断山脉，那些缓慢的牦牛运粮队一时跟不上去，官兵们只能饿着肚子。抢修一个机场，实施空运补给迫在眉睫。1951 年春，毛泽东在发布《进军西藏的训令》中规定：西南军区之第 18 军留两个师（第 53 师、第 54 师）先修甘孜机场，后修通昌都的公路。

西南军区审时度势，以最快的速度作出了部署，调动了大量的兵力、民力、物力，成立了机场指挥部，第 53 师师长金绍山为司令员，第 54 师师长张忠为副司令员。

1951 年 4 月 11 日，甘孜机场正式开工，11 月 26 日举行落成典礼，历时近八个月，除两个主力师外的部分女兵，军大八分校、卫校等几百名女兵都投入了抢修机场的任务。

女兵们在抢建机场中表现如何？她们遇到了哪些意想不到的困难？她们又有着怎样的故事？

土窑洞

一位当年进藏女兵的女儿，通过一个偶然的机会出差来到了甘孜，她下飞机后没有急着见她的朋友，而是直接向机场边的山脚下走去。听已故的母亲讲述过当年修机场时的故事，她想看看母亲当年亲手搭建并住了八个月的窑洞是什么样。

她来到了机场南边的山崖边，看到了那些残留了半个多世纪的窑洞。窑洞多已塌陷，也有的相对完整，大约一米高，人必须小心翼翼弓着身子才能进去。因为风雨侵蚀，几乎所有窑洞的洞顶已经垮塌，她只能站在土墙上俯瞰窑洞的结构。大多数窑洞就简单得只有一个房间，她想那应该是母亲和她的战友们亲手搭起居住的。她听母亲说过，女兵们住的都是那种单间式的洞。窑洞内景即便是这样简陋，她们也想了很多方法让它们美一点，比如在洞门两侧凿出两个小窗，一来增加空气流通，二来增加室内自然光线。要是在夏天，窗台上还可以摆放花花草草。有一部分窑洞的进洞口多了一条走廊，走廊两旁的土墙上有一些凹洞，里面可以摆放一些杂物。从走廊上的矮门进去才是卧室，这样的结构保暖性比单独一间的要好，至少风不会直接灌进来。还有的明显是一室一厅的结构，这种窑洞估计是指挥部领导住的。但就算是这样的构造，窑洞里的黑暗、潮湿也是不言而喻的。

甘孜机场附近的窑洞

甘孜机场的窑洞内景

她站在杂草丛生的窑洞里，洞顶高度和她的头齐平，虽然洞顶早已垮掉，她仍感到非常压抑，很难相信母亲当年就生活、工作在这样的地方。她闭上眼睛，仿佛看到窑洞里一团昏暗的灯光下，母亲大汗淋漓、尘土满面地钻了进去。

如今的甘孜机场旁，春天里，青稞田绿浪起伏，窑洞遗址上面野花野草在风中摇曳。女儿凝望那些生命力顽强的野花野草，热泪滚滚。

顾梦舟当年是第 18 军第 54 师医训队学员，如今她在四川广汉，退休后依然笔耕不辍，已经出版了文学作品集。

1951 年春节后，医训队一百五十多名学员奉命停课，接受进军西藏修建甘孜飞机场的任务。顾梦舟说，部队从邛崃出发时，医训队队长欧阳明军向全体学员传达了上级指示。他洪亮的声音几十年后依然萦绕耳边："现在进藏的先头部队已经断粮，前方部队为了生存，不得不吃马料、挖野菜、捉老鼠充饥。即便是这样艰苦，也

抢修机场的女兵

没有动摇部队进军西藏的决心，现在先头部队已经为我们树立了榜样，我们一定要以吃大苦、耐大劳的精神去完成在世界屋脊上修建飞机场的重大历史任务。"说到这里，欧阳明军向全体学员发问："大家有没有决心？"那些被青春激情燃烧的学员们同声喊道："有决心！"

医训队坐着美式十轮大卡车到达泸定，又从大渡河东岸摆渡到河西，改乘苏式六轮嘎斯车，经过一个星期的颠簸到达了甘孜。

同时，第18军卫校的近三十名女学员在一个雾气弥漫的早晨，高唱着军歌，一路斗志昂扬地向甘孜进发。年轻的姑娘们到达宿营地后，住在一个荒山坡上，她们搭起了帐篷，挖好了炉灶，才领略到高原气候的厉害。因为高原冻土硬得跟石头一样，钉子无法稳稳地钉进去，女兵们费了九牛二虎之力才将帐篷搭好。做饭时，女兵们用刷牙缸从很远的山间取来水做饭，浑浊的水经过长时间的沉淀才能饮用。由于高原气压低，水到70℃就开了。一锅饭做了很长

战士们逐渐习惯高原生活

炊事班战士工作情景

时间还夹着生，大家只能凑合着吃。吃饭时，一阵狂风吹来，碗里全是沙子、小石子，没办法，只能连着沙子吞下去，否则就要挨饿。

顾梦舟说甘孜的风很大，女兵们每晚入睡时，山坡上的帐篷都被大风刮倒，女兵们用的菜盆碗筷被风刮得叮叮当当乱跑。姑娘们赶紧披上棉衣，顾不上穿鞋，爬起来追被风刮走的帐篷、菜盆碗筷。有时，狂风夹着暴雨，将姑娘们的帐篷、棉衣、棉被整个浇了个透。

与行军不同，修建机场要在这里驻扎一年半载。在山坡上搭帐篷无法抵挡高原的狂风，上级就命令在山坡上挖窑洞。在挖窑洞的日子里，女兵们要自己上山伐木、砍树枝、挖草皮。由于一个班只有一把斧头，女兵们只能用从藏胞那里借来割青稞用的镰刀砍那些碗口粗的大树。从没干过重活的女兵们，原来被冻坏的手又被震裂开，血渗到刀柄上，所有人的手掌上都磨出了血泡和硬茧。砍倒树干后，她们沿着陡峭的山路将树干或扛着或抬着到几十里外的工地上。有时由于下雨路滑，几个女兵一直到天黑才回来。

易莲芳

早就听说在修机场时有一个荣立一等功的女英雄，叫易莲芳。

关于易莲芳的故事有很多很多。

十五岁的易莲芳有一天发了高烧，队里让她在家休息。女兵出发时，她在帐篷里干完了内务，悄悄地跟在一帮男兵的后面上了山。她在山上砍下一棵树，扛了三十多里到驻地。傍晚女兵班回来后，发现易莲芳不见了，队长急得大声喊了起来："易莲芳，易莲芳，你跑哪儿去了！"后来有人报告说易莲芳跟着男兵从山上下来了，大伙过来发现后，十分惊愕。她那瘦小的身体，发着高烧居然能扛着一棵树回来，真是了不起。然而队长不但没有表扬她，反而狠狠地批评了她一通。他说："易莲芳，你不要命啦！谁让你去的！为什么要这样做？"

易莲芳盯着队长，用带着血迹的手臂抹着额头上的汗水说："队长，我想好好干，我想去见毛主席，还想去朝鲜打仗！"

易莲芳说得很认真。正在气头上的队长看着眼前的小女兵，差点笑出声来，挥挥手说："快点回去洗洗吃饭吧。"

接下来挖洞时，由于地面太硬，锹镐下去不管用，女兵们的手上虎口都裂开了，血珠冒出来。顾梦舟、易莲芳和其他几个女兵，就点燃草根把表面的冻土慢慢焐暖融化开来，然后再用锹挖。

经过几天的挖建，窑洞全部修好了。女兵们从帐篷搬进窑洞，头一天搬进去，都觉得新鲜，兴奋得睡不着觉。因为是新挖的，里面很潮湿，人在里边睡觉，头上常滴下浑浊的水滴，有时落在头发上，第二天醒来头发已经被粘得紧紧地，拿梳子用力梳都分不开。这样的条件虽不尽如人意，但总能挡风遮雨，比住在常被风沙刮跑的帐篷里要好了许多。

酥油胡辣汤

当年参加修机场的王琦玉老人，谈起修机场的往事，首先跟我讲起了酥油茶。她问我是否知道酥油茶的来历、作用和制作过程，我说不明白，她便向我讲了一通。

酥油茶是藏家生活不可缺少的饮品。将特制的茶叶捣成汁，加以酥油、食盐和精制的香料，在茶桶中用杆搅拌成水乳交融状，即是酥油茶。

从牛奶、羊奶中提炼出来的酥油是每个藏族人每日不可或缺的食品。牧民提炼酥油的方法比较特殊，先将奶加热，然后倒入一种叫作"雪董"的大木桶里，这桶高四尺、直径一尺左右。用力上下抽打，来回数百次，直搅得油水分离，上面浮起一层湖黄色的脂肪质，再把它舀起来，灌进皮口袋，冷却了便成酥油。一般来说，一头母牛每天可产四五斤奶，每百斤奶可提取五六斤酥油。

酥油有多种吃法，主要是打酥油茶喝，也可放入糌粑调和着吃。逢年过节炸果子，也要用到酥油。酥油茶是藏族群众每日必备的饮品，是西藏高原生活的必需品。寒冷的时候可以驱寒；吃肉的时候可以去腻；饥饿的时候可以充饥；困乏的时候可以解乏；瞌睡的时候，还可以清醒头脑。茶叶中含有维生素，可以减轻高原因缺少蔬菜带来的身体损害。茶叶还被当作圣物，与经书、珠宝一道，装进每一尊新塑成的佛像内，并经活佛加持开光，这尊佛像才有灵气。藏族人家的积福箱里，收藏着此家历代能够得到的神圣物品，其中最重要的一件就是茶叶。

从古至今，在康藏和滇藏线上的茶马古道，就是缘于藏族人民制酥油茶，其中的必需品——茶在西藏没有原材料，必须向内地的四川、云南等地购买。藏无茶，而川滇少马，通商交易自然形成，千百年雪山冰川中的茶马古道就被三地庶民踩踏出来了。

清秀端庄的王琦玉，当时是第53师的一名文化教员，她所在的女兵班来自司、政、后、卫（当时的后勤分为后勤处和卫生处）四个单位，一共十二个人。她虽然是施工军队的文书，但和大家一样，也要干体力活。

王琦玉说，之所以首先要聊这酥油茶和茶马古道，是因为甘孜是汉藏交汇地，所有人都知道修建甘孜机场是关系到先头部队生死存亡的大事，关系到整个进藏部队能否把红旗插到喜马拉雅山上，能否彻底解放西藏的神圣使命。

修机场第一期工程是挖跑道地基。女兵们和男兵一样按照测绘木桩所标出的数据，把多余的土方挖运出去。施工一开始，女兵们就和友邻施工连热火朝天地干起来。施工现场的喇叭里歌声不断。战士们被那种激越的气氛感染着，抬筐的、挑担的，穿梭如飞。由于劳动强度过大，热情过高，加上高原反应，不到半个月，女兵脸上的皮都脱了一层，嘴唇干裂，眼圈发红，大家普遍感到头痛、恶心、胸闷。

上级领导一看这样下去怎么得了，他们研究决定迅速增强施工战士的体质。就当时的条件，最好的办法是像藏胞那样喝酥油茶。因此，部队给每个施工单位增配了酥油，要求每人每天喝一碗酥油茶。准确地说，战士们喝的酥油茶不是藏胞打制的那种香甜的酥油茶，只能叫酥油胡辣汤。就是在开水锅里放上盐和一些主料，再放上一点酥油就成了。这样的"酥油茶"一锅一锅地抬到工地上，被冷风一吹，油和水马上分家，油飘在上面。战士们喝在嘴里，一股怪味，直刺喉咙，满嘴顿时像喝了蜡似的凝固不动。原本在藏胞中香甜可口又有营养、一日三餐不可或缺的酥油茶，却成了战士们的痛苦。一喝到酥油茶大家都有畏难情绪，有的皱着眉头，有的咧着嘴，有的端着碗假装吹啊吹，憋了半天才喝了半口，有的小女兵捏着鼻子憋着气倒进嗓子，有的偷偷地倒掉。

领导知道后说："这怎么行呢？不学会喝'酥油茶'机场就没法修。"因此，上级要求他们把喝"酥油茶"当成政治任务，提出：把喝"酥油茶"当成闯关，当成美帝国主义来消灭。王琦玉说："一到喝'酥油茶'时，领导就叫他们拿上碗，排成一排，领导舀一勺倒在你的碗里，盯着你喝完以后才轮到下一个。这样再聪明的人也耍不出花招来了。在领导的一再督促下，只有憋足一口气喝下去。就这样，憋啊憋啊，以后吃着用酥油炒的菜也就不那么难受了。"

事实证明，当初过了喝"酥油茶"这关，不仅有利于她们顺利完成修机场的任务，而且对她们进藏后几十年的工作，大有益处。

女英雄

那些在机场工地上劳作了八个月的女兵们，在高强度的劳动下，时常被变化无常的高原天气所捉弄。太阳当头照耀着滚烫的地面，一会儿突然乌云翻滚，狂风怒号，灰土泥沙扑打着姑娘们的脸，灌进她们的衣领、袖口、鞋子。有时一阵暴雨急冲而来，有时硕大的冰雹劈头盖脸地砸下来，整个人都变得不成样子，简直就像个泥猴。

几个月下来，洗不上一次澡，又经常被泥水浇淋，刚来时的一头乌发变得像高原上枯黄的野草。加上一身破破烂烂的衣服，女兵们自嘲是世界上最落魄的叫花子，是高原上的女野人。

顾梦舟与易莲芳

顾梦舟说，在工地上，没有一人手上没打过血泡的，流血同样是家常便饭。一些身体稍柔弱的姑娘被压垮累塌了，但仍然硬撑着干活，再苦再累也没有人愿意休息。那年头，人的思想境界几乎都是一致的，审美完全和现在相反——谁的衣服最破，谁的脸晒得最黑，谁干活时最不怕脏最不怕累，谁就是最值得尊敬的人、最美的人。尽管都是女兵，性格有差异，大家在一起，都抢重活累活干，生怕被人瞧不起，有一股永不服输的劲头，累病了都不吭声。

据统计，战士们每人每天平均挖土运土七千余斤。起初，战士们由于不太适应高强度的劳作，手上的血泡像蝌蚪一样连在一起，两腿酸痛麻木。尤其是女兵的肩，肿得像馒头一样，晚上睡在地铺上，不敢翻身，不敢动弹，一动就会疼痛难忍。每一个工区晚上查夜的指导员，都会听到从窑洞里传来"哎哟""哎呀"的叫唤声，有的女兵在睡梦中发出的痛苦呻吟让人揪心。

二期工程开始时，女兵们每天平整泥土，翻拣土中的杂草、树根等，然后，铺垫石头。每块铺在地面上的石头形状大致都是椭圆形的，重量在一公斤左右。把石头从冰冷的河水里捞上来，再往地上铺，捞石头的女兵一天下来浑身湿漉漉的，直不起来腰，腿上手上冒着血珠。一天下来，手被坚硬的石头磨得不成样子了，几天下来，十个指头全部磨破。一位女兵说，后来的石头上没有一块不沾

女兵们在砸铺机场用的碎石

休息时战士们跳集体舞

着女兵的血。

一个叫陈再新的女兵，胃本来就不太好，在工地上饱一顿饿一顿的，常常胃痛得弓着腰干活，但她就是不吭声。后来胃病越来越严重，在工地上倒下了，被抬到了医院，再也没能回到工地上。顾梦舟说，陈再新看到别的战友都在带病坚持干活，自己累病后也不愿意休息。那些日子陈再新觉得头晕，浑身无力，连续几天发烧硬是默默地扛着，直到后来高烧40℃，挑土时脚下像打着秋千一样，最后，一头栽倒在地，晕倒过去，陈再新立即被送到休养所医院抢救。

工程在进入冲刺阶段时，女兵们日夜加班，大家都在咬牙坚持。卫校的女兵连排成队在山坡上传递石头，一个叫晓晖的女兵接战友从坎上传来的石头时，被一个叫小林的战友失手将一块石头重重地砸在了脸上，晓晖的鼻子和嘴里立即流出了血，一颗门牙被砸掉了大半截，她被送到卫生所包扎。从卫生所出来，她没有回到工棚，而是又跑到了山坡上继续传石头。

在工地上，施工部队里大多数是男兵，女兵们常常会在劳动时得到一些照应，但她们谁也不愿意享受这份照应，还时常与男兵们较劲。卫校女兵队一个叫王淑辉的大个子，身强体壮，干起活来总是冲在最前面，她筐里的土每次都不比男兵少，还常常跑在男兵的前面。和男兵比赛时，总是不落后，女兵们称她为"飞毛腿"，而一些败给她的男兵们，背地里称她为"牦牛"。王淑辉后来被评为工地上的劳动模范。

另一个爱和男兵叫板的当属易莲芳了。有一次，她和一个叫鞠福明的河南籍大个子男兵比赛抬土，因为她个儿低，重量大部分都压到她这边。那天，她正好初次来月经，什么也不懂，由于用力过猛，造成喷血，并且持续了半个月。以后，每次来月经都要持续十来天，而且经量比一般人都大，一直到更年期。这导致她常年贫血。

易莲芳的老家在四川灌县（今都江堰市），母亲去世早，家里很穷，上学时十分艰苦，一直到初中二年级都是借同学的书来学习。母亲临终前，镇上一位商铺的店主，见易莲芳聪明伶俐、好学能干，就来家里为他才十岁的儿子提亲。母亲看着刚满十四岁的女儿，虽然心里不愿意，但考虑到自己死后孩子能有口饭吃，就答应了。易莲芳在店主家待了三个月，在老师的帮助下，参了军。她永远忘不了入伍时，老师给了她八分钱买了一支牙刷。因为自己当兵很不容易，所以她非常珍惜这个机会，修建机场时她努力表现，终于荣立一等功。

甘孜机场建成，飞机首次降落

飞机在甘孜机场滑行

顾梦舟说，在整个机场大军中，易莲芳确实表现出超强的意志品质。别看易莲芳人小，却很会做宣传鼓动工作。她的性格开朗大方，有她在，大家干活时就会觉得轻松，她在最艰苦的时候会带头喊号子、唱歌，能调动大家的情绪和干劲，她被大伙称为"工地上的百灵鸟"。

甘孜机场指挥部司令员金绍山给飞行员戴光荣花

12月7日，对于顾梦舟和易莲芳来说，是个终生难忘的日子。甘孜机场完工了，万里晴空传来了轰鸣声，数万官兵和民工站在机场跑道附近，引颈企望：高原上第一架飞机从大山那边飞来时，整个机场沸腾了。

当天晚上，指挥部举行了庆功晚会。当首长宣读到第54师医训队易莲芳荣立一等功时，全场爆发热烈掌声。

夫妻因为米饭吵架

修到甘孜的公路太简陋，部队进藏后，公路一直承受着巨大的运输压力。等到入藏大部队陆续开进后，从邛崃一带开往甘孜的路面被装载物资的车马压得不成样子了，加上暴雨的侵蚀，一段时间内许多地段无法行走。甘孜工地上的补给跟不上来，自带的粮食已经吃光，机场指挥部的粮食也出现了危机。虽有飞机空投，但仍然无法供应两万多人的劳动大军的口粮。施工队伍每人一顿饭到了二十粒黄豆一锅汤的艰难地步。

张文心

进藏女兵张文心，是机场指挥部司令员金绍山的夫人，时任机场供应处的副政委，她每天和供应处的同志日夜操劳着部队的衣食住行。最大的困难就是吃。在高原，饭很难做熟，开水无论你怎么烧永远不会超过80℃。开始那段日子，施工部队和民工吃的是夹生饭，司令金绍山看在眼里，心里很不是滋味。一向好脾气的金绍山终于发火了，可他把火气都发到了夫人身上。每天忙得头昏脑胀的张文心，早已招架不住，她就顶撞了丈夫两句："你说得倒轻巧，你来做试试！"

丈夫挥着手在工棚边朝她大声吼道："炊事班再做不熟饭，我就撤你的职！"

1938年，张文心随全家投身抗日，并加入了中国共产党。1949年任中共河南陈留地委宣传部副部长兼教育科长。淮海战役后的一天，她和张国华夫人樊近真一起去追赶已渡江南下的第18军。当时她俩都已怀孕，为了不给部队增加负担，保证丈夫安心在前方指挥部队打仗，她们坚持自己行军，互相照顾。进入江西后，张文心打了摆子，一路上吃尽了苦头。

想到自己受的委屈，张文心心头一阵发酸，但看到丈夫日渐消瘦的脸，只能强忍住泪水。

1957年已是西藏军区副政委兼政治部主任的金绍山因患高原病去世后，张文心拉扯着六个尚幼小的儿女，渡过了艰难的风雨岁月。离休后的张文心，常回忆在甘孜修机场的事，她对儿女们开玩笑说："跟着你们的爸爸，我总是受排挤，在地方我已是正县级了，到部队降为副的。工作干得再好，每天累得腰都直不起来了，还受他的抱怨，当时的条件，就是让特级大厨师做也做不熟，怎么能怪我呢？"

羊连长

由于雅安至甘孜的公路不通，粮食一时供应不上，施工部队当时吃不饱，无力劳动，只好休整两天，统一到山上挖野菜吃。当时部队在上山前专门宣布了几项纪律：外出一定要尊重民族风俗习惯；遇到玛尼堆不能从右边走，不准从上边拿石头，更不准摇动挂在上面的经幡；不准捕获野兽野禽，更不准捕捞河里的鱼；不准进神山里的寺庙等等规定。谁违反纪律就得受处分。

那些日子里，女兵们发挥了大用场，她们采的野菜比男兵们要多得多——数量多，品种也多。什么藿麻、茴茴菜、野韭菜、野芹菜、野蘑菇等。学过一些医学知识的女兵们，在老同志的指导下，很快能区分出哪些野菜有毒哪些无毒。在煮野菜时，女兵们在锅里放上蒜，如果蒜变黑就说明有毒。

在缺粮的日子里，有一天，施工队来了一个中年人，他的长相有点怪怪的，像藏族人又像汉人，说着汉藏混杂不清的话。他给医训队送来一些黄豆，可是炊事班不敢接收，告诉他人民军队有三大纪律八项注意，不能随随便便收老百姓的东西，谁知那汉子急了。

"我是汉人，我是汉人，我当过红军。我可真是个红军啊！大家都叫我'羊连长'呢！"

那自称是"羊连长"的人，急得脸红脖子粗的，那样子像是受了大委屈似的。后来一了解，才知"羊连长"还真是经历过长征的红军，因为受伤生病，不能跟随部队行军，只能和一些伤病员留在了甘孜。他住在一个藏族老阿妈家里休养，病好后不知部队去向何方，他只能帮老阿妈家放羊。老阿妈很喜欢他，把他当亲生儿子一样照料，后来老阿妈家的女儿长大了，就将女儿嫁给了他，他就这样成了上门女婿。多年来，他一直没有公开自己的名字，大家一直叫他"羊连长"。

"羊连长"还说，当年他还和第18军参谋长陈明义同在一个部队。经过十多年的生活，"羊连长"几乎和当地老百姓没什么区别了，他说话时汉语已经有些夹生。他一边说一边掏出鼻烟壶往大拇指上倒了一点鼻烟，送到鼻孔前深深地吸了一口："请你们相信我，我会做豆腐，以后我每天给你们送豆腐来。"

经上级批准，施工队每天让"羊连长"送豆腐来。豆腐，在当时的条件下可是最好的美味了。

像"羊连长"这样的人，从甘孜到昌都一带有几百人。据李国柱回忆，昌都解放后，军民开展了热烈的庆祝大会。那天，有几位藏族人打扮的来到了部队后勤的驻地，帮助李国柱她们烧火、打水、劈柴，忙得很投入，忙完后一直不肯离去，并用不太通顺的汉语问这问那。李国柱感到这几个人有些奇怪，警惕起来：这是些什么人？怎么会说汉语？经过仔细盘问，才得知，是红军长征时留下来的伤病员，当时撤到了雪山里，避过了国民党的追击。后来出来时大部队已走，他们找到藏族老百姓相助，治伤疗养，为了生存学会了藏语，适应了藏族人的生活方式，与藏族人民通婚成家，过起了地道的藏族生活。他们对内地情况一无所知，当李国柱和几位女兵把内地的情况向他们讲述后，几个人瞪着眼激动得不知说什么好了。

公路修好后，后方牦牛运输队源源不断地送来了粮食，施工队的生活一下子有了好转，女兵们终于能吃上腊肉、黄花之类做成的菜了。

无名女兵墓

2006年7月末，在当时的成都军区政治部的招待所见到彭家英时，眼前这个七十六岁的老太太，让我感到吃惊。她穿着一件红色T恤，看起来像五十来岁，她是当年第53师机关施工连女兵班班长。

说到当年牺牲的战友，老人脸色凝重起来，她沉默了好久才说："我想起她们，这心里就说不出是什么滋味。几十年了，还常常梦见她们。"

第53师直属施工连女兵班十二名女战士，同住在一个窑洞里，那窑洞是她们一手搭建起来的。当初，刚进入甘孜机场，大家都在修建窑洞，女兵班在彭家英的带领下，上山亲自动手砍木材。盖好的窑洞，上面第一层是松树干，第二层是带刺的树枝，第三层是草皮，第四层是稀泥和成的土。由于经过风吹雨淋，窑洞顶部渐渐松软、时不时有碎屑脱落。但女兵们每天都干着重体力活，倒下后睡得沉沉的，没人去理会，也没人想到窑洞是否还安全。

六月的甘孜，风沙大，雨水多，紫外线强，加上长期吃不上蔬菜，大家普遍口裂、指甲凹陷。面部只有牙齿是白色的，当其他战友喊她们是"黑人牙膏"时，女兵们都自豪地一笑。师首长喜欢她们，赞扬她们，男兵也笑着叫她们是"康藏高原英雄班"。

然而，这些本来是爱美的姑娘，还没来得及洗掉脸上的灰尘，没来得及去掉"黑人牙膏"的绰号，没来得及穿上自己心爱的军装，就遭遇了厄运。

彭家英回忆，那是1951年6月的某个深夜，经过一天紧张的劳动，那些极度疲惫的女兵们沉睡在简易的窑洞里。突然一声沉闷的响声，窑洞的上盖垮塌下来，重重地压在了十名睡梦中的女兵身上。按上级规定，睡觉必须"打通腿"，即两床被，垫一床盖一床，一人睡一头。彭家英当时是班长，睡在窑洞的外口，从上面倒塌下的所有东西都压在了她的身上，她被埋了，几次想翻过身来却不能动弹，腰部被一根树桩紧紧地抵着。她感觉自己的嘴和腮都被压歪了，右手臂已经麻木。在窑洞垮塌下来压到身上的那一个瞬间，她喊了一声指导员，又想喊自己身边战友的名字，却再无力发出声来。在黑暗中，她担心着身边的姐妹们。她们最大的才二十一岁，最小的才十六岁呀，难道就要一起这样死去？她越来越觉得窒息，想到自己有可能被压死，想起了久别的父母，泪水流了出来。

出事后，由于下大雨，油灯无法点亮，仅有两三个手电筒在照明，救护工作很慢，加上大家怕伤着人，不敢用铁锹挖，只能用手扒。抢救中，指导员赵光声嘶力竭地喊叫着："快救人！快点扒，快点把她们救出来！"

彭家英说，她在下面呼吸越来越艰难，有那么一会儿感觉自己死了，在离死神越来越近的时刻，她忽然感觉身上的重物似乎轻缓了些，呼吸畅通了很多，她听到上面有乱糟糟的声响。"彭家英！彭家英！"她听到有人在喊她的名字。

当她的头和双肘露出来的时候，他们想把她拉出来，但没有成功，因为她身上还压着一些树枝、草皮、泥土。当他们把这些东西全部清理完的时候，她才被几个人拉着站起来。她看了看四周，没有看见睡在自己身边的两位同志，便立即跟他们说："快！快！这边有周婉兰，这边有李淑惠、赵子珍。"

十个人都扒出来了，她们的脸上满是泥巴，都被送到了工地医务室。四名因窒息而深度昏迷的女兵，身体都是软软的，她们的脸经过清理后像一张张白纸片。因工地医疗条件太差，医务人员虽然经过全力抢救，但仍然没能挽回四名女兵的生命。她们的身体慢慢地变凉，永远长眠于此。

彭家英和几个受轻伤的女战友站在一旁，悲痛得大声哭起来。她一边哭一边自责：作为班长没能保护好几个小妹妹。

她们是第 18 军第 53 师的四名女战士，请记住她们的名字：李淑惠、周婉兰、余任难、赵子珍。

半个世纪过去了，彭家英无数次想起四个死去的姐妹。她说，她常梦见她们从山上扛着树枝抬着木段的样子。赵子珍还一路问她："班长，咱砍的木头结实吗？搭在房子上会不会压断呢？"彭家英从梦中醒来，就会更加自责。是的，当初要是砍粗一点的木头就好了，可她们是女兵，力气还是小了点。作为班长，她觉得永远对不起那死去的几个战友。

王琦玉老人回忆了这样一个细节：窑洞塌陷后，抢救时，女兵黄玉娥的身子被泥土、木棍等杂物压住了，只有脑袋露在外面。在一片杂乱的叫喊声中，黄玉娥突然唱起了革命歌曲来："毛主席最喜欢英雄好汉……"

那是当时的电影《钢铁战士》中的歌。

半年多来，我一直试图找到黄玉娥，从王琦玉那儿得到她在银川的电话，却始终打不通，熟悉她的人都没有联系上。关于她在生死关头还如此坚强的事迹也无法知道细节了。

在一座寺庙的背后，有九个土墓，如今被修葺一新，墓碑上刻着"无名女战士墓"，碑下摆放着一些野花。她们是在修建甘孜机场时因窑洞塌方或其他原因而牺牲的女战士。这几座墓中有李淑惠、周婉兰、余任难、赵子珍四个人，但没有人能说清具体在哪个位置。

第十章 天路漫漫

　　川藏公路从雅安到拉萨，全长近两千公里。东西两线筑路部队和民工们在空气稀薄、地势险峻的"世界屋脊"上，吃大苦、耐大劳，战胜了高山、大河、冻土、流沙、冰川、泥石流等千难万险。历时四年多，以平均每公里留下一至两名忠魂的巨大代价，修通了这条被誉为从内地到边疆的"幸福金桥"，为进藏部队站稳脚跟和西藏的长期建设事业立下了不朽功绩。分配在各部队的女兵们与施工的指战员同甘共苦，谱写了一曲惊天动地的筑路壮歌。

在雀儿山上

　　雀儿山是横在甘孜和昌都之间海拔最高、地形最复杂的一座大山。关于雀儿山有几种歌谣民谚：

　　　　遥望雀儿山，伸手能摸天；深沟峻岭多，断岩峭壁连。

　　又曰：

提起雀儿山，自古无人还；飞鸟难越过，终年雪不断……

　　前方的所有进藏队伍都会在雀儿山望山而叹，一些战士与马匹在山上伤亡的惨景让人后怕。徒步行军尚且如此，何谈在山上筑出一条公路！

　　顾梦舟回忆，第54师医疗队在完成修建甘孜机场任务后，迅速投入了打通雀儿山的筑路任务。部队在向雀儿山开进时，队长问全体同志修筑山路怕不怕。

　　男女兵们齐声说："不怕苦不怕累，就怕肚子吃不饱，干起活来没有劲。"

　　队长马上说："'人是铁，饭是钢，一顿不吃饿得慌。'不过大家请放心，补给困难已经过了，今后干活可能吃不好，但一定会管饱，饿肚子的事不会再出现了。"

雀儿山

队长这么一说，大家都激动得鼓起掌来，几个能吃的男队员大声叫好。医疗队的同志一边帮着施工一边做一线伤病员的医疗护理工作，她们的施工任务相对要轻些。在一个叫伊里通的地方，有一次，顾梦舟看见山洼地里有一排帐篷围了许多人，她挤过去一看，担架上躺着一个满身是血的战士。原来他是个河南籍的兵，是在施工中被炸松的石头塌下来砸成重伤的。有人说他从河南老家还带来了一包种子，说是要撒在高原上，让它生根发芽、开花结果。他还把身上的津贴全部交了党费。医生正在对他进行抢救，拿着注射器要给他注射时，那伤员用微弱的声音说：“我不行了，不用抢救了，把药留着救别的战友吧！”

他带来的种子还没有撒下，就离去了。那些平时再苦也不流一滴泪的大男人们那时都泣不成声。顾梦舟和医疗队几个女兵在一旁都把军帽摘了下来，向这个战友致哀。后来，顾梦舟才知那死去的战士，正是扬名全军的筑路英雄张福林。

柯鹿洞是雀儿山西边不远的一个小村庄，医疗队翻过山后就驻扎在这里，这里也是整个施工部队的临时宿营地。那些在雀儿山一线施工的战士们，在最艰苦的地段不断减员。许多同志得了高原综合征，如肺水肿、高血压、手脚溃烂、雪盲症等，要么就是施工中引发外伤、冻伤。有的手脚已经残废，头破血流更是家常便饭。工兵第5团的团政委说，他们团的伤病人数高达三分之一。第54师医疗队赶来后，第二天便投入到救治伤病员的工作中。

顾梦舟说，面对那些表情痛苦、生命垂危、手脚伤残又非常年轻的战士，现在想起来都非常难过。她和易莲芳那时很小，是队里两个不满十六岁的小姑娘，但她们经历过机场大强度的施工，体验过筑路战友们艰险的工作。为了减轻伤病员的痛苦，她俩在完成正常的医护工作外，总是想方设法让他们心情愉快一些，如把一些包装物资的纸箱做成各种形状的花瓶，找一些有色彩的纸做成各种花，把它们放在用帆布搭起来的病房里。

女兵班还组织表演节目。对不能动的重伤病员，她们给他们洗脸，洗脚，喂饭，剪脚趾甲、手指甲。易莲芳生性活泼，许多伤病员喜欢听她讲故事、读报纸。因长期吃不到新鲜蔬菜，缺乏维生素，易莲芳经常讲得嘴唇干裂，血从裂口处冒出来，伤病员看了不忍心，叫她赶紧别念了。她总说，小问题，没关系的。

战士小王，不到二十岁，在雀儿山山腰施工时被砸断了

易莲芳与顾梦舟

一条腿，由于极端痛苦，性格变得十分暴烈，经常使劲地拍打自己的脑袋，砸用树枝铺设的床，有时还会发出一种撕裂心肺的狂叫，那声音让人惊恐而厌恶。小王每次狂叫时易莲芳就会跑过去抚慰他，劝他平静下来。小王见到易莲芳就会冷静下来，易莲芳和他说话聊天，讲一些有趣的故事，小王的心态逐渐好了起来。

有一天，小王突然说要吃汤圆。易莲芳想，这荒凉之地到哪儿去做汤圆去？她就到炊事班找了老班长商量，老班长一听，脸拉得老长，说："真是有点离谱儿，重伤员那么多，他想吃汤圆，别人还想吃饺子呢，可能吗？"

易莲芳就和老班长软磨硬泡，终于让老班长答应了。他们试着用面粉做皮，用饼干和水果糖做芯，煮好后端到了小王面前。小王吃着汤圆有些不好意思了，连声说："好吃，真好吃！"

易莲芳在拉萨桥头

小王只吃了几个，要把剩下的给易莲芳吃，易莲芳说："快吃吧，吃下去心情会好些，这是大家的一片心。"小王觉得自己还没有比他小的易莲芳觉悟高，心里有些愧疚，便和易莲芳讲起了心里话。小王是四川泸州人，家里是卖汤圆的，他从小就喜欢吃汤圆，参军进藏快两年了，常常想起卖汤圆吃汤圆的事情。和部队整天在雪山中施工，本想修好路后回去好好看看父母，没想到这路一半还没修好，自己就没了一条腿。负伤后自己躺在树床上整天胡思乱想，越想越苦闷，时不时地就觉得胸口憋得难受，就想大喊大叫几声才好受些。想到这个样子回去见父母，就想哭。

小王说着说着果真又哭了起来，像个孩子一样哭得满脸是泪。

易莲芳的眼圈也红了起来，她尽力克制自己，轻声细语地劝慰他别伤心，还讲了不久前在杂志上看到的一个志愿军战士，在朝鲜战场上对美作战双目失明后，没流一滴眼泪的事迹。小王听得很认真，深受感动，从此不再发脾气狂喊大叫，而是平静地养伤，直到后来被送到内地。临行前，小王含着泪水向易莲芳告别，并一再向组织提出为易莲芳请功。

在女兵班的精心护理下，许多施工伤病员恢复得很快，他们的衣服脏了，都是由女兵们洗，易莲芳一人就要洗近百人的衣服。一个伤员的手臂被砸断，入院后为了做手术，只好将衣服剪破。易莲芳洗到这位战士的衣服时，发现缺了一大半的衣袖，而且剩下的袖子已经破烂不堪。她发现这个伤员个头很小，心想自己的衣服他也能穿上，于是，就将自己的绒衣脱了下来洗干净，给这位伤员送去。那伤员说什么也不愿意要，可他的衣服已经破得无法再穿，筑路部队又没发新的，只好穿上了。他激动地拉着易莲芳的手说："易莲芳同志，我一定不负你的希望，回内地好好养伤，争取早日回来为西藏人民筑好路。"

2006年，我采访易莲芳时，她的身体状况不好，每次只能交流半个小时。从她的言谈中依然能感受到半个多世纪始终没有变的信念，就是对党和国家的感恩之心。易莲芳虽然荣立过一等功一次，二等功两次，三等功数次，转业后却没有居功讲条件，一直默默无闻地在组织安排的川棉一厂工作。她的退休金很低，身体有着明显的高原病，但她无怨无悔。她说："我在旧社会是童养媳，新中国给了我第二次生命，让我成为一名军人，是部队培养了我，没有解放军、没有进藏的历史，就没有我的今天。"

筑路大军

2006年秋天，在北京李俊琛家中，老人再次接受了我的采访。谈起当年在第18军后政文工团跟随陈明义将军，参加修筑康藏公路的日子，老人几次流下了热泪。

从甘孜起，后政文工团跟随筑路部队开始行进，女兵除了要背自己所有的行李，还要带上道具、演出服、化妆品、汽灯等。男兵则担着扁担，一头是自己的行李，一头是演出用具。走到目的地就忙着搭帐篷，接着就化妆挂幕布，准备演出。创作组的同志已收

李俊琛（前）在跳《小男孩舞》

集了先进事迹，编好了唱词，经过演员们简单的排练，就马上上台为筑路部队演唱，鼓舞广大筑路指战员的士气。有时文工团要一边演出一边参加修路劳动，和筑路战士一起抬石头、打炮眼。如此的艰苦生活磨炼了她们的意志，让她们很快成长。

李俊琛十五岁进藏修路，到拉萨市通车，她已十九岁，历经了艰辛的四年筑路岁月。

"到了拉萨以后，我觉得自己走到了天边，我觉得世界上再也不会有比这更远的路了。离内地太远太远了，我在心里想，这一辈子再也回不了北京了。当时如果有人叫我再用四年时间走回内地，我绝不走。甘愿此生死在西藏，也绝不再用如此长的时间往回走了。"

四年的川藏公路生活，李俊琛有太多的故事要讲。她向我讲述了修路中发生的几件事。

修路要经历几道难关。首先是在那坚硬无比的顽石地区施工，当时部队要用很多炸药一点一点地把石头炸开，再用碎石把路铺平。雪域高原寒冷且缺氧，战士们长年与雪山为伴。在玉龙山，她们住帐篷时地上没有树枝铺垫，只能睡在如冰的被子里，冻得全身发抖，一夜都没睡着。早上起不来，不是因为困，而是病了。当别人问李俊琛时，她哭了，说了这一夜的痛苦。第二天，比她大些的张莲桂把两个人的行李合在一起，互相取暖渡过了严寒。

高平的歌词这样写道："提起雀儿山，自古少人烟，飞鸟也难上山顶，终年雪不断……"在修筑雀儿山上的路段时，李俊琛永远忘不了雀儿山上的一杯水。那天，她随文工团同志们爬到山顶，个个脸色苍白，口干难耐。战士们提前为文工团准备了一小锅开水，李俊琛当时真想尽情地喝个痛快。当一个战士把一碗水送给她时，她不假思索地喝下一口，一看别人都没喝，她才意识到这碗水来之不易。在这海拔5000多米的山上，为准备这一小锅开水，不知要费多大的精力才能完成，要去挖雪、找柴、背铁锅上山。在这个地方人人都特别需要水，而谁都不肯喝一口，为的是把宝贵的水留给更需要的人，她难为情地把这小碗水倒回锅里。

　　李俊琛说，从此她学会了关心别人，在任何时候一定要先想到战友的需要。因为曾想多喝这一口水，五十多年来，一想起这件事她仍后悔不已。

　　筑路进入流沙区，又是一道难关。流沙区是因地质的碎石和沙土没黏在一起而形成的。从半山腰挖好了路，有时整个路基下滑了，有时半个山如流动的沙滑下来。每向前修一段路，不知要克服多少

开山筑路

筑路大军运送木料

困难。部队在流沙地区行军时常常碰到流石，大小不等的石头伴着沙子从山顶向下不定时地滚落，一百多米的地段，谁也说不准流石何时能滚完，部队几天能通过。为了给前面的修路部队演出，文工团只能冒险强行。团员们分成若干小组，一个组五六个人，男女插开便于互助，如果此时滚石砸下来也不至于全军覆没。轮到李俊琛和几个战友抢行通过时，她们只想尽快地跑过去。她们拉开距离快步行走，躲避着滚石，眼睛向上看，谁知脚下早已乱石堆砌，她踩在一个滚石上把脚崴了。当时不感到疼痛，精神高度紧张地向前跑，她感到跑过去就是生存，停下来就是死亡。到了安全地带时，她的伤脚再也不能落地了。从此落下了病根，习惯性地脱臼，到了晚年越发严重。

最让李俊琛难忘的是筑路过程中遇到的一次泥石流。那天晴空万里，一碧如洗，这是高原特有的景色。师部文工团的演员们这一天晚上没有演出任务，她们决定放松一下，晚上看后政文工团演出。李俊琛和一帮男女演员说说笑笑到山沟的小河里洗衣服。清澈见底的河水是积雪融化下来的。河水虽冰冷刺骨，但天上有骄阳烤晒，洗好的衣服很快就晒干了。正当大家享受着高原特有的风光时，只听到飞机的轰鸣由远而近，有人说不像是飞机声音，倒像是坦克开过来了。

那轰隆声越来越大，恐怖的气氛骤然而降。

"不好！快跑！大家赶快跑！"在高处收衣服的战友突然大声喊叫起来。

眼看着从天而泻的泥石流滚滚而来，怒吼声惊天动地，霎时如山崩地裂，谁也无法抵抗这灾难。呼啸着横扫一切的山洪，从天而泻的泥石流从他们面前掠过又远去……

山谷又恢复了平静，天还是那样蓝。人们从惊恐中慢慢清醒，他们颤抖地从地上站起来，在小溪中间唱歌的战友呢？怎么少了陈德昌？于是大家齐声高喊："陈德昌！陈德昌！……"但一直听不见陈德昌的回应。一个年轻的共产党员，二十岁的陈德昌，人们再也见不到他的身影，他永远留在了雪山之中。

四年的筑路生活，李俊琛大多是随部队在高山上的生命禁区度过的。真是飞鸟也难飞上去的山顶：氧气不足内地的一半，水烧到70℃就开了，米饭根本煮不熟。官兵们长期吃着夹生饭，没有菜吃，大家的手指甲中间都是一个个深坑。

有一次，李俊琛随后政文工团来到格尔木演出，那里海拔仅2000多米。正好南京军区文工团也在格尔木演出，他们大多数人有高原反应，吃不下饭。而常年在高原雪山上的后政文工团，到了格尔木却感觉像到了内地一样：氧气足多了，食欲大增。食堂为两个团准备了同样数量的饭，后政文工团哪里够吃，吃完了自己的一份又把南京军区文工团剩下的饭菜也吃完了。食堂同志就到别的地方去借饭，但后政文工团的人还是吃不饱。有人用筷子打着碗，告诉食堂的同志说没吃饱，最后食堂的炊事员把剩锅巴都拿来了，大家也只好作罢。食堂的同志们都感到很奇怪，有的说："这个'黑'文工团咋这么能吃，那个'白'文工团咋吃不下去？以后咱做饭要特别注意，'黑'文工团吃饭时要加大一倍的量，不然他们吃不饱。"

李俊琛说："正是这四年的磨炼，给了我一生使用不尽的宝贵财富。后来，无论到了哪里，干什么工作都不会觉得苦了。就是三年困难时期我都不觉得苦。每天能吃到熟饭，天天都有水喝，嘴不会再干裂，再不会半夜被大雪压垮帐篷冻醒，负重爬山、大口喘气，背着行李趟冰河，月经来了撕棉衣当卫生纸……种种苦日子我都经受过了。对于以后的生活我没有任何苛求，从内心感到物质生活的满足，永远的满足。"

一个女工兵的故事

2006年，七十五岁的王应霞，居住在山东济南的某部队干休所。这位当年和男兵一起修了五年川藏公路的女战士，由中共中央西南局最高领导刘伯承、邓小平签署过二等功荣誉证书，这是她一生的光荣。

漫长的五年修路史，让王应霞落下了很多的病。我打电话给她时，她说话已经相当困难了。她的女儿考虑到母亲的病情，谢绝了我的采访。

从原第18军后司工兵第8团政治处干事汪俊德那儿，我了解到王应霞的大量事迹。

1950年初，王应霞从重庆沙坪坝一个省立女子职业中学参军入伍。和大多数在

王应霞

重庆入伍的青年女学生一样，王应霞怀着美好的希望加入到进藏行列中。入伍后的王应霞被分配到二野第 18 军后司工兵第 8 团，成为新中国成立后第一代女工兵，接受了进军西藏、修筑康藏公路的艰巨任务。女工兵们跟随部队攻克了二郎山、折多山、雀儿山、甲皮拉山、然乌沟等一系列特高、特大、特险的重点工程，用自己的热血和青春出色地完成了任务。

在人民解放军的诸兵种序列中，工兵是一个特殊的群体。我初跨进军营时，就是一名工兵，当时许多老兵和我们几个新兵开玩笑说："你们掉进坑里了！"那时我们不明白什么意思，后来才知，工兵部队整天要与施工打交道。《工兵赞歌》的歌词中这样写：

> 跨江河，越山川，我们是人民的英雄工兵，逢山奋力开路，遇水破浪架桥……

这就是工兵的真实写照。而在平均海拔 4000 米左右，空气稀薄，荒无人烟的横断山脉里，修筑康藏公路的工兵部队，其苦中之苦、累中之累更是难以想象。在筑路过程中，上级总是把最困难的任务交给工兵。当时修筑康藏公路的任务由工兵、步兵、民工组成的筑路大军共同承担，而工兵总是在最艰苦的路段上施工。在海拔最高的高山上开路，在波涛汹涌、激流翻滚的江河上架桥。没有任何机械设备，用的全是圆锹、十字镐、大铁锤和用树枝自编的抬筐等原始工具。

后来成为工兵第 8 团政委的汪俊德告诉我，当年第 8 团从西康的二郎山一直修到西藏拉萨，整整两千两百五十五公里，连续奋战了五年的时间，全团有一百五十四名战友捐躯高原峡谷中。他们用血肉之躯，为西藏人民架起了连接首都北京的"金桥"，创造了人类筑路史上的奇迹。

在汪俊德家中，提起王应霞，老人便感慨万端。他叹了一口气说："这个人去年还好好的，今年咋病成这样了？当年在工地上，体力稍弱一些的男同志还真不是她的个儿。当年，她和几个女兵分到团政治处，她给人第一印象是个有文化的城市姑娘。由于施工任务重，部队机关干部一样得到一线去干活。王应霞和我在一个股，我们几个男同志都想到要照顾她，但她很快就表现出反感的态度来，干什么活都要与我们同等条件。她让我们领教了一个泼辣大方的重庆姑娘的厉害。"

王应霞有一颗无私而勇敢的心。

汪俊德回忆了修然乌沟那段路的往事。当时正值冬季，天寒地冻，女工兵们晚上睡觉时，只有用被子蒙着头才能睡着。早晨醒来，她们呼出来的气在被头结了冰花。有一天，机关一名年轻的战士筑路时双脚冻坏了，肿得像两根大萝卜。小战士已经无法行走，痛得哭了起来。只见王应霞当场解开了自己的棉衣扣子，脱去小战士的鞋子，将那双冻脚放在自己的怀中。

她的行为让在场的所有人十分吃惊。那小战士红着脸要挣脱出来，王应霞却一脸严肃地说："如果你不要这双脚了，你就使劲吧，我们都是兄弟姐妹，你有什么不好意思的。"那小战士泪流满面。

然乌沟地势险峻，两侧是悬崖峭壁，下面是深不见底的峡谷，而公路要从半山腰修起。战士们在悬崖绝壁上打炮眼，连站脚的地方都没有，只能用条绳子系腰，悬在半空中打眼、放炮、撬石、运料。许多同志手上、身上、腰间都磨出了血泡。就是这样，一直干了两个多月，硬是用蚂蚁啃骨头的精神，在半山腰把公路修通。同志们自豪地称这段路为"半山路"。修筑康藏公路的工兵部队非常艰苦，女同志就更不用说了。

在高原上修公路，修好一段不等通车，马上就得前进，继续向前修，在一个地方少则住十天八天，多则半个月一个月就得前移。

有时为了抢时间，赶任务，无论是下雨下雪下冰雹，还是风沙弥漫等恶劣天气，都照常行军、修路。在行军中，战士们用担子挑着枪支弹药、圆锹、十字镐、米袋子、被褥衣物等，每

在怒江峭壁上修路

个人负重在一百斤左右。女兵也背着背包、干粮袋等物品。王应霞要比别的女兵还多一支加拿大手枪和几十发子弹，负重不少于五十斤。修筑公路中，女兵们住的帐篷十分简陋，赶上雨雪天气，到处都是泥水，她们就拣来碎石铺在地上，找来树枝杂草垫在上面，再铺上被褥，同志们风趣地叫这种地铺为"钢丝床"。下雨下雪，雨雪顺帐篷流下，流经"钢丝床"下，同志们就风趣地叫它"自来水"。有时赶上下大雪，帐篷被压塌，她们只得从雪窝里爬出来。由于长年累月地住帐篷睡地铺，不少同志患了关节炎、类风湿病。

施工中，王应霞与男同志一起干。打炮眼时，男的抢锤，女的掌钎，八磅*重的大铁锤抢起来猛击下去，震得虎口生疼，整个身体都颤抖。打一锤，就得转动一次铁钎，一天下来，身体被震得快散架了。

汪俊德说，在施工现场，能够把铁钎稳得最好的当属王应霞了。有时她看到男兵抢锤太累了，就来换下手，八磅重的大锤抢起来有

---

*　1磅 ≈ 0.454 千克。

模有样儿，男兵们看了都会发出赞叹声。后来在工地上，她和男兵一样抡大锤。有一次，两个男兵较量抡锤——连续抡五十下不休息，两人都做到了。王应霞在工地上没有女兵对手，她几次要找男兵比试，有的男兵不愿意和她比，并不是看不起她，而是怕输给她丢面子。她就是那么个争强好胜的女兵。

1952 年，在部队进行的"三反""五反"运动中，团里把连队的司务长、上士（给养员）来了个大换班，另选任了一批政治上极为可靠的党员、团员。这些新上任的司务长、上士，大都文化很低，不会算账，也不会记账，只凭他们忠诚老实，让他们管钱管物，这给后勤管理工作带来很多困难。为了解决这些问题，团里领导就派有一定文化的同志下到连队，帮助他们清账建账。王应霞就在其中，她发现这些连队的财务账目都比较混乱，为了帮这些连队把账目清好建好，她每到一个连队少则要一两天，多则要三五天。

当时有两个人给王应霞留下了最深的印象，一个是四连的司务长，叫潘长明；另一个是五连的上士，全名记不清了，只记得大家都叫他虎子。这俩人都很憨厚实在，只能认几个简单的字，连自己的大名写出来都歪歪扭扭，更别说记账打算盘了。他们把单据用纸包着，钱一堆，货一堆，根本就不知道怎么记账。

为了让他们尽快学会记账，王应霞手把手地教他们简单的记收支账，简单的打算盘。王应霞好不容易帮他们把账弄清了，过一段时间她再去看时，账目又乱了。王应霞没有什么好办法，就三番五次往连队跑，一点一滴，不厌其烦，手把手地教，最后终于使他们初步学会了记收支账。修筑公路的连队都住在荒山野外，全是男兵，王应霞下到连队后，发现就自己一个女兵。她在连队附近选择一块地方，用四块雨布搭起帐篷自己单独住。白天忙忙碌碌，可到了晚上就不同了，在深山老林里，漆黑冰凉，荆棘丛生，野兽出没。王应霞一个人摸着黑住在帐篷里，连个照明手电都没有，而且还有遇到泥石流的危险。

那天，王应霞从扎木工段的连队返回机关，快到机关驻地时，突然听到前面一声巨响，接着就看到泥浆和石块形成滚滚洪流，从山坡上直冲下来，势不可挡，撞树树倒，遇桥桥塌。当时天已接近傍晚，再返回连队路太远，也很危险。这时候王应霞别无选择，只能冲过去。趁泥石流稍一停顿的间隙，王应霞踩着从山上流下来的大石头和树枝，三步并作两步，拼命地跑了过去。

海拔近5000米的甲皮拉山，山上除生长着一种一尺来长的短树枝外，其他什么东西都不长。这种短树枝烧起来劈劈啪啪地响，像跳蚤似的跳来跳去，大家给它取名"暴格蚤"（四川土语）。山上全是积雪，没有水源，大家就把积雪一筐筐地弄来，溶化后用来烧水做饭。由于高山缺氧，许多人身体都不适应，有的甚至被夺去了生命。

王应霞所在的后勤部门有三位女同志，上山以后，张光晋先病了，呼吸急促，浑身难受，胸闷心慌。王应霞和李上麒两人负责照顾她，后来李上麒也患了类似的疾病，也躺下了。王应霞一个人照顾她们两人。

接下来，王应霞也病了，三个人谁也照顾不了谁。领导看到这种情况，就派通讯员小刘来照顾她们。山上环境

王应霞（左一）与战友

艰苦，缺医少药，小刘又是男同志，毕竟有诸多不便，团里只好把她们三个人都转移到设在昌都的卫生队临时休养所去。昌都海拔较低，属于平地，一到昌都，三个人的病就全都好了。后勤有一名会计，叫郝玉亭，高原反应特别厉害，别说住在山上，就是路过高山都受不了，一到山上，脸马上就发肿，嘴唇和脸铁青，心率加快，生命时刻受到威胁。为了防止发生意外，团里赶紧派人把她送下山去。师后勤部一位财务科科长的爱人，从内地千里迢迢赶到部队探亲，在西藏只住了一宿，第二天就突然去世。经症状分析，确认她是死于"高山病"。在修筑康藏公路的过程中，王应霞回忆说，在工兵里有不少战友被"高山病"夺去生命。

1953年底，经领导牵线搭桥，王应霞和后勤的任福全结婚。当时条件非常简陋，新房是一个帆布帐篷，帐篷四周略呈圆形，中间一个尖顶，形似小庙，面积不过五六平方米，但别具一格，很有意思。两人结婚用的床，是用四根有树枝的矮木桩支起来的，上面架着一些横七竖八的木棒，然后再铺上树枝和他们两个人的被褥。两人用的"凳子"是锯开的一节圆木，"桌子"是用圆木和两块小木板架起来的。就是这样一个简陋的小帐篷，还得公私兼用，既是他们的新房，又是任福全的办公室。婚礼非常简单，是在另一个极其简易的帆布办公帐篷里举行的，连一块糖果也没有。俩人也没有新衣服，穿的是平时的旧军装。

结婚证书是藏汉两种文字的。婚礼没有什么仪式，领导讲几句祝福的话，两人

王应霞与任福全

在毛主席像前鞠了几个躬，就算举行了婚礼。

举行婚礼那天，部队的几位司务长和上士，敲锣打鼓送来了一副红对联，贴在帐篷的门上，上联是"康藏高原结同心"，下联是"并肩携手永向前"，横批是"革命伴侣"。当时虽然条件很差，但还是热热闹闹的，这就是在特殊环境中举行的特殊婚礼。

在修路过程中，女兵们从来没有乘过汽车，直到两千四百一十二公里的川藏公路全线修通后，部队出藏时才乘上汽车。在从西藏开往成都的路上，她们在自己用血汗浇铸成的公路上行驶，心情无比喜悦，虽一路风尘仆仆，却也一路欢歌笑语，"二呀么二郎山"的歌声在沿路回荡。对康藏公路，她们有特殊的感情，有特殊的感受，有特殊的爱。当时流传着这样一首赞颂工兵的歌："人民工兵英雄汉，脚踩云雾头顶天，举起开山斧，抡起开山鞭，削平千重岭，嘿！劈开万重山……"

王应霞虽然老了，但她的心很年轻，一个开朗乐观的人，有吃大苦耐大劳的过去，对什么事情都能看得开。然而，2006年春天老人突然病了，心脏病、高血压都来了，最要命的是睡不着觉，突然变得爱发脾气，爱较真，爱唠叨了。她常把汪俊德叫过去说话，一说就是半天，说的都是当年在川藏线上筑路的事情。老汪开始还能接受，但后来总这样，就无法接受了。有时家人给她找别人来，她谁也不肯见，说老汪人好，是她的战友，就和老汪聊，老汪很为难，但每次总是尽量满足她。王应霞的病有时很重，精神有时会错乱，她整天躺在床上，一生好强的她受不了这个打击，觉得自己成了个累赘，不愿意见人。

那天，在汪俊德老人的说服下，我总算能去看她一眼。在原济南军区司令部干休所的一排平房区，推开其中一间的小木门，在满是瓜藤花草的小院里，我总算看到了她。老人在呻吟着，叹息着。会面不到五分钟，老人由保姆扶着，艰难地和我们说了几句话，还一个劲地埋怨自己没用了，我能感受到她的无奈情绪。

离开时，王应霞执意要送我们出院门。保姆搀扶着她到小院门口，我和老人握手告别。老人说："小纪呀，你刚进来时手是凉的，现在刚热乎些，又走了，天有些凉，你别冻着，谢谢你来看我。"

随军女记者

她是一个女诗人、词作家，当年的随军记者。

杨星火参军进藏前刚刚从大学毕业，学的是化学专业。参军后，上级安排她在第18军后方政治部文工团当团员，跟着部队参加修筑康藏公路。因为她是进藏女兵中少有的女大学生，因此，她身兼数职，既是演员，也是文化教员、随军记者，还是筑路兵。

在参加筑路的途中，杨星火完成了大量的作品，而她的第一首歌《叫我怎能不歌唱》，让她一举成名。这首歌到西南军区参加文艺检阅，获得一等奖，并流行全国，传唱至今。为了体验生活，写出感人的作品，杨星火经常泡在工地上，有一次险些丢了性命，幸得另一名战士冒着生命危险救了她。她在回忆录中写道：那件事，她永远不能忘记。

一天下午，她拄着一根木棍要跟着战士上山，指导员不同意。因为几天前她曾从悬崖上摔下来，左腿软组织受了重伤，站不起来，经过几天治疗和休息，伤势才减轻了。她跟指导员说，她的伤好得差不多了，再说，工地上有哪个战士没受过一点伤的，她这点伤算不上什么。她执意要跟着上山，指导员执拗不过她，便下命令说，只准写稿，不准劳动。得到批准，她就高高兴兴地跟着战士上山了。

她在山上搜集了一些战士感人的事迹，正坐在一块石头上准备编稿，突然，山顶上响起一阵急促的锣声和喊声——"山顶上滚石头了！山梁裂口了！"这是安全哨兵的呼叫声。指导员立即吹起哨子，高声命令："撤出工地！按三、二、一排次序，人与人之间拉开距离。"战士们迅速按照指导员的命令向安全地带撤离。转眼间，三排、二排都撤走。那时，杨星火被安排在一排三班体验生活。轮到一排撤离的时候，山上的滚石更大、更多了。班长也高声喊："快跑！拉开一米的距离。"轮到她跑时，腿突然不听使唤了，想迈也迈不动。周围的战友焦急地朝她喊："小杨！快跑！大石滚下来了。"杨星火越着急，腿越迈不上前，像是被使了定身法一样，她只能呆呆地站在原地不动了。

她闭上眼，心想：生死由命了。而战友们呼喊她的声音也越来越急。就在这时，她感觉身体飘了起来。她揉眼定神一看，自己正被一个男兵背着向前跑。她急得大声喊："放下我！要不两个人都会没命的！"那男兵没理会她，继续背着她向前跑。她伏在他的肩头哭了起来。

当那个男兵把杨星火背到安全的地方，放在一块石头上时，她的脚刚落地，那男兵就累得瘫倒在地。她透过泪眼，才看清楚他是三班班长。那时，她什么感激的话也说不出来，只是哭。

第二天，她再次跟着战士来到头天自己发呆的地方，看到一块巨大的石头深深地砸在土里，她吓出了一身冷汗。要不是三班班长舍命相救，她已变成肉饼了。

此后几十年，她把自己对那条漫漫天路和西藏深厚的感情都注入了作品，出版了诗集《雪松》《拉萨的山峰》《月亮姑娘》《送你一串红》《西陲繁星》及小说集、散文集《雪山红杜鹃》《查果拉的故事》《唱给春天的歌》等。

也因为修路，杨星火找到了她的人生伴侣，就是当时发明"火烧雪山"而荣立一等功的一班班长，后升为排长的唐和清。四十多年来，他们相亲相爱，相濡以沫，直到她离开人世。

1954年12月，康藏公路修到拉萨河南岸。杨星火随着第一支满载着大米、盐巴、茶叶等物资的汽车队，从巴河桥向拉萨疾驰而去。看着汽车行驶在自己亲自参加修筑的天路上，杨星火的心里无比自豪。

车队行驶途中，村庄、牧场里的藏胞都跑出来看这些不吃草又跑得快的"铁牦牛"。当车队行驶至太昭山谷里的时候，有几个藏胞突然在路旁招手。车停了，一个年轻姑娘跟司机说了些什么，身后是一个头发花白的藏族阿妈和一个年轻小伙子。司机听明白他们的意思后示意他们上车。

他们就坐在杨星火的旁边。杨星火问他们要去哪里，姑娘告诉她，她阿妈是拉萨人，她和哥哥陪阿妈回娘家去。她问杨星火，车三天能否到拉萨？杨星火告诉她，太阳不落山就可以到了。老阿妈一听放声大笑起来，接着又放声大哭。一路上她就哭哭笑笑，一会儿站起来指指山指指水，显得语无伦次，搞得车上的人莫名其妙。她女儿不好意思地跟杨星火解释："阿妈太想家了。"

车队果然在太阳下山之前到达拉萨河南岸。这时拉萨大桥刚刚动工修建，战士和民工们正忙着打桥桩。他们只能下车坐牛皮船过河。杨星火对老阿妈说："快到家了！你的家里人一定高兴得不得了！"老阿妈指着远处对杨星火说，她的娘家就在拉萨北郊的一个村庄。四十年前，她刚刚十八岁，嫁给了太昭的一个牧民。从拉萨到太昭，她骑着牦牛走了九天，才走到新郎家的帐房里。如今，她已经五十八岁了，生了三个儿子、一个女儿。因为山路遥远，她再也没有回去过，也不知道家里的情况怎样了，她只能在梦里和家人相聚，每次想起阿妈送她出嫁时流泪的样子就想哭。现在坐着这头"铁牦牛"这么一会儿时间就要到家了，真跟做梦似的。

杨星火听了老人的话，也激动得一会儿哭一会儿笑。是啊，这莽莽苍苍一百二十多万平方公里的世界屋脊上，以前竟没有一公里公路。对于世代生活在这里的藏胞来说，因为高山阻隔，一次分别也许意味着永别。如果没有这条公路，老阿妈还不知道什么时候能回去。

那天晚上，杨星火住在拉萨河北岸修桥大队工地的帐篷里，在迷蒙的酥油灯光下，诗兴大发，挥笔写下了《幸福的路》。不久，作曲家给它谱了曲，很快传唱开来。

1954 年 12 月 25 日，拉萨大桥落成，全程两千两百五十五公里的康藏公路也全线贯通。通车那天，从早晨到傍晚，桥上人流如织，人们兴奋地又跳又唱。

傍晚，长龙般的车队通过拉萨桥，千百只车灯一齐打开，照亮了拉萨河谷。那种壮观让所有见过的人都无法忘记。一位拉萨姑娘捧着一杯青稞酒走向杨星火，她接过酒杯，高高举起，为那些在修建康藏公路中牺牲的烈士们祭酒……

那天，已是深夜，杨星火却无法入睡。她走出帐篷，坐在一辆汽车旁，借着车灯橙色的光，写下组诗《金色的拉萨河谷》。

杨星火，一个女大学生，一个随军记者，一个充满火一般热情的女诗人，带着筑路生活苦涩而浪漫的记忆，过早地离开了这个世界。

川藏公路，人类筑路史上的奇迹，在这条路上，曾有一群女兵跟随着筑路大军抛洒青春热血。我要在这里再次写下她们的名字：

易莲芳、顾梦舟、王应霞、李俊琛、杨星火……

下篇

感天动地汉藏情

"第一句话：我们翻开历史，吐蕃时候从长安去了两个公主，但是实际进藏的故事、历史文献留下的很少。我们这一千一百多名女兵，她们留下的回忆文献有特别的历史价值。第二句话：这个群体，我认为在解放西藏的问题上所做的特殊贡献，是空前的也可能是绝后的，因为时代变了，政治、社会环境都变了，再要创造这样一批英雄群体是不可能的了。第三句话：关于老西藏精神的'五个特别'，最具有代表性、典型性的是谁？我认为就是这一千一百多名首批进藏的女兵，她们最有理由、最应该享有这种光荣，她们是当之无愧的。"

这是西藏自治区人民政府原主席、藏学历史研究学者多杰才旦的话。

1951 年 9 月，当中国人民解放军第 18 军先遣支队进入拉萨市后，整个西藏的历史翻开了新的篇章。然而，和平解放西藏却并不意味着这个地方从此就平安稳定。由于帝国主义的挑拨离间，独立势力的顽固不化，百姓们被别有用心的谣言所迷惑，人民解放军进藏后面临着非常复杂的敌情、社情和民情。为了团结西藏人民、巩固边疆，解放军用铁的纪律来约束自己的言行。部队冒着千难万险开进了拉萨，仍然要继续勒紧裤腰带过日子，他们在荒滩上用汗水和鲜血创造了生产奇迹。

面对异常复杂的环境，他们忍辱负重，严格地遵守着中央的民族政策。在这样的情形下，进藏女兵们续写着她们的神奇。她们发挥了自身的优势和特点，发挥了独特的作用。她们首先走进藏族人民中间，打破一层层坚冰一样的隔阂，用动听的歌声、高尚的医德、真挚的情感、博大的爱心深深地感染藏族同胞。

第十一章　挺进拉萨

　　1951 年 7 月 25 日，由王其梅副政委率领的第 18 军进藏先遣支队离开昌都向拉萨进军。他们经过边坝、嘉黎、太昭，翻越海拔 6000 米上下的东、西大雪山，战胜缺氧、断粮等重重困难，于 9 月 9 日进抵拉萨。

　　由范明率领的第 18 军独立支队与班禅行辕等共一千三百余人，分为两个梯队，于 8 月 22 日从青海香日德出发，向拉萨开进。部队穿过黄河源头的沼泽地带和长江源头的通天河，翻越白雪皑皑的唐古拉山，于 11 月 4 日进抵藏北那曲。12 月初，独立支队进入拉萨，受到拉萨人民和先期到达的进藏部队的热烈欢迎。

　　由新疆入藏的独立骑兵师的后续部队，进抵阿里地区的扎麻芒堡，与先期到达的先遣连会合后，进驻阿里的噶大克＊。由云南入藏的部队，进驻竹瓦根，10 月 1 日进驻察隅。至此，各路入藏部队已进驻西藏各边防要地，把五星红旗插上了喜马拉雅山。

＊　今称噶尔雅沙。

入　城

　　1951 年 8 月 28 日，由张国华军长、谭冠三政委率领的第 18 军领导机关离开昌都经丁青、沙丁、墨竹工卡向拉萨进发。部队翻越海拔 4000 米以上的大山十多座，渡过澜沧江、怒江及无数急流冰河。战士平均负重七十多斤，最多的达一百来斤，在空气稀薄、环境艰苦的高原上长途跋涉。在翻越海拔近 6000 米的冷拉山时，山上积雪二尺多深，天气奇寒，严重缺氧。下山时，人、马、驮骡在冰雪陡坡上滑行两公里多，指战员口、鼻流血的达三分之二，军直属队的一千二百匹骡马，很多倒毙，干部战士五人牺牲。部队经过一百一十八天的艰难跋涉，于 10 月 26 日进入拉萨，并举行了庄严的入城式。

　　整个入城的前期准备工作，军文工团承担了一大半。

　　两天前在德庆，拉萨东部的一个宗，朱子铮团长率领的第 18 军文工团，已经在山坡上隐约看到拉萨了。不知多少天没看到房子的女兵们激动得跳起来，有的女兵兴奋地朝拉萨方向喊着：“我们来了，我们来了，布达拉宫，我看到你了！”

　　红山是西藏首府拉萨市西北部的一座小山，在当地信仰藏传佛教的人们心中，它犹如观音菩萨居住的普陀山，因而藏语称之为布达拉（普陀之意）。举世闻名的布达拉宫就依据此山山势蜿蜒修建，直至山顶。

　　布达拉宫是一座融宫殿、寺宇和灵塔于一体的规模浩大的宫堡式建筑。布达拉宫始建于唐贞观中期，吐蕃赞普松赞干布与唐联姻，为迎娶文成公主而首建此宫，后世屡有修筑。今天气势雄伟的布达拉宫是达赖五世于清顺治十年 (1653 年) 受清朝册封后重建的。1988 年国家拨款进行大规模维修，历时五年，使布达拉宫更加展现出了它原有的艺术光辉。

分队长肖迎春说："到了拉萨要是能休息两天，我一定要睡上48个小时。"女兵江一说："嘿，还睡什么觉，咱得先去看布达拉宫去，没准你们几个会跑到小酒馆去喝两盅呢！"一阵欢笑声喊叫声仿佛要驱散一路艰险带来的所有劳累。

第二天，文工团渡过了拉萨河。上级命令文工团在离市区几里之遥的河边休整待命。女兵们在河边把浑身洗了个痛快。由于长时间没有洗澡，所有人的头发都黏到了一起，像橡胶，怎么也扯不开，仅有的两把木梳被梳得一根木齿都没有了。姑娘们将头发拧在前面，一个个像是可爱的火烈鸟，她们相互对顶着开着玩笑。

军政治部刘主任把朱子铮叫到了他的帐篷里，交代了文工团准备入城仪式的相关工作。刘主任严肃地对朱团长说："你们一定要进行充分的准备、精心的布置，一定要把入城仪仗队搞好，一定要在入城时表现出我们解放军威武雄壮的气派来！"

刘主任最后问朱子铮有没有什么困难，朱子铮面带难色停顿了一下，对刘主任说，文工团为了进入拉萨的入城式，早在甘孜就着手准备了。队伍一路下来，所有的道具在骡马死亡后都是人背着扛着抬着到拉萨的，能带到拉萨确实不容易。现在别的问题没有，就是队伍一路饿得累得不成样子了，营养严重不足，身体太疲惫，精神面貌很难达到威武雄壮，能不能让队伍多吃点，吃得稍好点，补充一下营养。

"好！好！好！朱团长

河边梳洗

你提得很好，我马上就落实这事。赶紧回去让大家休息，让大家敞开肚子等着。"

朱子铮从刘主任那儿回来时，把这一消息告诉了大家，全体队员都欢呼起来了，许多人伸出舌头刮着干裂的嘴唇。

联络部很快送来了一百只鸡蛋、五斤白糖。吃到了这么珍贵的东西，所有演奏员就像过年一样，有的同志高兴得直流泪。司徒蓉、章道珍、江一这些小女兵们，拿着鸡蛋像个孩子一样看了又看，放在嘴里吮了两下，舍不得咬。肖迎春一口将一只鸡蛋吞进了嘴里，两腮咕嘟了几下就进到了肚里。她冲着几个女兵开玩笑说："嘿，不敢吃我来代劳呀。"江一说："这回就不劳驾你了，我们可舍不得。"不知哪位女兵还举着鸡蛋在大老肖面前晃了晃，说："大老肖，鸡蛋什么味，知道吗？馋了吧，谁让你一口就吞下肚的！"

那大老肖故作惊恐的样子，把手指弯成勾，一边朝嘴里伸去一边说："不行，我得把鸡蛋抠出来！"

女兵们一阵哄笑。

文工团在拉萨河边为入城仪式准备了两天，大家从内地扛了几千里的几十根竹竿，这回终于派上了用场——每根竹竿都插上了鲜艳的红旗。

10月26日这天，是一个意义重大的日子，人民解放军在拉萨市举行了声势浩大的入城仪式。军长张国华、军政委谭冠三走在队伍的最前面，后面紧跟着第18军文工团团长朱子铮、团员肖迎春等率领的彩旗队，接着就是军乐队。伴着军乐队奏起的雄壮的《中国人民解放军进行曲》，几十面彩旗迎风招展，以女兵陈曼石打头的四十名女兵腰鼓队，整齐划一，英姿飒爽。

"咚巴咚巴，咚咚巴咚巴……"

进藏部队举行入城仪式

拉萨这个有着几千年历史的古老城市，头一次迎来这样的一支军队。雄壮的军乐声响彻云霄，在金碧辉煌的布达拉宫顶上盘旋回响。

江一回忆说，前来迎接解放军的西藏地方政府僧俗官员，按照他们的官级等位，穿着黄色、红色、蓝色的官服。大街两旁站满了穿着节日盛装的藏族同胞，他们有的喜笑颜开，有的张着嘴瞪着眼睛好奇地看着如此整齐雄壮的队伍。尤其是腰鼓队那些充满活力、神采飞扬的女兵们，她们手中击鼓的动作让人眼花缭乱。

紧跟文工团后面的是警卫营和司、政、后机关干部队伍，全体指战员都穿着清一色的黄呢子军服，戴着盔帽精神抖擞地迈着整齐划一的步伐，高唱着《三大纪律八项注意》。

穿过了长长的市区，跨过古老的琉璃桥，到达布达拉宫前的广场时，所有的解放军指战员都神情激动。江一说，这个时候，她们

进藏部队骑兵进拉萨

心中油然而生一种无比的自豪感，"觉得已经完成了中央军委和毛主席交给的进军西藏这个光荣伟大而又无比艰巨的任务"。

12月初的一天，西北独立支队到达了拉萨。徐奎、吴景春、高生玉等女兵们忆起当初的情景，仿佛就在昨天。

经过休整后的部队精神饱满。那天，大家早早地牵着自己的战马，列队于拉萨市东郊外，与先期到达的、由川康方向入藏的主力部队会合。

入城仪式开始后，骑兵仪仗队作为先导率先出发，拉萨城郊顿时红旗飘飘，战马嘶嘶，马上的战士英姿飒爽，部队井然有序地进入拉萨城。当神秘而壮丽的布达拉宫从远处映入指战员们的眼帘时，大家的脸上都洋溢着激动、兴奋，许多人眼中饱含着泪水。是啊，经过千难万险，终于到达雪域名城，祖国大陆最后一块疆土终于解放，怎么能不激动呢？

不和谐的声音

历史追溯到1751年，清朝中央政府自在西藏建立噶伦制度后，再次调整管理西藏的行政体制，废除了郡王制度，建立了西藏地方政府，即后来的噶厦政府，确定了驻藏大臣与达赖喇嘛共同掌握西藏事务的体制。1793年，清朝政府就驻藏大臣的职权、达赖与班禅及其他大活佛转世、边界军事防务、对外交涉、财政税收、货币铸造与管理，以及寺院的供养和管理等，颁布了著名的《钦定藏内善后章程》，共二十九条，又称《二十九条章程》。

此后一百余年，《二十九条章程》确定的基本原则一直是西藏地方行政体制和法规的规范。

1911年后，民国政府一如元、明、清三朝，实行对西藏地方的治理。1912 年民国政府设蒙藏事务局（1914 年改称蒙藏院），主管西藏地方事务，并任命了驻藏办事长官。南京国民政府于 1929 年将蒙藏院改为蒙藏委员会，主管藏族、蒙古族等少数民族地区行政事宜。1940 年，国民政府在拉萨设立蒙藏委员会驻藏办事处，作为其在西藏的常设机构。

西藏地方政府多次选派官员参加国民代表大会。民国期间，外患不已，内战频繁，而达赖喇嘛、班禅额尔德尼继续接受中央政府册封，获得在西藏地方的政治、宗教上的合法地位。十四世达赖喇嘛拉木登珠的任职，就是经由国民政府主席颁令批准的。

1949 年，中华人民共和国成立。中央人民政府根据西藏的历史和现实情况，决定采取和平解放的方针。1951 年 5 月 23 日，中央人民政府和西藏地方政府的代表就西藏和平解放的一系列问题达成协议，签订了《中央人民政府和西藏地方政府关于和平解放西藏办法的协议》（简称《十七条协议》）。

许多人对《十七条协议》的主要内容知之不详。其主要内容是：一方面，中央人民政府要求西藏地方政府积极协助人民解放军进驻西藏，巩固国防，坚决驱逐帝国主义势力；西藏地区一切涉外事务由中央人民政府统一处理；藏军逐步改编为人民解放军。另一方面，中央人民政府对西藏现行制度及达赖喇嘛的固有地位及职权不予变更；尊重西藏人民的风俗习惯，保护宗教信仰自由；西藏的社会改革，采取与西藏领导人员协商解决的办法，在西藏实行民族区域自治等。

达赖喇嘛和班禅额尔德尼分别致电中央人民政府主席毛泽东，表示拥护《十七条协议》，决心维护祖国主权的统一；西藏各阶层僧俗人士和各地藏族领袖也表示坚决支持。从此，西藏历史翻开了新的一页。

然而，西藏地方政府上层一些反动分子，在西方势力支持下，一直执迷不悟。从第18军进藏那天起，他们就加强内外勾结，设置重重阻碍，策划阴谋活动。他们将第18军的忍让当作软弱无能，直至后来全面发动了旨在分裂祖国、维护封建农奴制、反对民主改革的武装叛乱。

部队入城时，路两旁挤满了看热闹的人群，他们大多是一些衣衫褴褛、生活在最底层的穷苦农奴，有些妇女用额头或双肩背着取水的木桶。偶尔也会见到几个身着紫红色氆氇袈裟的喇嘛，他们转动着手中的法器，口里不断地诵着六字真言。随处可见的经幡在风中飘舞，与几十面大红旗相互辉映。

进入拉萨，女兵们便体验到西藏复杂的社情和民情。她们开始担负着初期的统战工作，跟着领导去走访那些上层贵族，与贵族太太小姐们进行联谊，为促进汉藏民族团结做好各自的工作。

"老西藏"精神有"五个特别"，第三个是特别能忍耐。从进藏那天起到踏上拉萨这片神秘的土地，女兵们无时无刻不在忍耐着。她们忍耐着负重，忍耐着饥饿，忍耐着莽莽雪山和刺骨冰河带来的无数灾难。然而，进入拉萨，她们便又开始了另一种忍耐。

在八一电影制片厂，江一回忆当年踏进拉萨的入城仪式上，有着美好的感受，但也有让人不快的情景。当时，女兵腰鼓队整齐地进入城区后，得到了大多数藏胞欢迎的掌声。但同时也出现了让人意外的一幕，有几个年纪较小的藏族男孩，受一小撮反动分子的教唆，趁着热闹的场面，不停地朝我们的队伍扔石头、泥块。江一当时在队伍的中间，一块小石头刚好砸在了她打腰鼓的右手臂上，一阵疼

江一

痛使她的手停顿了一下，但她十分镇静，马上继续跟着节奏打起来。她用余光发现了路边的人群中，有几个藏族人不友好的眼神。她想如果这时惊慌，或放慢脚步，或叫喊起来，势必会给后面的队伍带来混乱。

骑兵分队大概是发现了反动分子的小动作，迅速从两侧策马冲过来，保护腰鼓队的女兵们。

同样，在独立支队进入拉萨的入城仪式上，也出现了另一种不合拍的情景。

据徐奎和郭季宣两位老人回忆，独立支队进城和第18军前指不同的是，他们组成了一个庞大整齐的骑兵仪仗队，整个部队从郊外向城中进发时显得很有气势。在雄壮的《中国人民解放军进行曲》的烘托下，两边百姓看得直叫好。

当部队进入城区，大家沉浸在喜悦与兴奋当中时，突然从八角街方向传来另一种异常的声音。原来是一些还未被改编的"藏军"奏着20世纪30年代的流行歌曲《桃花红》。但见一名藏军的旗手扛着一面"雪山狮子旗"走在队伍的前面，紧随其后的是一些衣着不整、戴着礼帽的"藏军"吹鼓手，吹奏着那曲让人哭笑不得的缠绵悱恻的"军歌"。

两件看似算不上挑衅

当年的"藏军"

的小事，却给了进藏部队一个不和谐的信号。当时在西藏这块复杂的土地上，并不是所有人都欢迎解放军到来。在上层贵族中有爱国爱和平人士，也有从心里排斥人民军队的，包括那些受苦受难的农奴，他们还不明白人民解放军是一支什么样的军队，不知道解放西藏究竟会给他们带来什么。

从进藏后的昌都战役，到入城后这两个小小的细节，都在告诉人民解放军全体指战员，拉萨古城有一股暗流，真正的较量还在后面。

在拉萨，上级决不容许女兵私自上街，出公差时必须有三人以上方可行动。进入西藏各地的解放军，不能有任何违纪行为，以免被反动势力所利用。

送给达赖的礼物

部队进驻拉萨之后，迅速传达了中央关于遵守民族政策的各种规定。朱子铮回忆说，文工团刚一入住，军区宣传部夏川部长就找到了他和陈政委，向他俩传达了军首长的指示：西藏是个地广人稀问题多的地方，执行民族政策是第一件大事，既要做好上层人物的统战工作，也要关心人民群众的生活，要严格执行三大纪律八项注意，还要开展开荒生产等任务。

为了表达党贯彻民族政策的决心和对宗教领袖的尊重，西南军政委员会决定，10 月 30 日由张国华军长和谭冠三政委代表刘伯承主席给达赖喇嘛赠送礼品；同时文工团要演出几个节目，增加热烈气氛。接到任务后，文工团朱团长和陈政委亲自组织队伍加紧排练。女兵们领受了更多的演出任务，没日没夜地排着各自的节目。

10 月 30 日那天，在军区领导的直接指导下，经过相关人员的

女兵在跳腰鼓舞

精心准备，进行了进藏后第一次向达赖喇嘛宣传党的政策和表达人民军队诚意的会见活动。那些礼品放在十张大方桌上，由二十个战士抬着。文工团的军乐队、彩旗队和腰鼓队开道，在市区转了一圈之后直奔罗布林卡。

送礼仪式完毕后，紧接着是文工团演出文艺节目，一座大楼前的空地就是演出的舞台。

文工团合唱了《没有共产党就没有新中国》《祖国是个大花园》等歌曲，接着跳起了《民族大团结》舞蹈。于德华、童莹华的新疆舞跳得十分出色，特别是上身不动而能把脖子左右摆动，逗得观众哈哈大笑。周鼎桐、罗文华的蒙古舞也让人拍手叫绝。章道珍、周淑珍的藏族舞跳得生动活泼、热情奔放。还有孔祥玲、江一、蔡洗尘、龚和芳跳大秧歌舞时，长绸飞舞，锣鼓喧天，把团结、祥和的气氛推向高潮。

文工团最后的节目是《胜利的腰鼓》，陈曼石、吴希带领四十人的腰鼓队激情表演；宋慧玲、张自康等同志表演对打，诙谐、风趣，台下的观众不时捧腹大笑。达赖喇嘛在二层楼上用望远镜向下看，有时也用照相机拍摄。

1951 年 11 月 19 日，达赖喇嘛要举行宴会，宴请进驻西藏的人民解放军在拉萨的团级以上干部。在军首长的带领下，文工团团长朱子铮和团以上干部到达罗布林卡，在门口迎接他们的僧俗官员，把他们引导到一座大经堂稍事等候。片刻，从左前方走出一位手捧香炉的喇嘛，他侧身向前挪步，后面的达赖喇嘛慢慢走了出来。到达主席台后，达赖喇嘛坐在大靠椅上开始讲话，由翻译口译成汉语："解放军到西藏，你们一路辛苦了。今天，我请大家吃一顿饭。"

达赖说完后，便离开了会场。

和贵族小姐打篮球赛

文工团到拉萨后，除了演出任务，还要开展统战工作。一天，早练刚结束，黄崇德、罗文华等几个高个子演员就被叫到团部。童莹华感到莫名其妙，问黄崇德怎么一大早开会，有什么急事啊。她们俩也都摸不着头脑。到了团部，已有几个女兵坐在那里，都是文工团的"大号"人物。团长对她们说："军政治部决定，我们文工团要组织一支女子篮球队，经过摸底，你们就是篮球队员了。从今天起，除了平时工作外，你们还要加强篮球训练，准备参加比赛。这是一项政治任务，一定要完成好。"

就这样，文工团的几个大个子女兵又增添了一项新的训练任务。这些原来在音乐的旋律中翩翩起舞、引吭高歌的

西藏军区女篮队员

姑娘们，突然被拉到球场上，东奔西突，冲撞抢夺，姑娘们觉得新鲜刺激，但她们的动作又生硬又笨拙。她们中有的从来就没摸过球，经常在球场上闹出笑话，引得场外观看的男兵们哈哈大笑。但训练不到一个月，她们已经打得有模有样了。军政治部主任刘振国来到文工团，为女篮队员开会。会前，他为姑娘们发了新制的紫色球衣，胸前缝有"军直"两个黄色的大字。刘主任对大家说："你们明天就要上场比赛，对手是西藏上层贵族小姐队。"刘主任的话刚说完，姑娘们就七嘴八舌议论开来。童莹华说："首长，咋个安排我们跟'林黛玉'打篮球呢？"刘主任严肃地说："这场球赛是统战工作的一部分，是搞好军民关系的活动之一，也是增进民族团结的纽带，是建设西藏的一块砖、一片瓦，你们要打出风格，打出水平，打出友谊来。"

黄崇德回忆说，那场球真不好打，不能输，也不能赢得太多，火候要把握好。那场篮球赛的规则独具特色，可能是篮球发明以来，从没见过的。确切地说，它是高原汉藏女子篮球赛特定的规则，场上队员各六名，超出正常规则一名。后卫不得越过中线满场跑，军直队一共八名队员，仅有两名替补。

随着一声清脆的哨音响起，在高原上，一场汉藏女子篮球友谊赛开始了。比赛时，对手让文工团队员们大吃一惊。对手都是土生土长、体格健壮的藏族女同胞，有的是刚从印度留学回来的大学生，既有较高的文化水平，又懂篮球运动，更没有受到环境不适的影响。她们一开始就打了军直队一个措手不及，场边观众无论是部队首长、士兵，还是藏族官员和平民，都在为运动员每一个进球拍手叫好。喝彩声此起彼伏，十分热闹。

文工团团长和演员们在军直队落后的情况下，急得直喊。军直队很快适应了对方，并调整战术，很快赶超了比分。接下来双方比分咬得很紧，交替上升，场外的呼喊声震耳欲聋。到了最后三分钟，双方打成平局，这时双方的场外指导频频请求暂停，替换队员。女兵们动作一改开始的矜持，大胆地抢断突破。

第 54 师女子篮球队

比分一直到最后三十秒，仍是平局。场外的观众紧张得不再喊叫，而是紧盯着篮球。这时贵族小姐队后卫控制篮板球，带球前进时，被军直队的一个后卫像一只神鹿一样"嗖"地蹿过去抢断下来。只见她抬头一个长传，恰到好处地送到前锋手中，前锋接球后，闪开对方防守，三大步上篮，将球投进篮筐。终场的哨声随后响起，军直队以两分的优势赢得了比赛，全场一片沸腾。场外指导大老肖高兴得跳起来。在场的藏胞们翘起大拇指喊："亚姆，亚姆，金珠玛米*！"

比赛结束后，全体队员到阿沛·阿旺晋美家的花园拍照留念。许多女兵至今还保存着那张珍贵的照片，童莹华还保存着她的球衣。

---

* 藏语。"亚姆"意为"好"；"金珠玛米"意为"解放军"，原意为打开锁链的兵。

第十二章　开垦千年处女地

部队用高价向西藏噶厦地方政府买下了一大片乱石和荆棘丛生的荒滩。所有女兵和男兵一样挥着膀子打一场攻坚战。经过二十多天的超负荷劳作，他们在拉萨河畔的荒滩上开垦出了2300多亩的土地。布达拉宫前面那座几百年的垃圾粪堆，是居住在拉萨的人们和一年一度几万名喇嘛历时一个月的传诏佛事活动积留下来的，它成全了那一大片荒滩。女兵们每天背着粪筐来回穿行在拉萨市区与工地上。

女兵们淘粪时要钻进四面用大石头垒成的粪池，臭气呛得人恶心，她们硬着头皮一次次钻进去。

当她们抱着重达四十多斤的大萝卜、三十多斤的大南瓜，以及肥硕的莲花白，一个个喜不自禁。丰收的喜悦让女兵们一扫往日的委屈。

存粮告急

1952年2月10日，对于第18军来说，是个特殊的日子。按照毛泽东主席和中央军委的指示，贯彻"长期建藏""巩固边疆"的战略思想，以第18军为主的各进藏部队，直接升格为西藏军区。

西藏军区成立后，原第18军军长张国华任司令员，阿沛·阿旺晋美任第一副司令员，朵噶任第二副司令员，谭冠三任政治委员，范明、王其梅任副政治委员，李觉任参谋长，刘振国任政治部主任。根据西藏的特殊地位，八大常委构成了西藏军区的领导核心，组成汉藏融合的领导班子。

有一插曲在此值得一提。1952年1月16日，中央人民政府驻西藏代表张经武，就关于西藏军区成立请中央领导题词问题，向聂荣臻总参谋长请示报告。聂荣臻就此向毛泽东请示。毛泽东审时度势，给聂荣臻写了亲笔信：

聂：

中央诸同志不要题词，张经武亦不要题词。

毛泽东

一月十七日

进藏各路部队经过长途跋涉、艰苦行军抵达拉萨及其他边防要点后，面临更为严峻的考验。由于路途遥远、路况复杂，运输补给十分困难，原来就存在的粮食问题更加突出。在拉萨，第18军的存粮仅剩下维持几天的量了，整个部队面临断炊的危险。

按照《和平解放西藏十七条协议》的规定，西藏噶厦地方政府应协助人民解放军采购部分粮食，以解燃眉之急。

然而，当时噶厦政府最高政务官司伦鲁康娃——西藏反动分裂势力的代表，对第18军实行严密的粮食封锁，暗下命令不准把一粒粮食卖给解放军。他甚至幸灾乐祸地说："在昌都是我们打了败仗，现在在拉萨，是你们饿肚子。饿肚子的滋味恐怕比打败仗更难受吧。"他还扬言："解放军不走，饿也要把他们饿走！"

由于当时公路只修到昌都，昌都离拉萨还有一千五百公里，部队的给养全靠驼马运输，供应陷入了极端困难的境地。在后方主持修路、运输补给的陈明义副司令忧心如焚。他说："公路不通，前方的部队等于被流放，我们就站不稳脚跟。虽然后方全体指战员在竭尽全力地筑路，但路不是一天两天就能筑好的，眼前的困境又如何渡过？"

工委和军区领导根据中央的指示精神决定：进入拉萨的部队迅速分散到江孜、日喀则，以及沙丁宗至桑达本贡一线，就地解决粮食问题。实行"精兵简政"，大力精简军政人员，减少供应困境，争取主动，渡过难关。

在后方部队加快修筑公路的同时，前方部队立即投入开荒生产，这才是从根本上解决粮食问题的办法。

1952 年 2 月下旬，新成立的西藏军区召开了第一次党代会，会上提出了"开荒生产，自力更生，站住脚跟，建设西藏，保卫国防"的战略方针，并向部队发出了"向荒山进军，向土地要粮，向沙滩要菜"的号召。一时间，在广袤的荒滩上，一场轰轰烈烈的大生产运动开始了。为了便于生产和管理，当年夏天，驻藏部队成立了八一农场和七一农场。

荒滩上的奇迹

早春二月的拉萨寒气袭人，风沙弥漫。谭冠三政委看着疲惫不堪、尚未来得及休整的部队，决定抽调百分之七十以上的人员，由他及其他几位军区首长带领，饿着肚子，顶着寒风奔向拉萨西郊、拉萨河北岸，去往用高价从噶厦政府手里买下的一大片荆棘丛生、乱石累累、千百年没开垦过的荒滩。

军区文工团的几十个女兵举着红旗、扛着工具，敲锣打鼓地奔赴荒滩。然而，要想把荒滩变成良田并非易事，困难一个接着一个。首先是工具不足。大部队出发时携带的铁锹远远不够用，他们只能自己动手，"打造"了一部分镐、锹、犁、耙，但还是不够，只能三人共用一件工具。可谁也不愿干等着，于是就各显神通：有的找些牛肋骨和石片来掘地；有的在木棍上绑上固定帐篷的钉子当钉耙来松土……场地上的工具可谓五花八门。后来军区从印度紧急购买了一部分洋镐，加上后方抢运来了一批工具，才解决了工具问题。

　　要开垦荒滩，首先要对付那些枝杈交错的荆棘丛。那些荆棘缠绕在一起，根节既长又坚韧，盘根错节，深扎在乱石下，拔不动砍不断，用火烧只能烧掉上面的棘蓬，根桩还是深埋在地下。棘丛的

驻藏部队开垦千年处女地

开荒女兵

枝丫上还长满了倒三角刺，稍不小心就被它刮破衣服，刺破手脚。一天下来同志们的身上血痕随处可见，衣服上到处是撕破的口子。这还不算什么，最难对付的还是棘丛的根。官兵们只能"集中优势兵力围歼"它——几个人合刨一棵。要将一苑棘丛连根刨出，有时需用一两个小时才能完成。

刨乱石也是较劲的活。荒滩上大大小小的鹅卵石层层叠叠，挖了一层又一层，像永远也挖不完、刨不尽似的。加上泥土冻结，常常一镐下去，"嘣"的一声被反弹回来。铁镐砸在冻土上，只留下一小点白印子；砸在大石头上，会溅起无数火星，虎口震得发麻酸痛。铁锹遇上这样的大石头，一准儿卷刃。洋镐也渐渐被磨损得缩短、变钝。因此，每天上工前的事情就是打磨镐头。有时，一镐下去，碰到小石头还会迸起来伤人，大家给它取了个有趣的名字叫"蹦弹"。一天下来，有的同志的脸上就有不少被"蹦弹"击中留下的大红包。

文工团的女兵和男兵一样拼命干，虽然工效从每人一天几厘地上升到一两分地，可还是比男同志差了一些。但女兵们谁也不愿意落后。据赵邦玲回忆，那时她和彭联碧等四人住一个帐篷，她们商量如何赶超男兵，商量来商量去，只有加长工作时间。于是她们决定每天早起、晚睡。

清晨，星星还在夜空闪烁，她们就悄悄走出帐篷，扛起工具，奔向工地。为了对付清晨袭人的寒气，她们就跑着去工地，直到身体跑暖。可当她们跑到工地一看，立即惊呆了，文工团的女同志都到齐了。

每天黎明前，无论是皓月当空，还是狂风大作，女兵们都会悄悄溜到工地去，悄悄地苦干。这事很快被领导发觉，领导马上制止了女兵们过度的热情。

伴随着艰苦劳作的是刻骨铭心的饥饿。每天，同志们只能吃白水煮黑豌豆、青稞，或用糌粑糊糊充饥，一天两顿还不管饱。在那些挨饿的日子里，大家还相互谦让，女同志让着男同志，饭量小的让着饭量大的，留在机关的同志省下粮食给在一线开荒的同志。

经过二十多天的奋战，官兵们终于在拉萨河畔的荒滩上，开垦出约 2300 多亩土地，其中文工团开了 50 多亩。

地开出来了，部队还修筑了一条近二十五公里长的水渠，引来拉萨河水浇灌这片新开垦的土地。

百年垃圾山

今天我们看到的拉萨广场，在部队刚刚进藏时那里还"矗立"着一座几百年积攒起来的垃圾山。进藏部队发扬愚公精神，靠肩挑背扛，十多天下来，那座庞大的垃圾山在布达拉宫前消失了，它被移到需要的地方去了。藏族人民说什么也想象不到进藏部队的神奇。

荒滩的地是开垦出来了，但生产部队很快又发愁了，那块从未有人开垦过的生地，如果没有肥料是不可能长出好庄稼的。还好，他们发现，当时的拉萨有一个巨大的天然肥料场。拉萨作为西藏地方首府、藏传佛教圣地，每年都有大量朝圣的百姓涌进，还有过往频繁的马帮商旅、来自藏族聚居区各地的官员和土司头人及其随从。再加上一年一度历时一个月的传诏佛事活动，几万名喇嘛蜂拥

开垦荒滩的文工团女兵们

进入拉萨市区。而当时市内却没有一间公共厕所，人们也没什么卫生习惯，裙袍一提，蹲在地上就可以方便。因此，拉萨街头到处都是人畜粪便，走路得十分小心，否则就会"踩雷"。

布达拉宫前面就有一座很大的垃圾粪堆，体积庞大，真有几层楼那么高，是几百年堆积下来的，这可是再好不过的肥料了。再说，清理完这些垃圾，还可以改善拉萨市的卫生状况，可谓是一举两得。拉萨驻军从上到下全体总动员，每天扛着铁锹、背着粪筐，全力以赴铲肥、运肥。官兵们要背着肥料往返于拉萨市区与西郊农场之间，每人每天要走七八十里路，有的甚至要走一百里以上。

当时文工团为纪念毛泽东《在延安文艺座谈会上的讲话》发表十周年，正赶排大型历史剧《李闯王》。因此，他们只能利用每天早晚两个小时完成积肥运肥任务。白天排节目，晚饭后他们就三三两两背着藏式柳条筐到拉萨市内装满肥料背回营房，放在自己的宿舍门口。虽然臭气袭人，但没有一个同志有丝毫怨言。第二天天不亮，起床哨一吹，他们就立即起床，将头天背回的肥料运到离营房十几里路的农场，再回来洗漱、吃早饭，然后排练节目，天天如

进藏后生产自救的女兵们感受丰收的喜悦

此。他们期待着秋天能有一个好的收成，那时候，他们就可以美美地饱餐一顿了。

从拉萨运肥到工地，要经过罗布林卡西侧藏军一个代本驻地。一些藏兵看到运肥的干部和战士就朝他们扔石头、吐口水，嘴里还骂着一些不堪入耳的脏话，藏兵身边的恶犬也朝他们狂吠。他们对女兵更加张狂，有的朝着她们做一些下流的动作。运肥毕竟不是行军，队伍拉得很长，间隔稀疏，这让那些藏兵有了可乘之机。好在女兵有男兵保护，路过藏军军营时，虽然也遇到过麻烦，但最终都能通过"危险区"。

尽管垃圾山搬到了刚开垦的几千亩生地里，但还是不够用。这时，驻藏部队又瞄准了贵族家用厕所里的粪便。这是一般人难以忍受的脏活累活，因为这些厕所都居高临下，修建在二三层楼上，大小便直接从顶楼落到一楼地面，厕所四周都是用大石头垒成的。为了得到宝贵的肥料，干部战士们只能钻进粪坑淘挖，直面那些熏得人头晕、呛得人直恶心的粪便。不过，过几天也就适应了。更让人难受的是，一不小心，头顶会落下一颗空对地"导弹"，"炸"得人措手不及。

有一次，一位女兵正在淘挖粪便，上面突然有人方便，她赶紧躲闪，但那颗"粪弹"还是在身边"爆炸"了，那些污秽之物溅到她的身上、脸上。她当时直想哭，想一头扎进河里洗个干净。这种现象，不少女兵都遇到过。她们虽然满肚子委屈，但想到那些亟需营养的土地，想到因为缺粮，战友们忍饥挨饿的样子，想到徒步进藏多么艰难，想到部队一定要在西藏站稳脚跟的头等大事，她们只能忍了。

驻藏将士用了不到一个月的时间，就把拉萨广场上的垃圾山搬走了，还淘尽了贵族家粪池里多年不挖的粪便。然后，官兵们又把拉萨市的每一条街、每一幢楼房都打扫干净，把垃圾运往农场。就这样，那片荒滩因为这两百五十多万斤肥料而变成了沃野。

经过这次大扫除，拉萨上空再也没有弥漫的臭气，拉萨也焕然一新。一位熟悉藏族历史的人说："自从藏王松赞干布从雅砻河谷来到拉萨，一千三百多年来，拉萨从未如此彻底清扫过。"

当年秋天，农场收获了几十万斤青稞、小麦和豌豆，还有几十万斤蔬菜，缓解了部队缺粮的困境。

第十三章　天使行动

布达拉宫山脚下，排列着一顶顶用粗糙的牦牛毛氆氇制成的帐篷，住着生活在社会最底层的穷苦百姓。这些帐篷在辉煌、壮观的布达拉宫的映照下，更显得破旧不堪。后来，女兵们才知道，在这些破旧的帐篷里，天花正在肆虐。在死神面前，穷苦百姓只能祈求神的保佑而别无他法。

是谁让那些怀疑的目光变得笃信起来？是谁消除了汉藏人民之间那道民族隔膜？是谁让藏胞对解放军有了信赖和深厚的情谊？

那些进藏后的白衣天使们，她们的功勋将永载史册。

紧急救护

2006 年 6 月 20 日下午，我在复兴路外大街北侧一幢旧式的居民楼里，见到了当年的进藏女兵高生玉。她站在阳台上，望着长安街上川流不息的车辆对我说，每到北京冬天下雪，她就喜欢站在阳台上朝外面看，大雪会让她想起在高原雪山的日日夜夜。我问高生玉："当年进藏什么事情让您最难忘？"老人脱口而出："病人和产妇。"

进入拉萨后，高生玉所在的医疗队驻地，是一家贵族的旧宅院。旧宅院很久没住人了，部队就以高价租了过来。

女兵们住在了一个马厩里，里面弥漫着一股浓重的马粪味，四面墙壁滴着浑浊的水珠。可姑娘们多日来头一晚睡在了无风无雪的地面上，高兴得不得了，都觉得很幸福，好像住进了天堂。第二天，十八岁的高生玉一觉醒来，便被眼前的景象惊住了：在马厩的下一层，躺满了伤员和病号，他们发出了让人揪心的呻吟声。

这些大多是进藏行军中冻伤手脚的官兵，他们的手指和脚趾发黑坏死，必须将坏死的组织切除去掉，否则就会致残。当时医护人员仅有十多个，高生玉和吴景春等几个年轻的护士，每天都要给受伤的战友们切除坏疽、换药。所有冻伤处都有一股刺鼻的恶臭，时间一长，女兵们根本无法忍受。每当受不了了，她们就跑到屋子外面透一口气，又赶紧进来继续工作。经过一段时间的治疗，许多指战员伤是好了，但留下了不同程度的残疾。有个叫柏国栋的战士，手指脚趾冻掉了大半，落下了终身的残疾。

除了那些冻伤的战友，还有一些人患上了多种严重的高原疾病。

一天夜里，高生玉在值班，一位十八九岁的小战士得了伤寒，持续发着高烧，满脸通红，他不断喊叫着。高生玉跑过去时，他突然从病床上站起来，先是挥着胳膊在空中乱舞，又突然抓住高生玉的手，一会儿又扯着她的衣服，嘴里说着一些谁都听不懂的话。当时的高生玉才十八岁，哪见过这架势，还以为他想要干什么，急得不知道怎么对付了。他的手劲很大，胡乱地抓着，高生玉赶紧挣脱开来，闪到一边。他的手继续在空中挥舞着，却没朝高生玉这边的方向。高生玉想他大概是烧糊涂了，让他快到病床上去，他似乎没听见，不听指挥。高生玉又不敢再靠近他，怕他再来抓她，便跑到门外叫来警卫。

后来，高生玉和警卫把他按到了病床上，赶紧给他做降温处

解放军医生到藏族人民家中为他们治疗疾病

理，他一会儿便安静了。但过一会儿，他又闹腾起来。高生玉被他折腾得一点力气都没了，看他的样子真是又着急又难过。到了后半夜，他大概自己也没劲了，总算消停下来了。

抢救伤病员工作稳定后，高生玉却差点累得倒下来。

部队进藏时，拉萨正在发生天花大流行，大街上到处躺着满身满脸脓包的天花病人。高生玉和医疗队一起投入了紧张的防治工作。吴景春和高生玉回忆说：那些病人大多数是平民，在拉萨的贫民区集中的地方，多数人家连个简陋的帐篷都没有，只有一些用粗织的牛毛布支起的围子。围子和几个简陋的帐篷内外，躺在地上的天花病人痛苦地挣扎着，他们满脸满身都是脓包，看了让人心酸。而那些贵族老爷们家中每天大门紧闭，传染上的很少。

那些日子，吴景春和高生玉每天跟着医疗队在大街上为贫民治疗天花，药品供应很快成了问题——带来的牛痘苗很快用光了，上级紧急从印度邮购了一批。

当时除了天花疫情，还有很多的性病患者，医生们说还从没见过这么多病人。后来，高生玉又转到日喀则，每天早上7点上班，医院门口就有近两百人在排队等候，高生玉要给每一个病人打针，患者感染最多的是梅毒、淋病，患软下疳的也不少。日喀则相比拉萨更为艰苦，医疗救治面临更多困难。人手不够是最大的难题，高生玉每天要工作至少十二个小时，没有休息的机会。连续七八个月，她和医护人员不知治好了多少病人。那些饱受病痛折磨的藏族人民都怀着感恩的心情，不停地朝医疗战士们伸出大拇指。

为何不能救

在民旺胡同里，每次见到吴景春，她都会说，她这一生做了许许多多关于妇女儿童健康的工作，让她最难忘的还是在拉萨的那段时光——她作为一个助产士迎接了无数小生命来到人间。

过去的西藏，妇女生孩子被认为是污秽的事情，临产的孕妇只能在牛棚、猪圈或者帐篷里分娩，而且大多在冰凉的地面上，能铺上一张羊毛氆氇就不错了。孩子出生时都由产妇自己处理：用剪刀剪脐带，用羊毛绳捆扎。这样处理易造成感染，导致婴儿夭折。解放军的卫生队来了，改变了这种状况。吴景春进藏前就是助产学校一名优秀的学

加入党组织时的吴景春

生，在进藏后的五年中，她已记不清把多少个小生命接到人间了。

第一次进入藏族人民家让她印象深刻。

那是个漆黑的夜晚，医院接到一名藏族人民求助，说妻子要生孩子了。吴景春和翻译小陈，还有一名警卫战士（当时刚进拉萨，社情非常复杂，女兵外出必须有警卫人员陪同）摸着黑向那户人家跑去。到了以后，见产妇产后大出血，喇嘛正在为产妇念经。

吴景春给产妇做了检查，发现是产后胎盘滞留。这并不难处理，只要做好消毒的处理，戴上手套轻轻地剥离胎盘，进行止血就可以抢救产妇的生命。就在吴景春向产妇家人说明后做准备工作时，意外的情况发生了，在那位喇嘛的授意下，产妇家两个老人强烈阻止吴景春的救护方法，坚决不同意她进行胎盘剥离术。看到哇哇啼哭的小生命，看到产妇那张苍白的脸，吴景春再三恳求，但没有求动产妇家的老人。这个徒步进藏的姑娘，一路上没有掉过一次眼泪，但这回她哭了，流着泪请求产妇家人必须尽快让自己为产妇进行剥离术，否则产妇性命难保。但她没能说动产妇家人和那位喇嘛。吴景春无可奈何，只能眼睁睁地看着悲惨的一幕发生。回到了单位，吴景春见到了自己的领导崔静洲，忍不住地放声大哭道："我们为什么见死不能救？！为什么？！"

崔静洲劝慰她要平静地对待这件事，这就是这里的特点，尊重藏族人民的习俗，是人民军队必须遵守的纪律，也是进藏后开展工作遇到的一大难题，但这些难题会因为她们的耐心和爱心慢慢解除。吴景春说，她当时还是个小姑娘，不懂得政治，对当地的宗教和风俗无法理解。后来，她慢慢地明白了，凭着过硬的业务能力很快成为军队医院的骨干，几次到贵族人家看病接生，出色地完成了任务。

一个叫华德的产妇，临盆时胎儿是臀位，吴景春怕孩子窒息，一直跪在地上，小心地呵护着产妇，以使产道充分扩张，便于胎儿头部通过。她累得满头大汗，华德家人见状递来毛巾让她擦擦汗，吴景春专注于助产竟然没有看见毛巾在眼前。婴儿出生后，她提起婴儿的双脚，轻轻拍打了两下，随着婴儿一声清亮的啼哭，华德家人都流下了幸福的泪水。夫妇俩紧握着吴景春的手说："阿姆吉拉（医生），人的头发很多，但可以数尽，可我们对你们的感激之情是永远也数不尽的！"

初进西藏，贵族是团结的对象，为了搞好统战工作，上级对拉萨的贵族很重视。一次，吴景春和高生玉来到一贵族家中，经检查，产妇宫口才开一指宽，这说明产妇仍在待产状态，两人完全可以回去，但考虑到民族团结的大局，她俩在产妇家守候了一天一夜，直等到第二天中午，产妇顺利地生下了孩子。产妇的家人都很感激，那家当初对解放军不信任的老太太，打消了过去的疑虑，把她们视为神医，临行时要送许多贵重的礼物，都被她们婉言谢绝。老太太瞪着眼有点不可思议，当她明白这是人民解放军的纪律时，才伸出了大拇指。

底层的藏胞

重视团结上层贵族并不意味着忽略了平民。

那天，吴景春和几个战友在拉萨市区的八角街拐弯处，看到一帮衣衫破烂、蓬头垢面的乞丐，跪趴在地上，不停地呻吟乞讨。靠近墙角处搭着各式各样的小窝棚，破布随风飘荡，棚里黑乎乎的，能隐隐约约地看见屋内乱七八糟的陈设。在众多乞丐中，吴景春的目光移到一个面色黑黄的大肚子女乞丐身上。有几个男乞丐在戏弄她，把她推来推去。那女人一脸痛苦的样子，哇哇地叫着。

吴景春走到她面前，才发现这个孕妇是个聋哑人。看到她的样

20世纪50年代底层藏胞的家

子，吴景春感到自己的心被她抓住了一样。她很想立即把她带到门诊部去，做产前检查，但当时她无法这样做。

第二天，吴景春领着翻译、警卫在乞丐堆中找到那名孕妇。哑女开始瞪着恐慌的眼睛望着他们，经过翻译边比画边用藏语解说，加上身边一些好心的乞丐劝说，她才跟着吴景春到了门诊部。

乞丐、聋哑人、智障、孕妇，一个集诸多问题于一身的藏胞，在吴景春的眼中是必须要关怀的病人。

"在进藏的医疗队中，吴大眼（吴景春的眼睛大，故有此绰号）是个漂亮、热情、干练又富有爱心的姑娘，在她身上总有一股亲和力、感染力。"在采访的日子里，许多熟悉吴景春的战友都对她作出这样的评价。

吴景春回忆起当年第一次见到聋哑孕妇后的心情，她说："当时一看到那个孕妇的样子，感觉她将要临产了，可怜的样子让人揪心，我想如果不把她带到门诊部，她很可能会出危险。那天回到门诊部后一夜没睡好，总想着，她睡在哪儿？谁照顾她？要是就在今晚分娩就糟糕了。"她甚至有些后悔白天没有努力一下，把她带回来。第二天早上，当吴景春找到那哑女时，才长长地舒了一口气。

在门诊部，哑女的目光总是跟着吴景春。她不能说话，总是用手指着自己的肚子叫。临产时，经检查胎心、胎动都出了问题，吴景春怀疑可能是个死胎，那哑女大喊大叫。在吴景春的助产下，她产下了一个梅毒儿，果然是一个死胎。

哑女额头满是汗珠，她看了一眼一动不动的胎儿，一脸奇怪的神色，她并不知道难过。吴景春给她做完产后处理，又给她端来了一碗红糖鸡蛋汤，她端过碗一口气喝完，然后看着吴景春傻傻地笑着。

医疗队救护病人

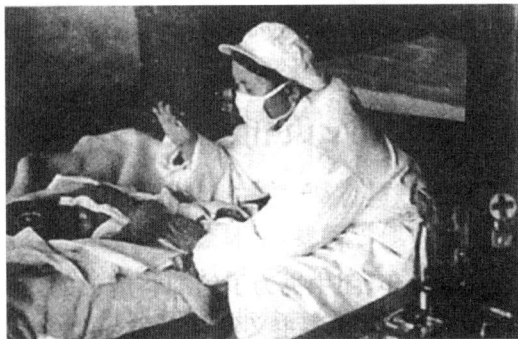

高生玉回访初生婴儿

有一天，高生玉在值班，一个衣衫褴褛的汉子急得满头大汗跑到门诊部，说了一通藏语。幸好翻译过来了，得知他家老婆要生孩子了。高生玉连忙收拾了接生包，领着翻译立即跟着他来到拉萨市区的贫民窟。

汉子家就是一间黑暗的小屋，

一进他家门，一股浓重的粪便味冲得高生玉直想吐。高生玉隐约看见产妇躺在墙角的泥地上痛苦地呻吟。家中没有一块能垫的东西，高生玉只能跪在地面上，胳膊肘杵着地托着她的臀部。整整折腾了三个小时，产妇生下了一个男婴。随着一声清脆的哭声响起，那个以要饭为生的汉子不停揉搓着自己的大手，激动得不知说什么好。

高生玉说，这些故事对于医疗队的医生护士来说都是再平常不过的。他们以过硬的技术和真诚的大爱渐渐赢得藏族同胞的信任，对民族团结起到了非常重要的作用。

为阿沛亲人接生

两次为阿沛·阿旺晋美的亲人接生，让吴景春记忆犹新。

一次是为阿沛的妹妹接生。阿沛的妹妹为表感激之情，来医院看望吴景春，那次她出诊了，阿沛的妹妹在医院整整等了她两个半小时，为她送来亲手绣的手帕。当时的进藏官兵，有明确而严格的军纪，无论是什么原因，任何人不能接受藏族人民的礼物。吴景春婉言谢绝，但阿沛的妹妹非得让吴景春收下这个倾注自己感激之情的礼物。吴景春无法拒绝，后来，她悄悄地将这块珍贵的小手帕围在了产房婴儿的脖子上。

1954 年 9 月，首届全国人民代表大会召开，阿沛·阿旺晋美要进京开会，他的女儿白玛就要临产了，军区领导非常关注。谁去作为第一助产士为阿沛的女儿接生？那天，政委谭冠三亲自到医院把吴景春叫到了办公室，很严肃地对她说："吴景春同志，组织交给你一个重要任务，由你给白玛接生，要保证母子平安，不准出任何问题。"

二十岁出头的吴景春领受了一项带有政治意义的任务，她出色地完成了。多少年后回忆起那一幕，吴景春依然很自豪，她笑

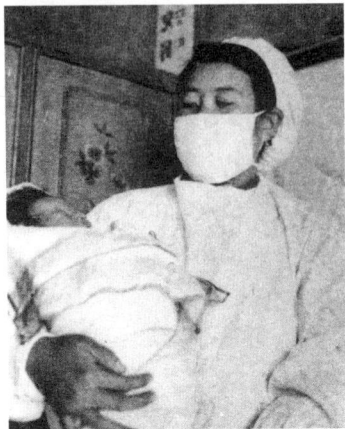

吴景春怀抱白玛刚出生的儿子

眯眯地对我说："从检查看，那孩子太大了，我心里犯着嘀咕，怕孩子造成大人的会阴撕裂。白玛临产时我竭力保护她的会阴，帮助孩子以最小的头径通过产道。孩子出生后，一称，十二斤，是个大胖儿子。"大人的会阴没裂，在一旁的医生对吴景春的工作十分赞赏。从此以后，白玛、阿沛夫妇和吴景春建立了深厚的友谊。

从安徽医士职业学校毕业的吴旭静，1949 年 9 月参军到第二野战军卫生部工作前，在南京某医院做护理工作。1950 年初被分配到重庆三院*工作。1950 年底，吴旭静加入了西南军区卫生部组织的一支解放西藏医疗队，西藏和平解放后，改名为西南医疗队。医疗队由 10 人组成，来自五湖四海。人员虽少，但各科室都兼顾到了，队里有内、外、儿、妇产、药等科医务人员。1951 年 5 月初，他们单独从重庆大坪出发，途经成都、新津，到达康定，到康定后，他们即被编入第 18 军，跟着大部队向西藏进军。和所有的进藏女兵一样，经过数月的艰苦行军终于抵达拉萨。

到达拉萨后，医疗队住在第四代本藏兵营房，睡在地上，吃糌粑和豌豆。11 月，他们就利用驻地的几间旧房子做门诊部，不分科。开始，藏族病人很少，因为有些藏族人民先到寺庙里算卦，能不能让解放军看病，得活佛说了算。一天，一位腿部患了毒疮的人来看病。这位病人身上很脏，医疗队的人帮他清洗干净，每天给他换药，

---

* 重庆市第三人民医院。

最后治好了。他非常感动，见到他们就说"金珠玛米，亚姆亚姆"。后来，藏族群众越来越信任他们，来门诊看病的人也越来越多。

1952年初，西藏一些叛乱分子在布达拉宫对面的药王山上架起大炮，针对解放军。医院也作好了一切准备，组成了担架队、救护队。同时，女同志搬出了藏兵营。晚上听到枪声，叛乱分子们包围了阿沛·阿旺晋美的住宅，但很快被解放军平息。藏兵有受伤的，医院还是收留了他们，给他们输血、护理，他们很感动。那些受伤的藏兵，经过吴旭静和其他医生精心的治疗和护理，大部分痊愈出院了。只有一个伤兵因伤势太重，虽经全力抢救，还是没能挽留他的生命。

谈起作为签订和平解放西藏协议的首席代表阿沛·阿旺晋美，吴旭静讲了这样一个故事。当年阿沛·阿旺晋美带夫人从北京回拉萨，夫人怀了最后一个孩子，他常派他的管家带着马请医疗队到他家做产前检查。后来，孩子顺利产下了，她们还要负责产后护理，

解放军给藏胞讲解党的政策

确保大人小孩平安。藏历新年，阿沛请她们及崔静洲、王鼎琴二位院长到他家吃午饭，席间，阿沛举起酒杯给他们敬酒。他说，是共产党赐给他孩子的。二位院长也很激动，将酒一饮而尽。

拉萨人民医院建院前，吴旭静和同事们搬到藏兵营对面一座大院内，院内有两层楼房。吴旭静和周幼兰负责妇产科，由于当时没有妇产科医生，门诊、出诊都由她们俩负责。她们出诊只能准备简单的接生包，进行严格的消毒，一个叫陈文秀的女孩当翻译。有一次，一个藏胞牵着马请她们去接生，因为得到了藏胞的信任，她们非常高兴。她们带着翻译和警卫员来到产妇家，小孩子已经出生了，但没有结扎脐带，她们给孩子结扎脐带后，就向他们宣传卫生知识。

拉萨市人民医院建立后，藏族僧侣也来医院看病，有的还请解放军军医出诊。这不仅是对解放军的信任和对部队医院医术的认同，也打破了一些他们对解放军的隔膜、改变了西藏的一些旧习俗。1952年夏天，布达拉宫有一位高僧患病，请崔静洲、王鼎琴出诊，吴旭静和冉荣德也跟着去了。布达拉宫一般人进不去，那天他们进去后，吴旭静对那里面的一切都充满了好奇。两位军医参观了五世和十三世达赖灵塔，看到了长长的壁画和一盏盏酥油灯，非常漂亮。

1953年，中央卫生部又派来第二批医疗队，那时医院已经有病房、产房了。冬天，产房和婴儿室可以烧牛粪取暖。妇产科有主任王传文、医生吴昆、助产士吴延瑶，吴景春任护士长。有了这些医术高超的医生和护士的加盟，拉萨医院日渐走向正规。

寻找王季秀

《解放军报》曾有过关于进藏女兵王季秀的报道。

报道的是一张老照片，配以一段文字。照片上，藏族人民将一面锦旗送给部队医院的女医生王季秀，藏族人民中间，两个穿着白衣的女兵在两边拉着锦旗，锦旗上用汉藏双语写着"愈我疾病，如同再生"。

王季秀，1932年10月生于河南温县，1948年10月考入军医学校，毕业后成为首批进藏女兵之一。在首批进藏女兵回忆录中，看不到她的名字，也见不到她的文字。

王季秀在哪？我向《解放军报》编辑部打听，但没有人知道。

后来，采访黄崇德时，老人谈到当年入伍时的情景，意外地提起了王季秀这个名字。没想到她俩竟是同学。

《解放军报》刊登的藏族人民向王季秀赠送锦旗的照片

王季秀

2006 年初夏的某个周末下午，在北京西郊黑山扈山腰间的一个干休所里，我找到了这位七十四岁老人。我跟她开玩笑说："怪不得她们找不到您，原来您躲在这深山老林里。"老人朝我笑笑说："是她们把我给忘记了！"

两大本厚厚的黑白相册，记录着王季秀进藏的那段岁月。她一张一张地和我讲述照片的来历，当翻到当年与藏族人民在一面锦旗前合影的照片时，老人一直洋溢着笑容的脸，变得严肃起来。

1952 年 4 月的一天，甘孜第二十八陆军医院，大约上午 10 时许，一名孕妇被五六个汉子抬进了医院急诊室。一个看起来是孕妇的丈夫的人急得满头大汗，用藏语向当班的王季秀医生边说边比画着。

由于医院建立不久，当地的藏族人对部队不了解，加上复杂的社情，来医院看病的藏族人很少。

王季秀收下病人后，迅速仔细检查病人的病情。发现这是一名患有重度脓毒血症的孕妇。孕妇浑身散发出一种刺鼻的恶臭，有个护士差点当场吐了出来。孕妇的腿、脚、手臂上有多处脓肿，而屁股上鼓起了一个碗大的脓包，脓包上还蠕动着白色的蛆。年仅二十岁的女军医王季秀检查时表情很平静，没有一点女孩的娇气。那孕妇知道自己的病症，从昏迷中醒来后总是羞惭地低着头，盯着墙角，不敢与王季秀对视。王季秀让翻译告诉孕妇转过脸来，她朝孕妇温情地笑了笑，让孕妇的表情放松了一些。她告诉孕妇只要配合治疗，就会治好病。孕妇在王季秀的开导下，精神状态有了很大的改善。

王季秀切开孕妇臀部的脓包，一下子排出了一千多毫升脓血，然后将蛆虫一个个地清除出来，有的蛆虫爬到了王季秀的手臂上。王季秀清洗好切口后就填药包扎。接下来王季秀每天要从孕妇身上排摸，孕妇全身近二十处脓肿，摸到肿块就得小心地切开，抽取脓液，清洗伤口，注射抗生素。有一段时间孕妇高烧不退，王季秀怕影响到腹中的胎儿，她想尽一切办法，让孕妇退烧。一个月后，孕妇身上的伤口愈合，身体恢复得也很快。

经过王季秀两个多月的精心医治和照料，孕妇不仅从死亡线上被拉了回来，更让人欣喜的是顺利地产下了一个男孩。孕妇全家感激涕零，当天就送来了一面锦旗，并一定要让那男婴做王季秀的干儿子。

后来这位女患者的老公公牵着一头牦牛来到医院，执意让医院收下，医院当然不收。老头每天都牵着牦牛来一趟，老头说："你们不收我就每天来一趟。"后来见医院真的不收，老头才不来了。

王季秀说，当时医院组织给藏族人民打防疫针，许多藏族人不配合，那老头主动抱着孩子第一个来医院，并鼓动其他藏族人到部队医院来。他不厌其烦地讲述儿媳妇被救的事，并不时地伸出大拇指。村民们在他的带动下陆续带着孩子到医院打防疫针。

后来，王季秀经常到藏族人家巡诊。一些患病的藏胞躺在自家的"小阁楼"上。所谓的"小阁楼"，只是在本来简陋的屋子里，搭了一个顶棚，棚子用一根圆木棍支撑着，木棍上面刻着一排脚印样的凹槽，相当于"阁楼"的楼梯。条件好点的，搭的是"木棍楼梯"，粗大稳实，但大多数藏族人家的"木棍楼梯"细长而不稳。王季秀头一回见识这样的楼梯时束手无策，在同事和主人的帮扶下，才能上到棚里看病号。后来，时间长了，爬行次数多了，才能轻松自如攀上这摇摇晃晃的独木梯。

2018 年夏天，再次联系到王季秀，她已是八十六岁的老人，仍然住在黑山扈的山上。

第十四章　歌声响彻高原

　　甜美的歌声唤醒了沉睡千年的雪山，美妙的舞姿在布达拉宫的金光映衬中如梦如仙，年轻的观众被感动得拍手叫好。而那些在千百年黑暗的农奴制下生活的藏胞，因受到谣言的影响而远离她们，当她们走近时，藏胞才发现她们是世界上最美的姑娘。她们用歌舞、用坚韧、用情怀感动着藏胞们。

　　她们为守卫在边防的战士演出时，歌声常常被怒吼的暴风雪淹没；但高寒、缺氧也不能阻挡她们到边防哨所巡演，为战士带去温暖与美丽。

躲　闪

　　进藏后的解放军中有两支队伍最受藏族人民的欢迎，一支是医疗队，另一支就是文艺队。

　　2006 年 8 月 8 日，是当年第 18 军文工团指导员张均的八十岁大寿。这天下午，我们聊起了当年的文工团。张均送给我一本《高原文艺战士》，这是一本由西藏军区政治部汇编的回忆录，出自当年几百名文艺兵之手。

张均说："当初进藏部队加强文工团力量是英明的决策。当年的文艺部队从战略上讲，作用真不亚于作战部队。那些十七八的姑娘，身上毫无骄娇之气，她们不仅能唱能跳，（而且）行军、生产同样毫不含糊。事实说明，进藏途中的艰苦行军，筑路架桥，如果没有文工团那些活泼可爱的男女兵一路欢歌笑语，没有她们富有感染力的表现，很难想象我们能否顺利地完成任务。进藏后，在与当地贵族和平民的交往中，如果没有文工团这个特殊的'统战队伍'，很难想象我们能（否）在西藏迅速站稳脚跟。"

文工团在准备演出

早在昌都解放时，第 18 军前政文工团被分成了六个队，分散在进藏队伍中，加上随筑路部队的后政文工团，一共七个文艺分队跟随着大部队进军西藏。

黄崇德所在的军文工团第 6 队，跟随陈子植、阴法唐率领的

第 52 师从中路翻越了数座大雪山后，于 1951 年 11 月初，来到了
太昭。和前政文工团的队员们到达拉萨一样，姑娘们总算告别了漫
长得几乎让人绝望的横断山脉。经过了半年多雪山、冰河、荒原的
长途跋涉，尤其是从昌都出发后，经过了数次在海拔近 6000 米的
雪山上的"生命的悬崖"边行走，以及与病痛抗争，来到了海拔仅
3000 多米的太昭。这里气候温和，氧气充足，松柏参天，被称为
"西藏的江南"。黄崇德到了太昭就感觉像到了天堂。

"那时候自己还是年轻，一旦不负重爬高山，胃病很快会好转
起来，现在想起在瓦合山冰坡上那一夜差点冻死，丹达山唱歌时差
点一口气上不来，活到今天真是万幸了。"

不知是年老了，还是生来就性格温和、内敛，黄崇德的语调永
远是那么平和轻缓。谈到那些惊心动魄的险情，那些生命绝境的挣
扎，她总是那种表情那种声调。

文工团在太昭寺合影

在太昭，她被选入了师首长率领的访问团。访问团由文艺宣传队、电影组、医疗组和团部工作人员组成。访问团的目的是，向藏族人民宣传《和平解放西藏十七条协议》，做上层人员的统战工作，深入藏胞中联络感情，适当征购一些粮油。访问的区域位于拉萨东南尼洋河与雅鲁藏布江中游沿岸的江达、雪卡、觉木、则拉、金东、拉索等九个宗。而文工团的任务是赶排一台适合藏族人民观看的歌舞节目。

为了把体面的模样呈现在藏胞面前，出发的前一天，女兵们一大早起来就烧好了开水。一个多月来头发就没有洗过一次，平时都窝卷在帽子里，就像乱麻一样板结在一起，沾上水后就像一顶毡帽一样怎么也梳不开。黄崇德的头发本来又多又厚，只能一点一点地梳，严雪芬、李德超、张颂华、赵邦玲等女兵们也相互使劲地拉，有的人实在梳不通只好剪成了短发。

当时西藏地区一些反动势力恶意散布了一些谣言，企图阻碍解放军进藏。有的说汉人来了要抢粮食、抢牲畜、抢女人，有的说汉人来了要烧寺庙、除宗教。更有荒诞的谣言是，汉人都是一些绿眼睛红眉毛的杀人魔头，抓到小孩子就要吃。那些没见过解放军的藏族人民有的半信半疑，有的胆战心惊，听说解放军的部队要来了，惶惶不可终日。

那天，张均领着一帮演员进入一个村庄，远远看到有藏族人行走的身影，但等他们到了跟前，发现村里一片寂静，空一无人。队伍在村子里见不到一个人影儿，只好撤出了村子。

第二天，文工团悄悄地来到了村里，一些藏族人还来不及逃走。当翻译到藏族百姓家里叫他们出来时，他们一个个惊恐万状，如临大敌。大人们护着孩子躲在家中最阴暗的角落，老人的藏袍下藏着女儿。看到此情此景，女兵们感受到了领导讲的什么叫民族隔阂，什么叫妖言惑众。

文工团团员与藏族姑娘亲切交谈

乐队在村头已经耐不住了,有人敲起了锣鼓来,不知谁说了一声"咱们就开始吧"。于是,大家便穿上了演出服装,打着腰鼓走街串巷唱起来。这一招果然见效,躲藏起来的藏胞们见半天没人来抢人抢东西,外面咚咚嚓嚓地挺热闹,想到刚才那些汉人一个个笑容满面挺和善的,还有那些挺精神的女兵,哪像什么杀人魔王。于是有人小心地探出头来,有小孩子钻出屋子。文工队迅速在一块空地上开始演出,一个人,两个人,在翻译的解说下,一会儿来了一大帮村民。

一阵歌舞之后,顺势开起了群众大会,有工作人员开始宣讲《十七条协议》,向藏族人民讲党的民族政策,介绍共产党和人民解放军是为全中国的人民谋福利的,并向藏胞揭露了反动势力造谣诽谤的目的。

刚进入拉萨及其他地区,文艺战士们走村串户,宣传"十七条"。为了赢得群众的信任,参加筑路的后政文工团团员,一边修路一边与藏族人民打交道。文工团每到一个地方,藏族人民起初同样因为听信了一些谣言,不敢接近军队,总是躲躲闪闪。李俊琛说:"老百姓见了我们就跑,我们先用糖果哄一些孩子,孩子来了,后面跟着老人和妇女,我们就为他们唱歌跳舞,然后帮他们挑水、劈柴、打扫卫生。让他们真切地感受到人民军队就是他们自己的军队。"

冰雪融化的冬天

在太昭访问尼洋河流域九个宗的日子里，文工团每天负重行军，还要为藏族人民演出。虽然也很累，但比起没有休整翻越雪山穿过冰河要轻松多了。随着演出的深入，问题又来了。

她们每到一处，就马上搭好宿营的帐篷和舞台，然后迅速化妆，女兵们常常忙得顾不上吃饭。舞台没有灯光，没有音响设备，文工团只能选择一块较平坦的地方，把一块幕布的两端拴在树上，没有合适的树就挖坑埋上两根木杆。有的地方连木杆也找不到，就干脆和藏族人民混在一起，就地化妆。藏族人民觉得很新奇，孩子们抢着往演员面前挤，看到女兵化妆觉得很好玩。

文工团演员在拉萨河边的树上表演

时值隆冬季节，加上高原的早中晚温差太大，一旦太阳下山气温迅速下降。此时的演员们有的身着丝绸薄纱，冻得上牙直打下牙，浑身颤抖、清涕直流，只好不停地蹦跳着。冻得麻木的脸上，油彩结成冰，不敢生拉硬剥，一时又没有柴火烧，只好用手不停地哈着热气让它慢慢化开来。有时，手上、嘴唇的裂口都往外渗血，与化妆品混在一起涂到了脸上，藏族群众看了又想笑又很感动。那些操琴手和吹奏演员就更难受了，他们在吹奏时能看到血从嘴边流到了号嘴和琴键上。

有一次，在村庄里为百姓慰问演出，文工团成员从中午一直等到傍晚，大伙穿着单薄的演出服，个个冻得直打哆嗦，又冷又饿。村民们陆续到齐了，正准备演出时，得知一个放羊的人没回来，于是大家就继续等，必须等每一个人到场才能演出。那天，一直等到天黑，天刮起了大风，文工团在夜色中为大家演出了一场特别的节目。

艺术是相通的，尤其是有特色的民族舞蹈。文工队在为藏族人民演出时表演了蒙古舞、维吾尔族舞、汉族的秧歌舞等，这些都是藏族人民喜欢看的。一次，文工队在大村庄演出时，刚开始有部分群众不够友好，用藏语说了些讥讽的话，他们大概是听信了一些谣言和威胁。文工队费了很长时间才引来了一些观众。后来观众渐渐地多了起来，演员表演鄂伦春舞，当跳到射猎的动作时，一位门巴族老人从人群中走过来，取下了身上背的弓箭，模仿着演员的动作翩翩起舞，有几个藏族小伙也大胆地上来一起跳，场面一下子活跃起来，许多藏族人民和文工队一起欢快地跳，接着又跳起了藏舞。那几个说风凉话的小伙子也和大家一起又唱又跳。台上台下的欢歌笑语融到一起，本来一个小时的节目，一下子持续了两个半小时。

第52师领导阴法唐和陈子植对文工团的工作非常满意。他们要求文工团虚心向藏族人民学习，藏族同胞的歌舞独具特色，要虚心求教。文工团在朗宗时，附近几个宗的宗本和头领召开了会议，朗宗宗本是个开明的藏胞，把第52师的访问团当作贵宾接待，铺上了红地毯，搭起了迎宾帐篷，群众对部队也十分友好。晚上举行了篝火晚会，藏族人民表演了一种叫氆氇舞的舞蹈，表现了织布的劳作过程。演员们觉得用舞蹈表现劳作十分优美风趣，很快就学上了。第二天文工团便进行了配乐编排，晚上进行了表演。所有的宗本和群众都欣喜若狂，台下发出了一阵阵喝彩声。宗本们伸出了大拇指，连声叫好。晚会结束后，许多藏胞不肯离去，他们说这辈子第一回看到这么好的节目，强烈要求联欢下去。当地一些知名的歌舞骨干主动教文艺队跳一种锅庄舞，晚会直到深夜才结束。

文工队在演出中由通司进行翻译。刚开始，演员们在台上尽情地演出却见藏族观众反应不一。有的皱着眉头听不明白，演员们很着急。有的节目是译成藏语唱的，观众能听懂一点就会情不自禁地发出"啊啧，啊啧"的赞叹声。

用藏语演唱对女兵来说十分困难，她们只好用汉字注音死记硬背，睡前、早起、行军路上甚至上厕所也要背上几遍。看到藏族观众能够看明白自己表演的内容，她们就很开心。黄崇德和吴光达的二重唱《藏胞歌唱解放军》，就是用藏语演唱的。这首歌是从太昭开始演唱的，它唱遍了九个宗，后来又唱到了拉萨，唱遍了西藏。

在太昭九宗的访问，第52师顺利地完成了军里交给的宣传、统战、购粮等重大任务。整个山南地区的藏族人民对人民解放军有了全新的认识，并产生了深厚的感情。师首长对文工队给予了高度评价。用张均的话说，文工队立了大功，不仅完成了政治任务，还有一项重要的成果，就是让汉藏以及其他民族的文化得到了交流。文工队既是政工宣传队，又是文化艺术使者。

1953年春天，军区文工团从拉萨出发经过曲水、浪卡子、江孜、帕里，一直到达祖国最西南前线亚东。那些经过生死考验的女兵们，在一百一十天步行三千多里的演出中再一次受到了磨砺。

1904年英帝国主义野蛮入侵我国西藏，在这条线上干尽了坏事。

解放军进入江孜、亚东一带以后，所有沿途安设兵站的地方，坚决按照《十七条协议》去做。全体官兵亲自动手开荒生产、割草打柴、修建房屋，为当地群众修路架桥、发放农贷、救灾治病。一些藏族老人感慨地说，解放军真是个菩萨部队，在这个世界上到哪儿去找这样的部队，那些混蛋东西纯粹是胡说八道。

文工团受到了各地群众的热情欢迎。当演员们在古城江孜演出一场反帝活报剧后，许多老百姓都流下了眼泪。一位叫依加旺姆的老阿妈，演出一结束就冲过来拉着演员的手。她眼含泪水，激动得半天才说出话来："过去我们受了那么多的灾难，没有人替我们说一句话，是你们把我们的苦水倒了出来，我这心里真是痛快！"

在亚东的嘎林岗，演出结束后，文工团的女兵们看到了一个叫格朗白吉的八十三岁老人。这位曾两次参加抗英帝国主义斗争的老英雄，身体硬朗，头脑清楚，他给女兵们讲起了当年的故事："1888年和1904年英帝国主义两次侵略西藏，他们像魔鬼一样到处杀人放火。西藏的百姓无论男女老幼，不管是喇嘛还是俗人，都拿起了大刀长矛、猎枪弓箭同敌人战斗。英国人霸占了我们亚东，在拉萨，强迫当时的西藏首脑签订了不平等条约。我活到了八十三岁，终于盼来了金珠玛米，把我们从帝国主义的魔爪中解救出来。我这么大的年纪，什么样的军队都见过，清朝的、英国的、藏军，还没有一个军队能和金珠玛米相比。你们爱百姓、守纪律、能打仗、会劳动，谁见了都会喜欢的。"老人越说越激动，忽然站了起来，从自己的房子里拿出一把又粗又长的弓箭和几支锋利的铁箭头，送到了领队魏克手上。

老人说："它是过去我反抗英国强盗用的，一直保存在身边，现在有你们来保卫边防，用不着了，送给你们作个纪念吧。"

坚冰就是这样慢慢融化的。对进藏部队，藏族人民由一开始害怕、猜疑、回避、躲闪，到认同、接近、理解、喜爱。演出期间，有的藏族人把家中的柴火送到了文工团的帐篷边，离开那个村子时，藏族老百姓就像送亲人去远方一样依依不舍。有的老阿妈对能歌善舞的女兵格外地喜欢，抱着演员亲个不停，有的小伙子帮文工团演员收拾道具。许多藏族村民把核桃和杏干塞到了演员们的口袋里、背包里，送到村口时，他们双手合十为人民解放军祝福，嘴里不停地念着：金珠玛米，亚姆！亚姆！

在悬崖边歌舞

"如果早日回到内地，如果没有那数次的运动冲击，她在国内肯定会成为有影响力的艺术家。"被说的这个人是黄崇德，说这话的人是徐永亮。

在西藏军区文工团历史上，出现过许多著名的艺术家。比如导演翟俊杰、诗人杨星火、舞蹈及编导李俊琛等，然而当年红遍西藏的黄崇德，后来一直默默无闻。也许是因为父亲曾是国民党军官，也许是因为她的性格。

黄崇德

黄崇德，1934 年 2 月出生于河南民权。曾祖父是个不大不小的地主，到了祖父这一辈家道渐衰。父亲黄云楼早年在许昌当过小职员，加入国民党军后参加抗日到洛阳，是当时抗日演剧第十队的指

导员。黄崇德很小的时候就和母亲一起跟随父亲从洛阳转到重庆，从重庆转到南京，再从南京转到开封。后来父亲黄云楼独自一人随国民党去了台湾。

在黄崇德童年的印象中，父亲平时话不多，是个清高耿直的文化人，因为文化水平较高，在国民党队伍中一直从事文字工作，爱好京戏，高兴起来就唱几段。

十一岁那年，黄崇德小学毕业后以优异成绩考上了开封女中，一直很少看到父亲笑脸的她，发现父亲对她的态度明显不同了，大概是女儿考上开封女中，为他长了脸，他见到女儿总是笑眯眯的。而他对妻子似乎一如既往的严肃。撇下妻子和儿女的黄云楼，后由统战部牵线，与大女儿黄崇德在香港相聚过一次。但在"文革"中备受摧残的黄崇德的母亲执意不见自己的丈夫。黄崇德说，父亲到台湾后，母亲拉扯几个孩子受了太多太多的苦，因为有在台湾的国民党丈夫，"文革"中曾被红卫兵造反派吊起来抽打，关在镇公所四十多天，多次昏死过去。在母亲眼中，她自己受的苦难以及子女所受的牵连，统统因为丈夫黄云楼。2006年8月，九十八岁的母亲在长沙的女儿家中逝去，这份怨恨才算终结。

黄崇德攀越雀儿山时就得了胃病。进入拉萨近一年时间，她每翻越一座海拔5000米以上的大山，都要被死神光顾一次。她不仅胃有问题，心肺功能也不是很好。但因为有一副好歌喉，她常要在缺氧的高山上为部队演唱。

采访中，多位当年的文工团老兵对我说，黄崇德是个文艺全才，天生一副好嗓子，加上悟性强，民歌、藏歌、豫剧、京剧等各种各样的歌一学就会，一唱就响，一演就红。大型歌剧她是主角，她的戏路宽，有时候反派人物诸如女特务之类的角色，她上台演出后同样能赢得掌声。西藏军区文工团许多老前辈都为黄崇德可惜过。我和黄崇德交流时，老人却谦虚地说："过奖了！有时也唱不好。"

黄崇德说她唱不好那次是与徐永亮合作的歌剧《兄妹开荒》。

学唱一首藏歌相对容易一些，但要用藏语来演一场戏就很难了。为了配合开荒生产，军文工团决定用藏语排演秧歌剧《兄妹开荒》，因为是小歌剧，不但歌词多而且有不少道白，还要在很短的时间内排出来。这个任务交给了徐永亮和黄崇德，两个人接到任务后没日没夜地排练。黄崇德说当时时间太紧了，吃饭走路都在背那些藏语歌词。当两人第一次演出后兴致勃勃地向藏族人民和部队收集演出效果时，竟有不少人说没看明白，当时两人都像被迎头浇了一盆凉水。后来，黄崇德成了第一批进入藏干校＊学藏语的文工团演员之一。

部队进驻拉萨后，文化生活相对贫乏，军区首长对政治部门领导说，能否让文工团演场京剧。刚好新调来的文工团团长江涛是延安文艺界的前辈，他曾经导演并参演过京剧《打渔杀家》，于是江团长就组织排练起来。他本人演萧恩，黄崇德演桂英儿。这是黄崇德头回演京剧，让大家意外的是她很快就学会了其中的唱念做打，演出非常成功。当时第 18 军的官兵，大多来自豫皖苏，对河南豫剧都很感兴趣。黄崇德就跟着几张老唱片学会了《花木兰》的几个唱段，演出时深得官兵欢迎。为了配合统战工作宣传，黄崇德向西藏老艺人学会了西藏民间舞蹈"朗玛""堆协"，更令藏胞称赞的是她还学会了藏戏《卓娃桑姆》选段。这也是文工团第一次将藏族经典文艺作品搬上舞台。藏族人看了后都朝黄崇德竖起大拇指，称她为"宋则雅拉"，意为"最美丽的姑娘"。戏曲、舞蹈、歌剧、独唱、大小合唱、主持她几乎样样通，"半台戏"由此而来。

1956 年快过春节时，文工团在军区礼堂请拉萨上层贵族看节

＊ 该校全称西藏军区藏文藏语干部学校，由藏语文训练班（简称藏训班）发展而来。1951 年，藏训班成立，1952 年更名为西藏军区藏文藏语干部学校。——编者注

目，演出新排练的藏戏《卓娃桑姆》，黄崇德领唱。当黄崇德高亢圆润的嗓音在礼堂响起来时，台下掌声雷动。唱到高潮时，所有的僧侣喇嘛和贵族家属全都站了起来，掌声经久不息。那天晚上，还有黄崇德的另一个节目：独唱独舞藏族传统歌舞"堆协"。当她由慢到快跳完一段藏式踢踏舞后，台下再一次出现了演出《卓娃桑姆》时的场景。演出结束后，西藏爱国青年文化联谊会主席雪康，主动上台向黄崇德行礼。这位留洋回来的爱国人士，由衷地敬佩黄崇德的艺术功力，他还现场教了黄崇德一段在国外学的踢踏舞。

为了团结西藏上层，上级对文工团工作十分重视，黄崇德多次随文工团在布达拉宫、罗布林卡演出节目。一次她表演藏族歌舞《松哲雅拉》，以藏族姑娘一般优美的舞姿、甜美清亮的嗓音，把那动人的藏族歌舞演绎得淋漓尽致。年轻的观众看得入迷，情不自禁地拍手点头。黄崇德第二次表演结束后，有藏族观众对身边人说："汉人把我们西藏的歌唱得这么好，舞跳得这么美，真是想不到。"

1955 年的春天，对进藏女兵黄崇德来说，是一段永生难忘的时光。

因为父亲的身份，她属于不适合在边疆工作的对象，因此转业回到了四川邛崃等分配。接到通知的那天，一向坚强的黄崇德有些懵了。行军路上再苦再累再有病痛，她没有伤心过没有掉泪过，这一次，她同样没有哭，但当离开拉萨的那天，她流泪了。其时全国开始了肃反运动，邛崃也未能幸免。经多次审查发现，黄崇德本人没有任何问题，由于她的表现出色，由于她在军区文工团的重要角色，她又被召回到拉萨的军区文工团。

在拉萨平叛和中印自卫反击战中，黄崇德在枪林弹雨中经过了洗礼。她无法忘记 1962 年 11 月下旬，在达旺地区为前线部队演出的情景。时值隆冬季节，在达旺西山口的一个坝子上，张国华司令员和前线部队一起看演出，黄崇德当时演一个叫《扩张主义的下场》的活报剧，她演出的角色需要穿着纱丽，在 –20℃ 的气温下，黄崇德里面仅着一件毛衣，快冻成冰棍了。她看到同台演出的战友一串清鼻涕往下滴，只觉得自己像机器似的演完了半个小时的戏，脑子一片空白，感觉灵魂突然离开了身体。这种状况在翻越丹达山时又出现了一次。

在西藏的十多年，黄崇德记不清登台演出过多少次，记不得爬过多少雪山，走过多少路。她每一次的演出，总是比其他人付出多一些，从报幕到快板，从歌舞到戏剧，她无所不及。一场演出下来，她的节目最多时达十个。她在恶劣的环境下演出时多次出现过大脑无意识的状态，只是凭着自己对节目滚瓜烂熟的程度完成了演唱。好强的她，却从来不把这种状态说给医生听。她累得吐血时，总是跑到一边，不让战友们知道。

1960年的5月，为了庆祝我国登山队首次从喜马拉雅山的北坡登上了珠穆朗玛峰，黄崇德和李俊琛等几个女兵在海拔6000多米的营地联欢演出后，没能来得及休息，便立即前往聂拉木边防哨所慰问演出。途中黄崇德胃病加重，一阵阵钻心的疼痛，加上严重的高原反应，她发起了高烧，演出小分队在定日休息时，黄崇德病倒了。由定日向聂拉木要走两天的路，要翻越喜马拉雅山。看到黄崇德的样子，领导十分着急，她是演出队一号女演员，报幕也是她，节目近一半有她，没有她，这演出等于缺了一半。但考虑到她的身体状况，还是决定让她在定日休息。

黄崇德在队伍要出发时，硬撑着起来收拾行装。大家劝她躺下休息，她坚决要起，她说队里病的不是她一人，她能坚持。领导很为难，但只能由她了。她在马上晃荡了两天到了聂拉木，高烧后脸部三角区起了一片疱疹，化妆时疼痛难忍，为防感染，她咬着牙用盐水一遍遍地洗擦。

军区文工团慰问演出小分队一到，长年守在聂拉木边防站的战士们就像看到了亲人，连长跑前跑后忙个不停，他们像过年一样早已把兵站和小分队住的屋子打扫得干干净净。战士们把洗脸水、洗脚水都端到小分队面前，文工团的演员们十分感动。演出结束后，边防连长提出希望明天再演一场，把地方的藏族人民叫来一起看，带队领导马上同意了。

第二天上午，附近的藏族群众纷至沓来，姑娘小伙穿着盛装，老人有的骑着马有的拄着棍，妇女们背着小孩带着干粮，有的翻山越岭从远处赶来。为了容纳更多的群众，文工团只好把原定在边防站院内的演出改到了喇嘛寺前的广场上。部队和群众各占一半席地而坐，寺庙的走廊和屋顶上都聚满了喇嘛和群众。那天的风特别大，后来干脆连幕布也不挂了。

演出进行了三个多小时，黄崇德被战士和群众的热情深深地感染着，她自己不但从头到尾报幕，而且在战士和藏胞不息的掌声中表演了近十个节目。演出在藏族人民"亚姆、亚姆"的呼喊声中结束，黄崇德也非常兴奋，几乎忘记了病痛。演出结束后，藏族人民不舍离去，与演员们一起跳起了锅庄舞，场面异常热烈，汉藏军民情不自禁地手拉着手，沉浸在欢乐中。

洗衣歌

1964 年 4 月，全军第三届文艺会演在北京隆重举行，这次会演可谓规模空前。

各文艺代表队云集北京，各个文工团都拿出了自己精心准备的作品，期待着好成绩。比较低调的西藏军区代表队不敢奢望获什么大奖，团领导想只要不垫底就算成功了。然而会演一亮相，西藏军区代表队引起了强烈反响：鲜明的民族风格，多姿的西藏特色，浓郁的生活气息！这些溢美之词让大家感到很意外，他们赢得了如潮的好评。最引人注目的是一个反映西藏军民鱼水情的歌舞《洗衣歌》，获得了最佳编导奖，同时获得了音乐奖、舞美奖、表演奖。节目上演后在全军乃至全国引起轰动，编导李俊琛一下子成为大红人，被军地各大单位请去教舞。5月4日，《人民日报》头版头条登出一张照片，国家主席刘少奇与李俊琛亲切握手。现在，照片依然被李俊琛摆在家中最显眼的位置。另一张是她与周总理的合影。

"是谁帮咱们修公路，是谁帮咱们架桥梁，是亲人解放军，是救星共产党……"

1992年的夏天，我曾在解放军艺术学院的学员楼里和一个男同学扯着嗓子变着调儿唱这首歌，受到同学友好的"嘲笑"。那个时候，我们不知这首歌的词作者和歌舞编导是李俊琛；十多年后，我遇到她时，这个纯朴爽快的北京老人和我讲起了《洗衣歌》创作的由来。

1963年初，西藏军区文化部部长朱流来到文工团，在一次研究创作座谈会上，他向编导李俊琛提出，创作一个以歌颂军民关系为

《洗衣歌》剧照

内容的舞蹈，并讲了一段他亲眼看到的情景：春节快到时，一群藏族姑娘要来部队帮战士们洗衣服，战士们不让她们洗，她们就从战士手中抢衣服洗，战士们抱着衣服跑，姑娘们就在后面追，营房里一片欢笑声。军民之间相互谦让和帮助，演绎了一段鱼水之情。听了这个故事，起初李俊琛并没有产生什么创作激情，这个在进藏路上随部队修了四年公路，后来无数次深入到西藏各地采风、演出的女兵，见到、听到的关于军民关系的故事实在是太多太多了，许多故事感人至深、催人泪下，像朱流部长讲的这个故事实在是司空见惯的事儿。但领导下了命令，哪有不执行的，李俊琛觉得肩上有了担子。

用舞蹈艺术来表现军民关系的确是很困难的。它不同于话剧、歌曲、相声之类的曲艺，故事情节可以直接用语言来表达，一两句话说到点子上能让人笑也能让人哭。而舞蹈是个纯粹的形体艺术，全是用动作来表达感情的。经过多次的构思改动，汇聚了集体的一些智慧，李俊琛完成了《洗衣歌》的创作和排练。

全军第三届文艺会演，《洗衣歌》一鸣惊人，获得了巨大成功。周总理在接见演员们时对李俊琛说："如果你没有在西藏的生活，怎么能编出《洗衣歌》呢？""文革"时期，"四人帮"否定了"文革"前十七年的一切文艺路线，特别是民族歌舞。"文革"中，"周恩来四提《洗衣歌》的故事"一直被"老西藏"们传为佳话。

1969 年，被冷落的部队文艺工作在周恩来总理的关心下开始恢复。总政治部＊歌舞团彩排时请周总理去看，看完节目后，总理问当时的文艺处处长魏风："原来有一个藏族的舞蹈叫什么名字？"

魏风马上回答："总理，您问的是不是《洗衣歌》？"

"对，就是《洗衣歌》。"总理接着说，"《洗衣歌》很有民族特

＊　现改为中国共产党中央军事委员会政治工作部。

色，反映军民团结、汉藏民族团结，你们怎么不跳呢？多好的舞蹈呀，你们应该跳！"

被禁锢的民族舞蹈在周总理的指示下解放了。当时，在《解放军报》工作的翟俊杰告诉李俊琛这个消息，"李头"（李俊琛绰号）拿着总政的红头文件，激动得流下眼泪。

1971年，西藏的"造反派"闹派性。西藏自治区领导和军区领导在向总理汇报时指出了这一点，总理最后意味深长地对军地领导说："你们不是有《洗衣歌》吗？你们要像《洗衣歌》那样，搞好军民团结、汉藏团结。"当时，西藏军区文工团正在四川崇庆*办学习班，这个文件由当时的军区副司令员南海向全体文工团员们宣读，文工团全体成员听完文件后激动得使劲鼓掌。

1973年8月，党的十大召开后，藏族歌唱演员才旦卓玛代表西藏演唱结束后，周总理上台握着才旦卓玛的手说："你唱得很好，你们西藏是个歌舞之乡，西藏部队的《洗衣歌》也是很好的节目！"

1974年的国庆文艺晚会，周总理点名要求上演《洗衣歌》，西藏军区文工团的老演员们备受鼓舞，加班加点排练，使得多年没在大型节目中亮相的《洗衣歌》重放光彩。如今，《洗衣歌》已被列入了二十世纪华人经典舞蹈作品。

后来，我数次见到李俊琛，老人曾在拉萨平叛中修筑掩体时，被石头压断了一根骨头，后腰上到如今还有一个坑。她说过去身体硬朗肌肉紧还能撑住，现在年纪大了，肌肉越来越松，已经撑不住了，久坐久走就疼得很厉害，医生让她尽快做手术，取出碎骨头，用钢板固定，否则会卧倒在床上了。她告诉我天凉快些就去做手术。

最近一次见到李俊琛，是在玉泉路一部队干休所俱乐部，她正在挥汗如雨地教一些三四十岁的女干部们跳《洗衣歌》。我问她干

---

* 原崇庆县，今为崇州市。

吗这么拼命。她说："部队系统要参加国庆会演，人家找上门来请我辅导《洗衣歌》，怎么能不去呢？人家还等着拿奖呢。"她指了指正在排练的"洗衣姑娘"告诉我："这些同志都是用休息时间，我真不好意思推辞了。再说了，这《洗衣歌》就像是我的孩子，我怎么能扔下不管呢？"老人说完哈哈大笑。

李俊琛从十三岁开始学舞蹈，整整六十年了，至今还能在舞台上跳，这在中国舞蹈界不多见。老人对我说："这《洗衣歌》编导工作还得继续下去，有三家单位约了我当编导，目前日程已经排到2008年了。"

> 我：您这腰怎么办？
> 老人：过节后就去做手术换钢板，明年接着来。
> 我：那您还能跳吗？
> 老人：应当没问题，听医生说那钢板要比骨头结实多了。

2006年11月上旬的一天，我再次来到李俊琛老人家中，老人已经躺在了床上，她刚从医院做完腰椎大手术。看到老人消瘦的面容，略显零乱的花白头发，我感到心头被什么东西给撞击了一下。她的老伴许大伯正在忙前忙后地照应她。

不知道老人的手术恢复如何？不知道她答应人家的排练能否去完成？

在世界最高的舞台上

北京时间1960年5月25日4时20分，中国登山队登上了珠穆朗玛峰，这是人类历史上第一次从北坡登上世界第一高峰。

这个振奋人心的消息由新华社第一时间向全世界以电文发布。之前，由英、美等强国组织的登山队多次努力均告失败。

年轻的中国登山队队员王富洲、贡布（藏族）、屈银华，集体安全地登上了珠穆朗玛峰，他们在顶峰竖起红色测量觇标，经三天观测，精确计算出珠穆朗玛峰海拔高度为 8848.13 米。中国登山队这次攀登珠穆朗玛峰的活动，是从 3 月 25 日开始的，他们只用了两个月的时间，就从西方登山界一直认为是"无法超越的"珠穆朗玛峰的北坡登到它的顶峰，并将五星红旗插上了世界最高峰。

中国登山队的此次活动是由我国著名的登山家、登山运动健将史占春率领的，他们从 3 月 25 日开始进行适应性行军，至第四次行军时突击主峰成功。

电文中有这样的评语："在登山过程中，队员们克服了高山极度缺氧等重重困难，发扬了集体主义精神和爱国主义精神，团结互助，彼此支援，终于取得了辉煌的胜利。"

无论过去多少年，中国人这一壮举将永载史册，人们会永远铭记那些登山队的英雄们。但没有人知道，在这些英雄壮举的背后，有西藏军区文工团歌舞队二十二名演员的一份功劳。

在黄崇德、李俊琛、刘俐、崔俊、何楚平、黄鹂等进藏女兵的身边，至今珍藏着一枚由国家体委颁发的攀登珠穆朗玛峰纪念章。

1960 年西藏平叛后期，正值春节来临之际，军区政治部命令文工团到边防地区进行慰问演出，要求做到对部队和群众"有求必应，有点必到，有人必演"。由张俊飞团长率领大队沿公路去江孜、帕里、亚东演出，下部队体验生活。由陈良弼队长带二十人的歌舞队去定日方向，骑马翻山越岭去边防哨卡。

定日县境的西南是绵延于中、尼两国边界的喜马拉雅山，世界最高峰珠穆朗玛就高耸在这里。珠峰脚下的绒布寺，有某部的一个班，他们在那里为国家科委的一支考察队担任警卫。这里海拔 5000 多米，寺庙下有十多户人家，是世界上最高的一个居民点。文工团到达这里后，演出了一些短小的节目，女兵们为战士们拆洗被子、缝衣服。

5 月下旬，军区首长下达了一个紧急任务：国家登山队在举世瞩目的北坡攀登珠峰的第一次突击顶峰受挫，现正组织第二次突击，日期就在本月 25 日左右，成功与否备受国际国内关注，要求文工团迅速派一个演出队代表军区党委去慰问鼓劲。歌舞队连夜选定节目，组建了一支二十二人的演出队。队长陈良弼率领他们再次从日喀则前往定日，当时国家登山队队长史占春因为鼻子冻伤正在日喀则疗养，听说演出队要去珠峰大本营，他连夜去看望演员们，介绍了登山队的情况。文工团的到来，使登山队员们备受鼓舞。黄崇德、李俊琛、刘俐、崔俊、何楚平等女兵们组成了战地救护组，留在了后方大本营。而演员张纪甫、李朗辉等在海拔 6000 米处突然晕倒，被登山队员护送下山，其他六人咬紧牙关终于到达 3 号营地。在那里演出后，他们又为登山队员们写标语、包饺子、守报话机，队员们深受感动。

5 月 25 日，激动人心的一天终于来到，我国登山运动员王富洲、屈银华、贡布（藏族）首次从北坡攀登珠峰成功。第二天，当演员们看到登上珠穆朗玛峰顶峰的三位英雄返回时，大家都兴奋地迎了上去。主力队员撤回时，因不少人冻伤，体力消耗太大，文工队员爬到 6500 多米的地段迎接，在锣鼓声中，喘着粗气，向英雄们宣读了军区的慰问信。

演员张纪甫、李继斌将疲惫不堪的登山队员背回大本营。这时从大本营的帐篷里传来了悠扬的歌声："是那山谷的风吹动了我们的红旗，是那狂暴的雨洗刷了我们的帐篷；……"紧接着又传来黄崇德昂扬深情、字正腔圆的河南梆子。李俊琛、何楚平为伤病员们缝洗衣服、送药、做饭，还给他们端尿盆。

在世界上最高的舞台演出

　　全部登山健儿从山上下来后，慰问演出是在大本营用几顶大方帐篷连接成的一个一百多平方米的会场里进行的。演员们穿着单薄的演出服，克服寒冷和缺氧，表演了一个个精彩的歌舞节目。登山队队长史占春激动地说："西藏军区文工团是世界上最好的文工团！"

从珠穆朗玛大本营撤回后，十来个女兵随歌舞队向世界上最高的哨所马其墩进发，去那儿为边防战士慰问演出。

　　沿喜马拉雅山走了三天，翻越一座大雪山，歌舞队才到达马其墩。翻越雪山时，海拔已经过了雪线。中途不但山势陡峭，而且积雪厚得马不能前行，大家只好下马。李俊琛、何楚平因头发短不能遮到眼前，得了雪盲症。快到山顶时，天空飘起了雪花，很快大雪弥漫，路看不清了。张纪甫在前面探路，不慎马失前蹄，掉进了雪窝，好在没有受伤。

　　到了马其墩后，因几位女兵患了雪盲症，一时无法参加演出，只好休息两天。马其墩哨所的边防连长对军区文工团歌舞队二十多个演员的到来，有些不敢相信。听说他们刚从珠峰下来，更是感动不已。连长介绍说："边境线最高的山上驻扎一个班，是最艰苦的地方了。可是你们上不去，很危险。"队长陈良弼问了一下大致的情况，想到珠峰队员的 3 号营地都上去了，哨所就不能上去吗？陈良弼选出十来名骨干，向边境线最高哨所进发。女兵有黄崇德、崔俊，跟着李朗辉、刘立武、庄涛等男演员。从连部向哨所一路约走了二十多里的冰雪上坡路才到了哨所所驻高山的脚下。抬头望去，高高的山崖壁上像悬挂了一排大木盒子。小分队开始向上攀登，女兵们体验了当年进藏时翻越丹达山的滋味。可这里要比丹达山陡峭，上到一半时，几名女兵已经气喘吁吁，马匹因坡陡只能横着走。山上的战士早已跑了下来，拉的拉，扶的扶，将文工队的演员们接了上去。到了哨所，面对战士们，心里想道个谢，问声好，却只顾张嘴喘气，半天说不出话来。那些战士满眼含泪地把女兵们让进屋坐下，递过用融雪烧出的开水。

　　这里是边关要塞，他们长年在这里巡逻放哨，艰苦程度是难以用笔墨形容的。文工队员们向他们庄重地宣读了《西藏军区慰问信》，并准备为他们表演节目，要求给他们洗补衣服。班长含着泪操着四川话说："你们能来看我们，我们就非常高兴了。连气都喘不过来，嘴唇都乌了，还咋个唱嘛！咋好意思让你们为我们洗补衣服嘞！"在女兵们的执意要求下，他们才拿出几件需要缝补的衣服。她们请战士们坐在床上，演奏员坐在床边，演员站在床前。慰问演出开始了！女兵们演出了河南梆子、山东快书、四川车灯，以及一些独唱、小合唱节目。看着战士们流着泪水听着自己演唱，女兵们心里甜丝丝的。

第十五章 藏胞 藏胞

因为高原强烈的紫外线照射，生活在这里的人都有一张黝黑的脸膛；因为要在广袤辽阔的冰雪线上生存，他们有博大的胸怀和纯真无私的心灵；因为朝夕面对高山和辽阔的草原，他们有着坚忍不拔的意志和粗犷豪放的性情。有人说，藏族人是这个世界上最具个性的民族，他们最懂得知恩图报和人心世情，他们对当年的第18军将士们有着胜似亲人的深厚感情。而这些品质、胸怀和个性集中体现在那些曾经的百万农奴身上，体现在一些爱国人士和上层进步人士身上，也体现在进藏队伍中，像益西卓玛、高世珍、洛桑志玛这样的一批藏族女兵身上。

在近 −40℃的冰天雪地里，为演出队送水的老阿妈；跳入冰河为部队拉车的小伙子；一夜睡在雪中的藏族向导；怀里掖着热土豆追着女兵的藏族小姑娘⋯⋯

阿　妈

成都郊外的九龙沟，一个青山绿水环抱的山庄里，卫家喻老人回忆起当年进藏路上的老阿妈，声音有些发颤。她说，这么多年了，她无数次想起那老阿妈的样子，无数次在梦中见到藏族老阿妈送别她的情景。

当年，十七岁的卫家喻在文工团队伍中算是体格健壮的女战士。部队在德格休整时，她居住在一户藏族人家中，那家的老阿妈是个手脚麻利的老人，满脸深深的皱纹像道道沟壑。老阿妈第一眼看到卫家喻时，目光像定在了她脸上，足足有一分钟。卫家喻发现老人的眼窝里蓄着泪水，感到莫明其妙。

当晚老阿妈把最好的铺让出来，要卫家喻睡在上面。她抓着卫家喻的手说："这一路太辛苦了，看你们的小手冻成了这样，脚上打的全是血泡。"

老阿妈看得心疼起来，她将卫家喻的脚轻轻地搂在怀里，找来一块软布用温水在卫家喻的脚上轻轻地擦；看见卫家喻鞋子湿了，就找来木材生起火慢慢地烤干。一路疲惫至极的卫家喻早已呼呼大睡，老人坐在她身边就像照料着自己的女儿一样。她怕卫家喻冻着，就将自己的棉袄盖在卫家喻的身上。

部队临行前，老阿妈要将自己的一匹马送给卫家喻，说："你们部队马少，背那么多东西，太沉了，你路上骑不了部队的马，就骑上我这马吧。"卫家喻告诉她，人民军队不能拿老百姓的东西，不能要藏胞的马。老阿妈坚决要让卫家喻骑着她的马走，卫家喻怎么也不要。后来领导过来了，翻译说了半天才做通了工作，老阿妈突然转身跑了。

她跑回屋里拿了一把砍刀，出来时吓了大伙一跳，老阿妈转身向屋后的山上跑去。她砍下一根竹子，又削成拐棍一样长短，把边上的毛刺收拾得干干净净。老阿妈把竹竿拿过来，交给了卫家喻，说："孩子呀，拿着它，你走累了，就把它当作是我的马。"

卫家喻强忍着没有让泪水流出来，老阿妈一直将卫家喻送出了离德格很远的地方。卫家喻在行军中，总觉得背包比原来重，休息时，她打开一看，发现背包里多了一大块熟牛肉，那是老人趁她临行前没注意塞上的。那块熟牛肉在行军途中管了大用，救了差点饿死的战友一条命。

几年后，卫家喻从拉萨返回四川时，曾试图寻找德格的老阿妈，但未能如愿，她觉得没能再见老阿妈是一生中的憾事。

"当年，她让我叫她'姆拉'，'姆拉'在藏语中就是妈妈的意思。现在，我不用想起西藏，都会想起我的姆拉！"

许多"老西藏"们都和藏族老阿妈有一段感人的故事。李俊琛的故事里也有一个超级老阿妈。

1962年冬天的某一天，一场暴风雪刚过，温度一下子降到了–40℃，这是在青藏地区也很少见的寒冷天气。李俊琛和演出队从自卫反击战前线慰问演出回来的路上冻得缩成一团，所有人的脸上都沾着冰霜。整个世界空寂无边，只有汽车在冰天雪地里前行发出"咔嚓咔嚓"的声响。就在大家冻得快麻木时，前方突然响起了一阵类似敲锣鼓的声响。坐在驾驶室里的队长以为是遇上了匪徒袭击，立即命令司机停下车。前方出现了异常情况，车上所有的人都警觉起来，男女队员们迅速拔出了手枪。在平叛的后期，曾多次发生过部队受到袭击的事件，曾有卫生救护队在一山谷中遭受匪徒的袭击，十多名男女救护人员全部遇难，几名受伤的女战士被匪徒掠走……

队长从车上看到前方出现了一些烟雾，有几个人影在晃动，看上去像老人，好像不是什么匪徒。观察了一会儿，队长让司机继续开车前进，要大家保持高度警惕，前方一旦发现匪徒要准备战斗。两侧是高耸的雪山，为防止遭到伏击，队长命令司机要根据情况冲过去。

然而，车到了跟前，所有人都被眼前的一幕惊住了：五六位藏族老阿妈突然出现在车旁，她们头上包着厚厚的头巾，身上穿着厚厚的藏袍。每人手捧一碗热腾腾的酥油茶，在凛冽的寒风中笑意盈盈地将冒着热气的酥油茶送到车上队员们的面前。

阿妈们说："天太冷了，快喝点热茶暖和暖和吧！"

队员们感动得流下眼泪。大家看到在不远处的山脚下，一个被挖出的大雪窝里，垒起的石块上支着一口大铁锅，一旁堆放着干牛粪，铁锅底下冒着缕缕炊烟。这些铁锅、干牛粪是几位阿妈从几十里外的村庄里背过来的。阿妈们知道这两天是大风雪天气且降温厉害，解放军在这一无人区地段要走很长的路，如果不喝热水暖身体，人会冻僵的。老阿妈们将队员们拉到了山脚下的铁锅边，一边让大伙烤火一边盛上热腾腾的酥油茶，让每个人喝下一碗。被冻得发木的队员们，感觉血又热了。

李俊琛说，四十多年了，她总是无法忘记那一幕，后来，她常常和当时团里的战友们聊起这件事，所有人都和她的感受一样，时常想起那几个老阿妈，想起热气腾腾的酥油茶。

女兵们与藏族人民一起"耍坝子"

向　导

　　第 154 团是第 18 军主力 52 师的先锋团，该团在解放昌都、平叛动乱、中印自卫反击战中立下了大功。在早期进藏时，第 154 团有个没有穿军装的"排头兵"，他是一个叫巴桑的藏族小伙子。

　　巴桑是在部队进藏开始时主动为 154 团当向导的。万事往往难在开头，刚进入高原的指战员们，尤其是先头部队，如果没有熟悉地形地貌的藏族人引导，即便有万丈的雄心恐怕也很难顺利到达目的地。部队过了折多山后，由于向导不是很得力，走了些弯路。巴桑正是这个时候出现的，他主动要求引导一个营行军。当时，所有的向导都按规定付给大洋，但巴桑执意不肯要。他是个细心又勇敢的藏族汉子，一路上跑前跑后引导大家，稍有危险或不便行走的山路他总要反复提醒。有的战士爬山时高原反应较厉害，他就主动上前扶着走一程，有的战士病了走不动，他就替战士背背包。每到山垭口或难爬的地段，巴桑就早早地上去，把战士一个一个拉上来。巴桑性格活泼外向，一路上不时地唱着高亢的藏族民歌，有时学着一些动物的姿势和声音，逗得疲惫不堪的战士哈哈大笑。

　　一方水土养一方人，严酷的高原环境培养了藏族人对寒冷和缺氧的耐受力，也练就了他们强大的生存能力。那天早上，大家从睡梦中醒来，爬出帐篷，世界一片银装素裹。一场大雪覆盖了眼前所有的高山和峡谷，一脚下去，深到膝盖，几乎所有的帐篷都被压趴了。战士们忙着收拾帐篷，头天晚上钉的钉子冻得拔不出来了，只能用开水浇了后迅速地拔才能成功。在大伙收拾好行装后，突然发现巴桑不见了，有战士说头天晚上他还和另一个向导在一起的，听说那个向导家里有事，要回去，是不是一起回家了。"这小子跑回去也不说一声，害得我们这会儿到哪找向导去。"有的战士埋怨起巴桑来。指导员大声喊了两声："巴桑！巴桑！"

一个藏族人在几百号汉人中一眼就能看出，指导员东张西望，试图找到巴桑的身影。

"巴桑！巴桑！巴桑！"几个战士扯着嗓子喊了一阵，没有任何回音，只有其他分队的两个向导在那边收拾东西。

就在战士们准备出发时，突然从两个战士身边的一座雪堆里腾地蹦出一个人来，那俩战士吓了一大跳，正是巴桑！只见巴桑打了个呵欠，挥了两下胳膊，朝大伙做了个鬼脸。

所有人都感到十分惊讶，他怎么从雪堆里出来了，难道他在雪地里睡了一宿？巴桑似乎明白大家的疑问，他把拖到脚跟的长皮袍提了起来，朝大伙摆动了两下，而后往腰上一扎。大伙方才明白，巴桑就是穿着这长皮袍在雪地里睡了一宿。原来，藏族人穿的光板老羊皮袄既可当被子又可当褥子，晚上把扎在腰间的下半部分放下

健壮的藏族小伙

来，整个人躺在地上两腿一缩便可在露天野地里睡觉。但刮风下雪还是很冷的，这只有藏族人能够扛得住。

那天，巴桑走路有些不利索，有的战士和他开起了玩笑，他照样嘻嘻哈哈地逗着大家。过一道水流湍急的冰河时，一些伤员等着马趟过去，有的被体力好的同志背着过去。巴桑一连背了三个伤员，背第四个时已经很吃力了。上岸后，他在岸上喘了几口粗气，还想过来背伤员，被指导员和战士们阻止了。但这边还有五六个伤病员等着，巴桑下水过来，背起一个又往对岸去。到了河中间时，他的两腿直打战，只见他突然皱起了眉头咬紧牙，奋力把伤员背上了岸。到了岸上人们才发现巴桑的两腿上布满网格似的划痕，一只脚上伤口正流着血。指导员叫来了团卫生队的医生。巴桑不让看，后来一直到休息时，医生才发现巴桑的右脚底有一个鸡蛋大小的窟窿，里面塞满了小石子、沙子、泥巴。医生瞪着眼望着这个小伙子老半天，太不可思议了。医生掏出了里面的杂物，清洗上药包扎好。整个过程他没有叫一声，只是脸上渗出了汗珠，可以想象他经受的疼痛。巴桑执意继续当向导，部队多给了他几块银圆，他却一块也不肯要。

俗话说，人心都是肉长的。人民解放军以铁的纪律获得藏胞的信任，用一颗颗真诚的心为藏胞服务，而豪爽的藏胞们更讲情谊。李俊琛回忆说，一次，西藏军区文工团组织小分队去珠穆朗玛峰脚下的定日地区演出。由于一场大雪过后不久，路面太滑，汽车滑到了路边的冰河里。小分队二十来人用了几个小时，也没能将汽车推上岸，一帮人狼狈不堪，每个人都是一身雪泥水，冻得直打哆嗦。眼看天快黑了，如果再推不上来，汽车封冻在冰河里，后果将不堪设想。在这个时候，从山那边来了几个藏族青年，他们过来后看了看，二话没说跳进河里就帮文工团小分队推，但汽车像头蛮牛一样赖在泥水里，怎么也推不上来。唯一的办法就是有人潜水下去

军民齐心拉汽车

用铁链拴上。傍晚气温骤降，一位不算壮实的青年，脱下了身上的长袍，拿起一根铁链站到河边，看他的架势，大家都明白他要干什么。大家都劝阻他不要潜水，会冻坏的，他二话没有，深深地吸了一口气，一头扎进水底，大家的心都提到了嗓子眼。

一会儿，小伙子从冰水里冒了出来，只见他满脸乌紫，但他只是吸了一口气立即又扎了下去。岸上几个女兵早已准备好了皮大衣和毛巾之类的东西，所有人都紧张地盯着河面。他终于上来了，文工团小分队几个男演员已经站到了水里，伸手将他拉上了岸。几个女兵赶紧用皮大衣将他包住。

后来汽车被拉了上来，小伙子暖和了一会儿，把大衣交给了文工团小分队，穿上自己的衣服，就像什么也没发生过似的走了。

李俊琛说："有些事情，不仅会让你终生难忘，而且每一次想起来，都会感动不已。"

保　姆

在第 18 军文工团，司徒蓉是最早一批生孩子的年轻妈妈，和许多年轻女兵妈妈一样，为了响应长期建藏的号召，她自愿在拉萨生孩子。由于医疗条件差、营养缺乏、高原缺氧等不利因素，胎儿不足月就出生了，孩子生下来虽然体弱瘦小，但初为人母的司徒蓉脸上却洋溢着快乐与幸福。

这个叫西虹的小家伙的诞生，也给文工团带来了许多欢乐。当时司徒蓉的爱人正出差在外，大家就争相帮助照料这对母子，还请了一位年轻的藏族保姆。大家挤在藏式土屋里，小心地将孩子从这个怀里传到另一个怀里。当时军营里绝大多数都是单身姑娘和小伙子，是小家伙让大家享受到一种久违的家庭温馨。

然而，这种幸福却匆匆而过。由于文工团的工作繁忙，司徒蓉产后不久就投入演出排练。有一天，她乘排练的间隙回家看儿子，突然发现儿子小脸通红，呼吸急促，额头发烫，她想可能是感冒。因为忙着排练，她就让另一位同志陪着保姆将孩子送到门诊部。可是没想到，不久，门诊部就传来了孩子病危的通知。她拼命地朝门诊部奔去，可还是晚了，这个出生还不到一个月的孩子未来得及看妈妈最后一眼，就离开了人世。司徒蓉感觉整个世界都塌了，她腿一软，跪在孩子面前，没有哭泣，甚至连一滴眼泪也没有，她只是轻轻地呼唤着儿子的名字，她不相信儿子已经离她而去，而是熟睡了，她要把儿子唤醒。一个星期后，她终于接受了现实，才"哇"的一声大哭出来。她的内心充满了愧疚和自责。

失子之痛永远无法从司徒蓉心中抹去。几十年后，当我在成都九龙沟再见到司徒蓉时，她提得更多的是那个叫扎西德吉的保姆。也许那痛太深了，她不敢提起。

扎西德吉是个三十岁的藏族姑娘，年幼时就失去了父母，她跟着一个叔叔长大。这个虔诚的佛教徒，是从丁青一路磕着长头来到拉萨的。她原在藏兵营里当保姆，因为有几分姿色，成了藏兵们骚扰的对象，受尽了委屈。来到司徒蓉家后，扎西德吉感觉自己仿佛置身于另一个世界里，找到了真正属于自己的家一样的感觉。那个比自己小几岁、会唱歌会跳舞、小巧玲珑的汉人女兵，在她的眼中就是天使。汉人女兵对她的尊重和关心，使扎西德吉第一次感受到了作为人的尊严，感受到了人世间的生活如此美好。

或许因为扎西德吉自己三十岁没能成婚，早到了做母亲的年龄却没有孩子，她对司徒蓉家的小西虹格外地喜欢。加上司徒蓉对她的尊重和爱护，使她把照看小西虹看成是全世界最为重要的一件事。

她寸步不离小西虹，恨不得上厕所的一会儿工夫也要抱着孩子，孩子已经融进了她的生命。那天，司徒蓉让她去街上买些东西，她找了几家店铺才买着，返回时几乎是狂奔。当她满头大汗上气不接下气地回到家时，司徒蓉吓了一跳，以为出了什么事。什么事也没有，就是扎西德吉觉得离开孩子太长时间了。孩子正被文工团的两个战友抱着逗着玩呢，她放下东西，一把将孩子抢抱过来。那两个战友惊愕地望着她，经司徒蓉解释，她们才明白怎么回事，两个女兵捂着嘴笑了起来。

孩子突然生病住院时，扎西德吉急得自己的嘴角起了两个水泡。在病房里，医生不让她总是抱着孩子，她就坐在孩子的床边，两眼直愣愣地盯着孩子。她的脸色始终随着孩子的反应变化着。

孩子的病总是不见好。在孩子非常危险的时候，扎西德吉突然不见了。司徒蓉觉得很奇怪，快到中午时司徒蓉正急着找她，扎西德吉回来了。只见她的衣服袖口、胳膊肘部、膝盖处都坏了，手臂上和脸上都有大块青瘀，满脸汗水。

她笑着冲过来，抓住司徒蓉的手，急切地说："好了，好了，孩子好了，好了。我已经向菩萨真心求过了，菩萨答应我了。"

原来，扎西德吉见孩子一直不好，心急如焚。她想到可能是自己的心对菩萨不诚，于是就围着布达拉宫前后磕了三圈长头。她每趴下磕一个长头，就会在嘴里向菩萨念经祈祷一次。她向菩萨许愿只要让孩子活着好起来，让她干什么她都心甘情愿。司徒蓉看着她的手和脑门上的瘀青，心疼地说："德吉，以后别再这样了！"

那天孩子停止呼吸后，扎西德吉跪在医生面前，不住地脑袋磕地，发出咚咚声响，哭求着不要抱走孩子。她说孩子会活过来，她已经向菩萨许过愿了。当孩子被一个护士抱出去时，扎西德吉像一头被激怒了的母狮，从地上腾地跳起来，冲向那位护士。一位男医生一把将她抱住，她使劲地挣脱，声嘶力竭地喊叫着。如果在场的人不清楚，肯定以为这就是死去的孩子的母亲。

当扎西德吉见孩子真的没了时，她不再哭泣和喊叫，而是一声不吭地坐在那儿，目光紧紧地盯着一个方向，她整个人都散架了。

整整七天，扎西德吉粒米未进，眼看她饿得不成人形，在司徒蓉和文工团战友的劝说下，她才开始吃饭。

许多天以后，扎西德吉来到西虹在医院住的病房前转，找着那个将小西虹抱走的护士，问西虹被抱到哪儿去了。她求护士告诉她，她要去找西虹。

后来，扎西德吉离开了司徒蓉家。人们发现她时常来军区文工团找司徒蓉，她将自己在外面挣的钱一点都不留地存放在司徒蓉那里。在扎西德吉的手上，拿着一个小白兔玩具，那是文工团战友给西虹买的，临离开时司徒蓉送给她一些生活用品，她都没有要，只向司徒蓉要了这件孩子的玩具。

尼　姑

这是一个藏族尼姑一段特殊的人生经历。

牦牛队从昌都出发后，经俄洛桥到恩达*，大约过了恩达后不久，发现后面有人跟踪，时隐时现，大家一时警惕起来。

解放昌都时，解放军抓住了英国间谍福特这个长期从事破坏汉藏团结的家伙，让许多爱国人士拍手叫好。但在西藏，福特的追随者仍然在暗地里活动。

为了弄清跟踪者的身份，那天刚翻过一座山头，队长便吹哨休息。战士们就隐藏在路边的石头后面，大约过了十分钟，跟踪者现身了，并且慢慢向他们靠近。待他走近，大家才发现原来是一个穿着粗氆氇的光头小伙子。从队伍面前走过时，跟踪者突然发现了藏在石头后面的战士们，他并没有显得慌张，而是迟疑了一下，放下背篓坐下。他看上去很结实，脸蛋红扑扑的，一只手转着经筒，上身穿一件军白衬衣，前胸口袋里映出了两三块大洋，藏袍虽然旧了但看上去很结实。那背篓里有一条皮袋子，袋子里装了一半的东西。再仔细看，那不是个小伙子，而是个年轻的姑娘。

经翻译询问，大家才知道她是个尼姑。

她自认为自己前世罪孽太深，今生必须要饱受苦难。因此她向佛祖发了誓，无论有多大困难她也要到拉萨去朝圣，求佛祖赐予她福分。在昌都听说解放军要到拉萨去，她就跟着来了。有人给她出主意，说她一个单身尼姑走到拉萨是不可能的，只有跟在解放军队伍后面才能到达。她说，在昌都藏族人说："金珠玛米，亚姆，亚姆！"解放军是菩萨兵，是佛祖派来的部队，所以她就跟来了。

---

* 旧行政区划名，治所在今西藏自治区昌都县西南恩达城；后废除，大部分地区划归到昌都地区管辖。——编者注

尼姑名叫阿尼志玛，十八岁，父母早亡。阿尼志玛跟着队伍一路前行，白天跟着赶牦牛的人一起打茶，靠他们施舍的残茶和糌粑度日。只要在路上捡到牛粪，她就会送到部队的炊事班，她知道部队时常因没有燃料而生不了火。当时整个部队都在闹粮荒，阿尼志玛很自觉，部队在野炊时她总是离得远远的。

有一天，队中的一匹马不见了，大伙急得找了半天没找着。就在大家准备放弃时，阿尼志玛沿着马蹄印子很快将马找了回来，这件事让大家对阿尼志玛刮目相看。

一路上，阿尼志玛总是沉默寡言，没事的时候便转动着经筒。阿尼志玛到宿营地后，在牦牛队的大灶边，卖力地帮女兵们拉风箱。夜晚，女兵们都安排站岗，那天夜里女兵张晓帆起来换岗时，刚钻出帐篷就被什么东西给绊了一下，差点摔跤，借着月光，她发现阿尼志玛铺着毛布口袋，盖着氆氇衫，睡在女兵帐篷的门边。按常规，军人的帐篷是不让老百姓靠近的，尤其是夜里，但全队女兵谁也不忍心将阿尼志玛赶走。从那天起，阿尼志玛就成了女兵班编外一员，女兵班的事她跑前跑后帮着做。随着断粮的好转，和战士们一样，阿尼志玛能够吃得饱一些了，她的脸上渐渐有了红晕。途经边坝时，部队翻越了几座大雪山，有的女兵在负重行军中累得吐血，有的患了其他的高山病，落在了队伍的后面。阿尼志玛同样累得不行，但她一路搀扶着这些同志，背篓里多了伤病员的行装。进入嘉黎地段，是另一番天地了，部队看到了一片郁郁葱葱的树木，这是西藏的农牧区。从这时开始，阿尼志玛一路忙碌起来，她沿途不断地收集挂在树枝上草窠上的羊毛，并用一只陀螺边走边搓羊毛绳子。

有人问阿尼志玛在干什么，她却笑而不答，继续收集。有的女兵见她专心的样子想必她有用处，于是一路帮她收集，阿尼志玛点头示谢。收集了许多后，她又修理了几根细长的树枝，纺织起那些搓好的羊毛绳子，这时她又故意落在了队伍后面。她很快织了一件

汉藏一家亲

像模像样的东西，迅速放在自己的怀里藏起来。部队休整时，她坐在女兵们旁边，不停地织着手中的羊毛绳子，她的动作飞快，偶尔抬头看一眼女兵们脱下的胶鞋和裂了口子的伤脚。

阿尼志玛一直织到了拉萨郊外的德庆。

部队要入城了，女兵们在河边欢快地冲洗着，阿尼志玛同样兴奋不已，她照着清溪梳洗长长的头发，脸洗了一遍又一遍。等她洗好后，人们发现阿尼志玛是个十足的藏族美女。女兵们看着她直赞叹，阿尼志玛有些不自在，脸羞红起来。

阿尼志玛就要离开部队了，这一路她对金珠玛米心存万分感激，如果没有金珠玛米，她很难想象自己能够来到拉萨。分手时，阿尼志玛做出了一个令女兵们感动的举动，她从怀中和背篓里掏出了几十双洁白的袜子来——这就是她一路用羊毛绳织出来的。她一人送一双，女兵们又惊又喜，这才恍然大悟她这一路的忙碌。但穿着胶鞋光着脚板的女兵们，不肯接收她的袜子。阿尼志玛执意送出，看她那坚决的态度，女兵们破例收下了。这是她们行军中头一次违反纪律。

一个多月后，张晓帆和几名战友在野狗乱窜的林廓路的叫花子帐篷堆里发现了一个熟悉的面孔，一个"老妇人"模样的看上去很像阿尼志玛的叫花子，上去仔细一看还真是她。她那件原来很白的衬衣已经脏得看不出颜色了，她那曾经红扑扑的脸变得憔悴而苍老。她的背篓已经不见了，氆氇袍成了烂布条状。此情此景，让曾经得过阿尼志玛一双袜子的张晓帆鼻子一阵发酸。阿尼志玛也一眼认出了张晓帆，泪水刷地流了下来。

半个月后，林廓路那顶破帐篷不见了，阿尼志玛加入了军直卫生营，当了一名洗衣员。

第十六章　墨脱与阿里

　　在成都的洗面桥横街和重庆的彭家湾，石继蓉和龚荣春两位老人都住在部队干休所里，她们和许多进藏老兵一样，晚年有着明显的高原病。她们一个体胖，一个清瘦。把这两位"老西藏"进行对比，是因为她俩都在青藏地区工作了三十多年，且在艰苦的边防。她们对过去的事记得很清楚，说来仿佛就在昨天。

　　闵乃丽与马兴璧，这两位文工团女兵，当初从拉萨出发去阿里时，她俩想象不出阿里会是什么样子，也想不到她们会在曾经荒无人烟的地方一待就是几十年。

走进"野人区"

　　珞瑜，藏语的意思是南方，位于西藏山南地区的东南部。

　　因这里居住有当地土著人和门巴人，以及后来迁徙过来的康巴人，多种民族构成了珞瑜人不同的语言和生活习惯。上珞瑜就是如今墨脱的全境，雅鲁藏布江大拐弯处之下，这里很少有平地，处处是深沟峡谷、崇山峻岭。老百姓在半山坡上刀耕火种，维持生计。由于交通极为不便和人口稀少，村邻间相隔遥远，给部队开展工作带来了极大的难度。

珞瑜南与印度接壤，西、北、东三面被高山环抱，因山巅终年积雪，只有五六个山口在每年夏秋冰雪消融时期，才能通行到西藏各地。特殊的地理环境，造成了珞瑜与外界近乎隔绝的状态。世人不了解他们，他们也很少知道外面的世界。他们只记得每年要给西藏地方政府和三大寺庙交纳乌拉差役，进贡土特产品。关于珞瑜的传说很多，也很神秘，在旧西藏，这里被称为"野人区"，而古老的西藏地方政府流放犯人时则把这里作为首选之地。

早在1951年7月，第18军考虑到珞瑜情况特殊，处边关要塞，决定在此成立工作组。当年十八岁的石继蓉修完甘孜机场后回到了医训队，因为工作出色被分配到昌都军分区门诊部。上级决定派石继蓉到珞瑜地区去时，是考虑到她不仅有较强的业务能力，还有扎实的思想作风。就是说派到那个被称为"野人区"的地方，必

石继蓉

须要有长期在那儿为百姓、为工作组服务的打算，要有吃大苦耐大劳的准备。

石继蓉说，当时自己是个单纯的小女兵，虽然经过培训学了一些医学知识，但根本没有想到珞瑜地区是个什么样子，上级找她谈话她就愉快地接受了。当时也听门诊部的一些同志在小声嘀咕，听说石继蓉去的那地方是"野人"住的地方。石继蓉说"野人"就"野人"，还想看看"野人"是什么样子呢。然而，在去的途中，她就领教了雪山的厉害。去珞瑜要比去拉萨近些，但一路地形异常复杂。由昌都出发从北向南翻越数座雪山，尤其到了一半路程时，没有任何路标，全凭向导按大方向朝前摸索。行军人少，在莽莽的雪山中显得格外困难。经过先行队伍调查和实地勘察，了解到进入珞瑜的通道，只有两个山口可以通过，但有些地段因为地震垮塌，早已没有人迹，两个山口都有危险。为避开雪崩、雪陷、滑坡等危险，向导一直在摸索雪地的坚硬度。上山难下山亦难，经常遇到垮沟和泥石流，一不小心就有掉下万丈深渊的可能。到了珞瑜地段，海拔渐低，看到的满是鸟语花香，青山绿水。石继蓉觉得这不是很好嘛，哪有传说中的那么可怕。然而，随着行军的深入，"野"字就显现出来了。脚下是泥滩、沼泽、滑石、急流，脚上爬上了蚂蟥，肥大的蚊子见肉插针，时不时还有毒蛇从脚面游过。到了夜间宿营时，常听到野兽的嚎叫声。

回想当年进入珞瑜，石继蓉说那种滋味一生只有一次，途中曾有过恐惧，怕的是到不了目的地就没命了。

石继蓉第一眼看到连有祥时，他刚从拉萨开会回来，脸黝黑，长发蓬乱，破衣烂衫，像叫花子一样。由于遇上暴风雪，他和一个藏族人在雪山里爬了十多天，终于回到了珞瑜。他急着传达会议精神，来不及整理一下自己，便召集工作组全体同志开会。台上的连有祥的样子确实很"野"，他身材魁梧，声音沙哑，一口浓浓的山西话，让人听起来很费力。她来珞瑜墨脱有一个星期了，这回终于见到"野人"了，没想到这个"野人"会是珞瑜地区的军代表。

石继蓉更没想到，这个"野人"不久后会成为自己的丈夫。半个世纪后，在成都洗面桥横街的西藏干休所的一幢老楼里，连有祥说起自己的老伴显得格外激动。这个敦厚的山西汉子开玩笑说："当地老百姓都说石继蓉是个仙女，上天把她派来给老百姓治病的，也是给我做老婆的。"

石继蓉却纠正了连有祥的虚构。她说，后来她才知道，组织当时把她派来还有一个目的，就是有意让她与连有祥结为夫妇。石继蓉说当时自己是个很单纯的女孩子，觉得组织把她安排到艰苦的地方，是对她的信任，她感到很骄傲，不能辜负领导对自己的期望，她决心把自己的青春献给珞瑜。当有人找她谈话问是否愿意和军代表连有祥结为夫妻时，石继蓉居然没有什么犹豫地说："如果是党组织安排，我愿意接受。"

我问她当时为何一下子就答应了。石继蓉说，当时想得很简单，第一次看到老连虽然像个野人，但从内心还是很佩服他的，他既然是党代表，肯定就不是个大坏蛋，肯定有能力，有很高的思想觉悟。

石继蓉的父亲石忠孝曾经是国民党的上尉连长。在著名的飞夺泸定桥战斗中，她的父亲守在泸定桥那边，指挥国民党一个连与红军交战。大败给红军之后，石连长做出了一个惊人举动，他命令所有士兵投诚红军，他自己却脱去国民党军装，回到了邛崃老家孝敬老母，抚养儿女。后来，石忠孝在邛崃一带秘密从事地下党组织活动，曾带领地下党和群众阻击过国民党胡宗南的部队。这在《邛崃县志》里有着翔实的记载。

后来，连有祥因为岳父曾有国民党经历而受过牵连，退休后，一次偶然的机会，他从朋友那看到一本书中有关岳父组织地下党阻击胡宗南部队的事迹后，激动得像个孩子，拿着书直往家里跑，给石继蓉看。连有祥在谈到那段往事时，情绪很高涨，他坐在凳子上不停地挥舞着手臂。他说，自己一生的遗憾一下子全没了，受点委屈算不上什么，没想到自己的老岳父还有那么一段光辉历史。

石继蓉当初觉得最对不起老连，就是因为父亲的那段历史影响了老连的进步，自己在运动中受到了审查，也牵连到老连。她当时在偏远的珞瑜，由于突出的表现得到了上级的认可；否则，后果真的很难说了。

墨脱女神医

被称为"野人区"的墨脱，位于珞瑜的上部，处在雅鲁藏布江大拐弯之下。一个遥远而神秘的地方，在古时西藏，那里是当地政府流放犯人的"西伯利亚"。当年，石继蓉不顾母亲阻拦，执意加入进藏队伍，入藏后成为最早进入墨脱的一名汉族女医生。

那天石继蓉得知我来采访，从医院跑了回来，对我说："小纪，我不在乎你写我什么，你们年轻人能想到我们这些当年进藏的老战士，我们已经感到很欣慰，谢谢你！"

老人心脏不太好，血压高，那是在西藏三十八个年头落下的病根。石继蓉说，那时在墨脱，最困难的是医药奇缺和经验不足，当地是疟疾的多发地区，有的村庄男女老少都患此病，造成贫血，肝脾肿大，影响生活和生产。看着老百姓面黄肌瘦痛苦的样子，她心里很着急，她和另一名男医生迅速向藏族人民普及医疗卫生知识，提倡以防为主，加强自我保健能力，把有限的药品用在危重病人身上。她翻山越岭，经过反复研究，学习和采集当地土医土药为病人治疗胃痛和腹泻，同时应用拔火罐和针灸疗法，为群众解除痛苦。

在当地，老百姓都把她视为神医。石继蓉说，其实自己也没什么可神的，只是多吃了些苦，多动了些脑子，根据当地特殊情况摸索了一些有效的医疗方式，用心去爱护他们。一次，她刚从外面巡诊回来，有个人急火火地跑来说，自己的老婆被毒蛇咬了。那人急得不停地说，大意是没得救了，没得救了，过去村里有人被毒蛇咬后不久就死了，她肚子里可有他的孩子呀。

　　石继蓉一边安慰他，一边背着药箱跟着他跑。

　　来到村中，孕妇坐在地上，一脸惊恐的样子。原来她在厕所方便时，突然被一条毒蛇咬了一下大腿，局部立即红肿起来。石继蓉蹲下来给她做了检查，马上用止血带从该处上方结扎起来，然后迅速将周围的毒汁挤压出来。她怕毒汁挤不干净，看了孕妇的丈夫一眼，想让他帮妻子吸一下，那男人却是一副惊恐的样子。石继蓉毫不犹豫趴在孕妇腿上吸起来，直到感觉没有毒汁残留，再在局部清洗、消毒、上药。那孕妇很感动，嘴里喃喃自语，用手摸了一下石继蓉的头发，然后双手合十，祈祷起来。

　　在场的人们瞪大眼看石继蓉治疗的过程，有一位老阿妈当场跪在地上，对着石继蓉拜了一下，然后把双手举向上天说着听不懂的方言。许多人朝石继蓉伸出大拇指或行礼。后来，藏族百姓有什么病都来找她。有一次，达旺家的一头母牛难产，达旺也来请她去，石继蓉很为难，她没给牲畜看过病，自己毫无经验。但她见到满腿泥巴的达旺那渴望和焦急的眼神，便跟着达旺来到了难产的母牛旁。石继蓉按照动物生理解剖原理，大胆为母牛助产接生，由于母牛体块太大，助产时很难使上劲，累得她大汗淋淋，她就叫达旺和另一个壮小伙在她指定的位置，按她说的做，一会儿小牛的脑袋就出来了。石继蓉用手托着小牛脑袋，继续指挥着两个男人，终于使一头健康的小牛犊安全生出。主人全家高兴得唱起来，在场围观的群众都发出了"啧呀啧呀"的赞叹声，小孩子高兴得跑前跑后。达旺家为了表达感激之情，再三留石继蓉在家里吃饭，达旺妻子要把自己结婚时母亲给她的一双玉镯送给石继蓉，石继蓉笑着谢绝了，并告诉他们要待候好母牛和小牛。有个妇女早在一旁等着石继蓉，说她家的小孩子正发着高烧，石继蓉二话没说，背着药箱跟着那妇女走了。

石继蓉生下第一个小孩后，组织上调她到塔工*地区。

石继蓉在墨竹工卡农牧区进行巡回医疗，当地一老牧民下体被一头发狂的牦牛用犄角冲撞了一下，一只睾丸被刺破了，家人当时用羊毛绳给缝上了，那老牧民疼得直叫唤。牧民家人请来石继蓉，老牧民一看她是个年轻的汉人女兵，很不好意思。石继蓉为老人重新做了缝合手术，伤口愈合后，老人上门道谢。石继蓉谢绝了老人送来的礼物，老人流着泪说："闺女呀，你真是个活菩萨。"

墨竹工卡地广人稀，色拉龙一带更是大山连绵，当时叛乱平息不久，石继蓉经常骑马翻山越岭独来独往，每到一个小山村，村民们就会在村里大喊："医生来啦，医生来啦，快看病啦！"

农牧民居住分散，有限的医疗资源很难满足他们的要求。石继蓉申请培训几十名当地医生，很快得到领导批准。她采取师带徒的办法，手把手地教他们诊病、认药、用药，除了让他们学会常规的西医治疗、急救、护理方法，还教他们学习针灸治疗。她的事迹受到自治区领导的表扬，广播电台记者也来采访她，广播她的事迹。石继蓉成了名人，她并没有因此骄傲，而是一如既往地扎在牧区百姓中间，许多宣传她的报道，她自己却不知道。

石继蓉在西藏一扎就是三十八年，直到退休回到内地。她始终保持着在西藏的生活习惯。在她的家中，我平生第一次喝到了酥油茶，尝到了糌粑。

---

*　旧地区名。在雅鲁藏布江下游两岸，1960 年塔工地区撤销。

向西　向西

应当说首批进藏女兵中，真正到边防要塞工作的并不多，但去了就永远忘不了在边防生活的滋味。

她叫龚荣春，我在重庆彭家花园干休所见到她时，她坐在一棵树下的石凳上，轻摇着一把芭蕉扇，神情自若。那天的气温是39℃。她的后肩右侧明显地高出一块，那是当年在甘孜修机场背石头时压坏的，年轻时没觉得什么，年老后当年的伤就屡屡发难，增加她的痛苦。龚荣春的老伴已去世，她独自一人生活在干休所。在去往她住处的路上，我想扶着她走，她摆了摆手说不用。见我脸上有汗珠，她用手中的芭蕉扇不时地为我扇，让我感受到慈母般的温情。我想为她扇风，她仍然摆手。

和许多老人一样，龚荣春对西藏充满了无限的留恋，她平静地向我叙述了在西藏三十年的生活历程。她说那时很年轻，没觉得有多苦。修完机场后，龚荣春被调到了甘孜第二十八陆军医院从事护士工作，后又被军区调入拉萨边防队学习藏文。从此，龚荣春的生活轨迹发生了改变。

1954年年初，中印两国签订《关于中国西藏地方和印度之间的通商和交通协定》，噶大克等十地成为贸易市场，其中有五个贸易市场属阿里地区管辖。为了顺利完成开辟西藏边防商务口岸和对外工作的新任务，由西藏工委和军区党委统一领导和部署，成立了西藏边防各口岸商务检查机构。为收集调查及研究边防境内外的政情、社情、商务活动，军区司令部成立了边防处。龚荣春从第二十八陆军医院调入拉萨，成为军区边防处的一员，研究开辟边防商务口岸对外工作。

1956年4月初的一天，二十多名干部将要去阿里的噶大克，那儿已成立了一个边防站。龚荣春是其中的一员。从军区首长的高度重视中可以看出，这是一次非同寻常的出征。出发前，他们在西藏工委礼堂集合，西藏工委领导和军区副司令陈明义为将要出行的同志一一敬酒，他说："这次组织派你们去阿里，是党对你们的信任，此次任务很艰巨，阿里的噶大克在哪儿，地图上没有，给你们一个指南针，你们就朝西藏的最西边走，走到了尽头便是了。"

阿里，一个荒芜而神秘的地方，人称"第二个西伯利亚"。从没喝过酒的龚荣春一口喝掉了首长们的敬酒，和大家一同上路了。

据史料记载，阿里地区最早出现的部落为象雄部落，大约兴起于公元前4世纪前后，是西藏历史上最早的十二部落之一，后来发展成为高原上势力最强大的部落联盟。其势力范围广及克什米尔、印度和尼泊尔部分地区的"里象雄"、西藏西北部阿里地区和东部日喀则的"中象雄"，以及北部羌塘、安多、康区一带的"外象雄"，势力中心就在今天的阿里高原。象雄王国拥有强大的军事力量，统治着广阔辽远的疆域，并发明了象雄文字。其惊人的成就和神秘的消失，成为历史长河中的千古之谜。

吐蕃王朝覆灭后的数百年间，西藏大部分地区处于四分五裂的状态，而由流亡到阿里地区的吐蕃王室后裔建立的古格王国，却自公元10世纪至16世纪世袭了二十八代国王，保持了相对的稳定和强大。在此期间，信奉佛教的数代古格王皆不遗余力地发展佛教，并分别于1042年迎请印度高僧阿底峡尊者入藏弘扬佛法，1076年举办"火龙年大法会"，使古格成为藏传佛教后弘期的一个重要中心。

1630年，末代古格王赤扎西巴德时期，为削弱寺庙僧侣集团和一些信奉藏传佛教的上层王族的势力，他支持天主教进入阿里地区传播和推广，引起了占强势地位的贵族和僧侣的不满，并进而招致拉达克王森格南杰的挥兵入侵。内忧外患之下，有七百多年历史的古格王朝宣告灭亡。

藏北野牛群

公元 17 世纪，拉达克军队被五世达赖喇嘛派遣的军队驱逐出境，阿里三围置于西藏地方噶厦政府的统治之下，直至西藏和平解放。

受地势的影响，阿里境内的气候分布以冈底斯山脉为界分为南北两部分，且差异明显。南部的普兰和扎达地区气候相对温暖，是阿里主要的农业区；北部狮泉河一带则寒冷、干旱。

这是进藏后又一次特殊的行军，军区派出了十多辆新出厂的解放牌汽车送行。龚荣春和另两名女同志一路上既要负责做饭，又要负责为大家看病。开始还好些，但随着向纵深开进，路况越来越差，进入藏北草原的黑河[*]，再向西去，大部是水草地、橡皮路、茫茫无人的戈壁滩。汽车行进十分困难，一下子成了负担，庞大的家伙时常陷进泥坑，得费九牛二虎之力才能推出来。

龚荣春和两个女兵就是再累，也要像家庭妇女一样洗衣做饭。加上病号也在增多，她们几乎没有闲的时候，一天下来，累得快瘫

---

* 今名为那曲。

向阿里进发的车队

了。进入无人区后，行军和生活都面临着严峻的考验，龚荣春常为几块烧饭的干牛粪发愁，在路上捡到一块牛粪她会眼前一亮，好像那牛粪像金子一样放着光。有一天她们捡到好多牛粪，高兴得唱了起来，大概是不久前有大队的牛群走过，才拉下了这么多宝贝。

吃完晚饭，大家围在干牛粪燃起的火堆前想起了家，由于在戈壁滩上行走，还要每天将汽车推得很远，大家坐了一会儿便困了，纷纷回到帐篷睡觉。龚荣春却不能去休息，她独自坐在篝火边，给大家准备着第二天的早餐。她想起了自己远方的父母，想到了临行时军区首长说的话："小龚呀，你们这次去要吃大苦了！"是的，二十多天来，她们一路吃过风吹雨打冰霜雷电之苦，吃过泥泞沼泽之苦，吃过蚂蟥、蚊蝇、毒蛇之苦。她感觉无怨无悔，但阿里还有多远，噶大克在哪里？

有一次，他们过一条不大不小的冰河，经过测量，有的地方水深，汽车有陷下去的危险，大家不得不采取搬石头填路的办法。这一填倒好，整整填了两天才测量过关，龚荣春手上磨出很多水泡。汽车小心地开过去后，大伙一颗悬着的心总算放了下来。

有一天，他们发现前方有光亮，还有人走动，龚荣春和战友们都激动得喊叫起来。这个十多辆汽车的车队带着满身泥污，经过无数次的历险，终于走出了荒原。

拉萨至阿里正常行车一个星期便能到达，但这支队伍整整走了五十二天。龚荣春回忆说，这一路吃的苦，要超过当年进藏时的苦。但如果没有进藏时的那段经历，这一路真不知道能不能扛下来。有了进藏路上的磨砺，有了去阿里寻找噶大克的经历，真是再没有过不去的坎了。

印军战俘

1962年，三年困难时期刚过，国民经济仍处于最艰难的时期，加上苏联政府撕毁合同，撤走专家，施加种种压力，而台湾蒋介石集团"反攻大陆"叫得很响。在这内外交困的时期，印度总理尼赫鲁错误地估计了形势，以为中国将不堪一击。于是，他命令印军向我国领土进行蚕食入侵，在中印边境西段的我国境内先后设立了四十三个据点。同时，在中印边境东段，侵占了沙则、朗久、塔马顿等我国大片领土，并打死我国军民多人。我国政府提出严重抗议，要求印方立即停止危险的入侵行为，但尼赫鲁政府把我国的忍让当软弱可欺，两次变本加厉地对我国边境发动更疯狂的入侵，我国政府在忍无可忍的情况下发起了自卫反击。

6月20日，经中央军委批准，组成了西藏军区前指挥部，代号为"藏字四一九部队"，统一指挥西藏军区的三个主力团，作为实施反击作战的部队之一。这次中印边境反击作战，从1962年10月20日起，至我国政府发表声明，1962年11月22日0时起，中国边防部队在中印边境全线停火为止，历时33天。我军取得了政治、军事、外交上的伟大胜利。

中印自卫反击战打响时，龚荣春正在边防线上出差，参加完平叛后，她被抽调到管教叛匪的机构中工作了一段时间，后又调到江孜军分区工作。回到分区时，爱人已经上前线了。她先被安排做一些前线将士家属的工作，战事结束后，她又被抽调去做战俘的工作。

在进藏的千名女兵中，这是龚荣春一段独有的工作经历。回忆起那段岁月，龚荣春觉得有趣而珍贵。

当时战俘集中在隆子的一座大喇嘛寺庙里，有好几千人。印军的俘虏们一个个无精打采，走起路来歪七扭八。群众议论说，这些胡子兵块头大，实际是个大憨包，打不过灵巧的中国四川兵。当时龚荣春在那里管后勤兼宣传工作，平时对他们采取人性化的管理教育，让战俘认识到谁是在侵略，谁是反侵略，让他们知道中国人民解放军是强大而文明的军队。

那些战俘伤病员很多，大多是在中国边境发动进攻时受的伤或患的病，是中国边防部队从战场上、雪地上、森林里、河谷中把他们从死亡线上拉回来的。一个叫南得克斯霍尔的印军士兵受伤后躺在几具印军尸体旁边，心脏当时只有一点微弱的跳动，中国医生发现后对他实施了抢救，又把他抬到医疗所救治。经过半个月的护理，他获得了第二次生命。一个叫吉里亚安的印兵因冻伤而晕倒在高山上，他醒来时，几个中国的边防战士正一勺一勺地喂他米汤，他感动得泪流满面。许多印军战俘伤病后在野外时间过长，伤势恶化，增加了治疗上的困难，但只要他们到了中方医疗所里，中国医生就马上为他们迅速做手术、注射抗生素。一个叫桑姆拉加哈德的印军军官身上有五六处伤，自认为难以活命了，中国医生为他动了手术，保全了性命，他离开前哭着抓住中国医生的手说："现在我真的感受到，中国人是最友善的！"

战俘们越境入侵时穿着单薄的衣服，差点冻成冰棍，走时穿上了中国边防部队发的新棉衣、棉鞋、棉帽。中国厨师按照印方习惯为战俘们改善伙食。一个五十来岁的老战俘说，第二次世界大战时，他当了日本人的俘虏，日本兵随便打骂侮辱，生活很糟糕；而到了中国，他们被当作兄弟一样看待，他们都忘记自己是俘虏了。

龚荣春回忆说，那些在隆子俘虏营里的印度兵，要过的节日还很多，几乎几天就是一个节，逢节就要安排他们吃好的，龚荣春和其他工作人员只好按照他们的习惯炸油饼、做牛羊肉，吃得他们又唱又跳，好像不是在异国他乡当俘虏，而是走亲戚来的。日常生活中，龚荣春和工作组其他同志对他们问寒问暖，战俘们很感动。移交前夕，有的战俘居然找龚荣春和其他工作人员，提出留在中国的意愿。问他们为什么，他们说一是怕回去受到处罚，另外，他们也感受到中国人的宽容与友善，他们喜欢中国，喜欢西藏。

战俘们要离开中国了，龚荣春和其他工作人员为印度兵们收拾好行李，帮他们带足了路上吃的干粮，医生们给每个战俘伤病员作最后一次检查治疗，让不适应高山气候的战俘吸足氧气，带上应用的药品。有的老一点的战俘被龚荣春和其他工作人员扶上了马背。

移交的那天，俘虏们排着长队，看着龚荣春和其他工作人员为他们送行，那些大块头印军战俘依依不舍，有的居然像孩子一样哭出声来，有的出发时在马背上流着泪朝送行的中国工作人员挥手呼喊："巴依*，巴依！"

龚荣春说："无论你是什么地方的人，只要一起相处，彼此了解，便会有新的认识和感受，那些印度战俘，本来没有一个愿意要入侵中国的。他们在战俘营里对中国人有了更深的了解，我们给了他们真诚的关心，送给他们中国人的温暖。他们确实很受感动，有

---

* 印地语，大意是贵人。

的印度兵在他们国内也没有享受过那种待遇，我们当时并不是在刻意地宣传自己，完全是出于一种人道主义。我想，他们回国后一定会很怀念在中国的日子。"

阿里双珠

1955 年春，西藏军区实施了精简工作，在一大批复员人员中，优秀的文工团演员闵乃丽和马兴壁出现在名单中。

被确定为转业复员，大多数女兵心情很复杂，她们不愿意离开拉萨。对于闵乃丽和马兴壁来说，修了几年的川藏公路，徒步走进拉萨，吃尽千辛万苦，来到条件和环境相对较好的拉萨不久，在军文工团这个充满欢乐的队伍中，她们刚刚适应并找到了自己的位置，一下子又要离开，没有思想准备。但她们明白，军人以服从命令为天职，只能含着泪水，默默地打起了背包。

想到脱下了军装，很快回到内地，就能见到久别的父母亲人，她们心里似乎又有了些许安慰。让她俩没有想到的是，正当她们准备离开拉萨时，却接到了一个意想不到的通知——她俩被分配到阿里，第二天就动身。

闵乃丽说，当时听到这个消息，脑子里一片空白。后来听说那天刚好阿里地区组织部门来拉萨要人，她俩就和阎家琼、夏祖明、冷登忆等几个文工团女兵一起被划到了去阿里的名单中。

阿里到底是个什么样的地方？几个准备返乡的女兵谁也不知道。她们只是听说过那儿是西藏最艰苦的地方，几乎是荒无人烟，平均海拔接近 4500 米。

在山西运城和四川成都采访完这两位老人后，我几无话语，觉得生发的感慨苍白多余。

她们在茫茫千里的荒原上，行走了整整八十八天。这一路，比起当年徒步进藏要艰难得多。这一路除了艰苦，还有足以让人绝望的寂寞。

"我因为心脏不好，这一路多次与死神擦肩而过。是战友们一次次地把我拉了回来。到了阿里，我已经不成人样了！"

"很难想象我们是个什么模样，原始森林中跑出来的野人恐怕都没有我们难看。随手往脖子一捋，就能捋出几个虱子来！"马兴壁和闵乃丽这样对我说。

喜马拉雅、冈底斯、昆仑、喀喇昆仑山山脉交错横亘在阿里境内，形成了平均海拔 4000 米以上高原上的"高原"。由于山高路险、干旱缺氧、气候恶劣、人迹罕见。自古以来，那里就成为全世界探险者向往的地方。

然而，这一路的艰苦再多，再难，毕竟只有几个月，挺过去就过去了。那么，接下来意味着什么？在途中，带队的两位组织部干部让她们想象一下，阿里会是什么样子。她们各自说出自己想象的模样，没有一人的描述接近于现实中的阿里。当她们到了目的地，大家的心都凉了个透。

只看见一些矮小的土坯房子，稀稀拉拉地出现在荒漠中，很难看到树木与河流。闵乃丽与马兴壁想到领导在她们出发前说过，到了阿里不能以任何理由提出离开，她们从心底里已经认命了。

闵乃丽在这里工作生活了二十五年，马兴壁比她多三年。

到了阿里，闵乃丽分到了地区做收音广播工作，后来与一个叫焦增刚的山西运城小伙结了婚。马兴壁与来自青海的藏族汉子多让杰成了家。

她俩住的土坯房连门窗都没有，只能用塞满棉花的门帘做门，用红柳枝绑成架子再糊上一层白纸做窗，风大点就能刮跑。刚开始，床、办公桌和椅子都是用泥巴做的，后来后方才运来钢丝床。

自来水和电每天供应两小时，夜间照明靠蜡烛。

土坯房遇到雨水容易坍塌，来不及跑出来的人就被埋在里头。她俩和各自的丈夫在"狗窝一样"的土坯房里住了十多年。

马兴璧和闵乃丽在阿里

在阿里，让闵乃丽刻骨铭心的一件事，是她婚后生第一个孩子。

1956 年秋天，已有身孕的闵乃丽，因为工作任务重，早该下山的她一拖再拖。别说她是个内地女人，就是当地藏胞在阿里生孩子都有夭折的风险。此前，在阿里海拔 4000 多米的噶尔雅沙，从没有过一例汉人在上面生孩子的经历。组织上几次催她赶紧下山去，但她认为自己一走，手头的工作没人接，她实在不想给组织增加麻烦，当时丈夫的工作更忙，也顾不上考虑这件事。她自己一个人从阿里回拉萨再回内地，路上要走三个月，同样也有危险。她当时的想法是，自己的身体条件很好，阿里女人能生下孩子，自己怎么就不能。她倒不是想试一试，她就是这样的性格，一旦自己认定的事情，谁劝也没用。

闵乃丽当时住的地方虽然与工作单位仅五六百米，但阿里常是风雪天气，她挺着大肚子，这几百米，走起来十分艰难。怀孕七个月时，孩子早产了。

1957 年 5 月的一天，阿里的葛大克诞生了一个新生命。

汉族女人闵乃丽在阿里生下了一个女婴，这是一项历史性的记录。由于早产，女儿很瘦很小，像只小猫，不足一公斤半。女儿是在葛尔亚莎生的，她就给孩子取名叫亚莎。当时，许多阿里人都跑到闵乃丽家看小亚莎。用丈夫焦增刚的话说，大伙看小亚莎就像

闵乃丽在阿里

看一个稀有小动物一样，怀着强烈的好奇心。后来，小亚莎的生命一直处于奄奄一息状态，经过她千方百计地呵护抢救，总算勉强活下来。医生说，孩子不能在阿里，最好立即下山，否则只有一个结果——夭折。组织安排他们迅速撤离。

闵乃丽永远不会忘记，夫妻二人抱着出生不到两个月的小亚莎，从阿里的葛尔亚莎向一百二十公里外的葛尔县昆莎乡行进，路过一个叫拉布鲁的山头时，亚莎偶尔还能哭上一两声，可往上走时一声不哭，脸色越来越难看。闵乃丽感觉女儿的心脏似乎停止了跳动，小鸡爪样的手冰凉。丈夫二话没说，从骆驼上蹦了下来，抱着孩子，拉着闵乃丽疯了一样直向山下冲去。冲下山后夫妻俩瘫在地上，上气不接下气，差点休克。

穿越藏北无人区时，虽然搭上了卡车，但在路上整整走了一个半月才到拉萨，从拉萨向青藏线向内地又走了一个月。一路上，大人孩子都经过了数次生死考验。闵乃丽说，全家三口人走的是一条真正的死亡线，由于抱着的是一个脆弱的婴儿，她感觉就像走在悬崖绝壁边的钢丝上，心始终是吊着的。尤其在可可西里无人区，在海拔 5000 多米的唐古拉，以至后来到了甘肃的山丹孩子得了肺炎，生死总是在眨眼之间。

女儿亚莎能活下来，创造了许多奇迹。后来的小亚莎在山西的芮城农村，度过了体弱多病的童年后，走上了正常的人生旅程。如今她已年过五十，在山西芮城过着平静充实的生活。

不幸往往总是接踵而来，闵乃丽因为父亲当年是个名医，先后给国共两党人士治过病，和黄崇德一样，每一次运动到来，闵乃丽都要受到一次冲击。她多次被下放到阿里最艰苦的牧区，进行劳动改造。她吃着比牧民更差的藏粮，分给她的那些酥油都是存放了很久的，喝到嘴里又酸又臭。但她尽心尽力地当好牧羊姑娘，受到牧民的喜爱。

马兴璧

马兴璧在西藏工委阿里分工委的社会部，这个部门涉及公安、统战等多重职能。她从事统战工作，向由官家、贵族、寺庙上层僧侣组成的"三大领主"和普通农奴宣传党的政策。她的足迹遍布阿里七个县中的五个。

采访中，马兴璧给我最大的感受是，对儿女的歉疚，对艰苦岁月的淡然。

下乡时她住过牛羊圈，学会了像个西藏人一样伺候土地。她收获了翻身后的藏族农奴的关爱。自己带的糌粑不新鲜，吃下去经常拉肚子，她借住的那家主人，一位四十出头的大姐，用自己的新鲜糌粑换了她的糌粑。对于"三大领主"，她以定期走访和编印《上层动态》的小通讯来了解并记录阿里上层的思想动态与他们对政策的看法。

闵乃丽觉得对不起自己两个儿子两个女儿。孩子在山西老家和八一学校没能得到父母的关爱。马兴璧同样觉得愧对自己的两个女儿一个儿子。大女儿马妮，小女儿马青，儿子马昆，他们是在成都的八一学校里过集体生活长大的。尤其令她痛心又无奈的是小儿子马昆，他在八一学校的九年时间里，与父母见面的日子加起来不到一个月。

第十七章 天涯断肠人

樊近真、李光明、王先梅、魏侠、苏音、刘韵华这些名字，大概知道的人不多，但说起张国华、谭冠三、王其梅、李觉、林亮、周家鼎等，老18军或原西藏军区的领导人，没有人不知道。他们是老18军的最后一届领导，又是原西藏军区第一届党委成员，而前者就是他们的夫人。她们是将军们"精神家园的半壁江山"。

这是一个无法回避的残酷现实，几乎每一个进藏女兵都要去面对——在青藏地区生孩子的危险及生完后的母子分离。在高原环境下，进藏女兵怀孕后允许回内地生，但有的女兵就在高原生下了孩子，结果大多数落下了不同程度的残疾或疾病。而在内地寄养的孩子，因为母子长期分离造成了让人心痛的隔膜。在采访的日子里，我无数次感受到，这是一个牵动她们神经的敏感话题。

将门儿女

李光明，第18军政委谭冠三的夫人，住在四川都江堰。

李光明出生在四川通江一个贫困的农民家庭，早年名叫华金香，因家贫当过镇上杨家的童养媳，母亲去世后受尽了苦难。1932

年，红军来到了通江和瓦室铺的跳上村，十二岁的李光明从山上打猪草回来，冲破杨家的阻碍加入了红军队伍，被分配到工兵营做交通情报工作，营长是罗荣桓同志的夫人林月琴。林月琴将华金香的名字改为李光明，教她学文化，引领她走上了一条新的道路，参加了红军长征。后来在延安，李光明与抗大俱乐部主任谭冠三结婚。

谭冠三的夫人李光明

接到进藏的命令后，当时在河北省党校学习的李光明，已是四个孩子的母亲了。作为军政委的妻子，一个老红军战士，由于接受的特殊任务，她必须告别孩子，与丈夫一同出征。当时把两个小的孩子分别寄养在冀中的农民家中，大儿子谭戎生和二儿子谭延丰被送到北平华北军区荣臻学校。李光明出发前，在总政招待所，把两个大孩子接过来。快一年没见了，懂事的老大已上小学二年级，知道母亲要去很远的西藏，一声不吭；而二儿子不到五岁，见到妈妈，像牛皮糖似的黏着，他似乎感觉到了什么，妈妈走到哪他就跟到哪，寸步不离，抓着李光明的手一刻不愿意松开。李光明抓着孩子的小手，想到这一走不知何时能回，心头泛起一阵酸楚。晚上睡觉时，孩子紧紧地抱住她，生怕妈妈走了，不时地惊醒过来，睁着眼赶紧找妈妈，见妈妈在身边双手紧紧地搂住他，又笑着睡了；一边的大儿子大概在做梦，沉睡时泪水不知什么时候流在了小脸上，李光明心如刀割。她掰开二儿子的手，搂过大儿子，擦去他脸上的泪水。然而，自己的泪却止不住地流。第二天，李光明说服了大儿子，让他带着弟弟去玩，可二儿子知道妈妈要走，坚决不离开妈妈半步。后来，趁他睡着了李光明才悄悄地走开了。那一刻李光明永生难忘。当时，她真想再去抱一下二儿子，但她不敢，甚至连去亲一下孩子的脸都不敢，她怕孩子醒了抱着她不放手。她只能含泪悄悄离开。

李光明本想再去农村看望两个更小的孩子，但时间已经来不及了。

后来，在进藏途中，军指挥部到昌都西北的丁青时，已有身孕的李光明当时正在值班，为所在通信科与指挥部联系。突然，她感到腹痛，原来她在摇动马达时，因用力过猛导致大出血流产。医疗队条件有限，别无选择，只能给李光明做了手术。李光明术后体虚，组织上劝她赶紧回到内地，但经过长征的李光明休息两天后便跟着部队继续向拉萨行进。

军长张国华的夫人樊近真怀第一个孩子时，正跟着部队行军打仗。当时的樊近真怀着身孕冒险在敌占区做情报工作，在兵荒马乱的黄泛区生下了第一个女儿，由于孩子在艰难困苦的战乱中出生，她给女儿起名叫难难。难难生下来七个小时，樊近真就带着她跟着部队继续行军，先后辗转河南、江苏、上海、江西、湖南、贵州、四川，小难难跟着母亲受尽了磨难。

在乐山，第18军召开全体将士进藏誓师大会上，活泼可爱的难难还跑上主席台给大家敬了个礼，记者将这一镜头拍摄下来，没想到这一镜头竟成为永久的纪念。在部队将要开拔时，难难在新津突然得急病死去。这样的灾难对作为一军之长的张国华和夫人樊近真是个重大打击。然而，夫妇二人只能擦干泪水打起精神奔赴进藏路。军长张国华更显大将军本色，将爱女难难永久地埋藏在心底，指挥千军万马向西藏行进。

1952年春天，年过三十岁的魏侠怀孕了，已到不惑之年的参谋长李觉欣喜万分，新成立的西藏军区机关上下都为首长高兴。在藏族地区为无数病人治病接生的魏侠，这回总算有人要为她来服务一把了。医院的同志和魏侠开玩笑说："拉萨是个佛地，菩萨为你送子来了。"当时正是部队粮食紧张时，按规定魏侠可享受中灶待遇，但每天只能吃臭酥油炸粗糌粑饼，闻着这个味就呕吐不止，因此她常处于饥肠辘辘状态。终于过了孕吐期，但魏侠的体质很虚弱，待产时，李觉奉命外出执行任务，魏侠很想丈夫在自己身边，高龄初次分娩，又在缺氧的高原，但公私面前只能选择前者。

年底，魏侠生下一子，大家都来为她祝福贺喜。然而，喜悦与幸福总是稍纵即逝。因为生活和医疗设备较差，孩子出生时又赶上医生不在身边，孩子呛了羊水，染上了肺炎，呼吸极度困难。虚弱的魏侠作为一个儿科专业医生，此刻对自己的骨肉却无能为力。她几天几夜吃不下睡不好，眼睁睁地看着儿子呼吸越来越弱，心如刀绞。她盼着丈夫能早点回来与儿子见面，但这个愿望也未能实现，孩子夭折了。

魏侠放声恸哭。李觉回来后，得知孩子夭折，泪水再也无法控制。后来，夫妇二人领养了三个孩子，他们常以周总理没有亲生孩子来相互安慰。

2006年夏天，我在原成都军区大院见到了郭蕴中。说到在西藏夭折的两个孩子，她从过去的老相册里翻找一张老照片，那是年轻的郭蕴中抱着自己在江孜生下的第一个女儿。当时丈夫郄晋武（原西藏军区司令）是第154团团长，这个英勇善战的老团长只要看到宝贝女儿，就是再忙也要抱上亲一下。郭蕴中对女儿倍加呵护，不幸的是，女儿在艰苦的条件下生存了五个月便夭折了。第二个孩子是在亚东生的，是个儿子，同样因为不适应高原气候，生下后不久便夭折了。郭蕴中躺在房东家的地铺上，眼睁睁地看着丈夫抱着孩子出了门。那孩子埋在一个叫喀林岗的山脚下。

后来，郭蕴中回内地生了几个孩子，都健康地长大了。她从相册中找到那张和女儿的合照时，轻轻地"啊"了一声，眼神突然定住了。她慢慢地拿到自己的眼前看了看，然后递给了我。她的女儿郄冀强在一旁对我说，去年，她和爸爸去了一趟西藏，母亲很想在有生之年再去一趟，去亚东的喀林岗看看埋在那儿的哥哥，但身体不容许，没办法，只能由她和爸爸带着妈妈的心愿去了，可惜，时间太长了，环境变了，再也找不到那个地方了。

儿不认娘

当你的儿子当着你的面，正经地叫别人一声"妈"的时候，你会是一种什么样的感受？

2006 年夏天，我在北大校园里，第一次见到陈惠婷。她一头银发，娴静端庄。往事如昨，她娓娓道来。

1951 年年底，随先头部队解放昌都后的陈惠婷怀上了第一个孩子。考虑到在高原地区生孩子的危险，组织让她与另两个怀上孩子的护士一起回内地。三个挺着大肚子的孕妇，骑着马行走在千里雪线上，一路忍受着妊娠反应，加上高寒缺氧，一直呕吐不止。快到甘孜时，陈惠婷的马大概是受到了什么刺激，突然一声长嘶，猛地抬起前蹄，把她摔了下来，拖着她狂奔了几百米。当时的陈惠婷第一个反应就是双手死死地捂着肚子，被马拖在地上的她只觉得天旋地转，这样惊险的场面只有电影里才能看到，她的衣服都磨破了，脸上、手臂上、腿上都出血了。幸运的是孩子没有流产。

陈惠婷说，当初背着药箱跟着先头部队在高原上行走时，只是觉得上不来气，身心过于疲惫时就想躺下来，但没有恐惧过，可这一回，她真的产生了从未有过的恐惧。她说，当她被人扶起来的那一刻，人还是恍惚的，还在惊恐中，她不知道肚子里的孩子将会怎样。

回到军后方基地邛崃，在一个叫塘厂的部队家属院，陈惠婷和两个同伴被安顿下来，虽然不再受苦遭罪，但她依旧度日如年，时刻在担心着胎儿。几个月后，儿子终于出生了，很健康。陈惠婷一颗悬着的心才放了下来。

陈惠婷很快就回到了西藏，并从昌都转到了拉萨，儿子被送到了内地。由于工作和条件所限，几年后她才回内地见到孩子。当时儿子军军已被人带到了北京，在香山的慈幼院里。两年后的一天，回到北京的陈惠婷，下了火车后，怀着急切的心情向香山慈幼园赶去，当时恨不得一步就能跨到儿子面前。

终于见到儿子了，她哽咽着叫了声"军军"，孩子瞪着大眼睛奇怪地望着陈惠婷。当陈惠婷抱起儿子时，他却从她的怀里挣脱出来，跑到一边。一位阿姨过来了，儿子却脆声声地叫了一声："妈妈！"

陈惠婷的心像被什么击了一下，她站在那儿茫然不知所措。

讲到这里时，老人目光早已转到了一边，泪水沿着脸颊流了下来。

"我的儿子在叫别人'妈'！"陈惠婷声音再次哽咽，说了一句话。

1958 年 8 月，李俊琛回到内地休产假，二十八天后便撇下正在哺乳期的独生儿子，匆匆赶回拉萨，执行演出任务。她看着襁褓中的孩子，真想把孩子抱到拉萨去，但她只能强忍着泪水，转身离去。

陈惠婷的儿子军军

三年后，李俊琛得到机会到北京参观学习，总算能到四川大邑的保育院看望儿子了。望眼欲穿的李俊琛赶到了成都，搭上了去保育院的班车，一路上她急切地盼着车能开快点，眼看就要看到儿子了，却出现了一件意外的事。班车途经部队的第78医院门前时，有一个女同志招手搭车去大邑办事，司机出于好意，允许她上车了。当班车停到保育院门口时，还没等汽车停稳，保育院的领导已经挡到车前，大声朝司机喊："不许打开车门，车上的人一个不能下来！"

原来刚才那个搭车的人，是一个正在住院的传染病患者。她也是来保育院探视孩子的，医院正到处找她，判断其可能到保育院，赶紧打来了电话，保育院领导听后如临大敌。

当李俊琛听到不许下车的指令时，急得直往车门前冲，司机不敢开门。李俊琛再也控制不住自己，她大声地喊叫起来："放我出去！快放我出去！我是从拉萨过来的，我都三年没见儿子了，你们快开下门！"

望着挡在车门前的保育院领导，司机还是没敢开门。李俊琛"哇"地大哭起来，她站在车门前激动地用拳头击打着车门，边打边哭诉着："我孩子生下二十八天我就离开他了，我三年多没见他了，我还要去北京学习，没有时间了，我这次只能待两天，你们怎么这样残忍哪！快让我下去吧，我要看我的儿子！"

李俊琛和儿子李嘉

这种悲切的哭诉声，让车上许多来看孩子的人流下热泪。

"司机你快开门，快点让她下去！"车上一个壮年汉子大声地朝司机吼了起来。车外保育院的领导和保育员们，也被李俊琛所感动，但并没让她下车，而是赶紧让保育员把李俊琛的儿子抱过来，让她远远地望一眼。当李俊琛远远看到儿子被人领着站在一边，她无法接受以这种方式看儿子，她几乎失去了理智，声嘶力竭地大喊："快把我放出去，快点！快点！"

这时保育员过来要给每一个人身上消毒，第一个就给李俊琛消了毒。消完毒的李俊琛冲到孩子面前，紧紧抱住儿子，泪流满面，她贴着儿子的小脸亲了又亲。没想到儿子被这突如其来的"陌生人"吓得哇哇大哭起来，他拼命地从李俊琛的怀里挣脱出来，跑到保育员面前让她抱。他在保育员的怀里，用惊慌而愤怒的眼神望了李俊琛一眼，继而转过头去。

李俊琛看着儿子的样子，心里很难受。但冷静下来一想，也接受了现实。儿子出生二十八天就离开自己的怀抱，三年多没见过，怎么能认她呢？李俊琛赶紧从包里拿出早已准备好的糖果、玩具送给儿子，儿子拿着那些东西跑回了保育院。

从北京回来，李俊琛决定把儿子带回拉萨，她无法再接受子不认母的现实。但儿子哭着闹着坚决不愿意跟她走。在军区招待所的几天里，儿子哭着要回保育院，他瞪着眼对李俊琛说："我打你，黄老师！你是个大坏蛋！"

为了讨好儿子，李俊琛由着儿子骂她大坏蛋。时间一长，儿子不再闹了，有时和李俊琛玩时，会喊叫李俊琛："黄老师！你快过来。"李俊琛赶紧跑过来对儿子说："不要叫黄老师，叫妈妈。"儿子就顺从地叫了一声"妈妈"，儿子这一叫，一下子就把她的眼泪叫了出来。她搂过儿子时，却发现儿子不过是顺嘴叫了一声。

李俊琛问："妈妈在哪儿？"

儿子却低着头说："妈妈在西藏。"

工地上的孕妇

董宏侠是进藏女兵中，较早生孩子的一位。

当年的宣传干事汪俊德对我说，董宏侠在筑路大军中是又一个"花木兰"，但这个"花木兰"因为年龄大些，在进藏前就结婚了。后来，怀有身孕的董宏侠，在抢修甘孜公路和机场的工地上，表现得非常顽强。

1951 年 7 月，第 53 师工兵第 8 团的官兵正战斗在热火朝天的机场工地上，董宏侠挺着大肚子和大伙一起干活。领导和同志们都劝她休息，她却坚持要上工地，那种与男同志比试的重活不能干了，她就与女同志一起干些轻活，大伙要照顾她，有时她还不乐意。有人同她开玩笑说："董宏侠，你可别把孩子生到了工地上！"开朗的董宏侠说："生在工地上怎么了，还多了一个劳动力呢，生下来我就让儿子跟你们比一比！"

"小宝贝呀，你能不能在妈妈的肚子里多待上几个月，别着急好吗，等妈妈把机场修好了你再出来吧！"休息时，董宏侠常坐在一旁，用粗糙的手抚摸着小山一样的肚子喃喃自语着。

临近分娩时，董宏侠不得已离开工地住进了医院。在离开工地时，她和女兵们开着玩笑说："这孩子着急要出来了，咱也没办法了，同志们辛苦了，同志们再见！"

当时，部队刚开始进藏，还没有腾出手来建医院，只能因陋就简，把山坡上较为集中的数间藏胞的房子租用作为临时医院。医护人员只能将它们打扫干净消毒后当临时医院，再支起一块门板就算病床。因为到甘孜的公路刚修通，物资运输仍供不应求，医疗器械及药品也只能应急了。

随着婴儿的一声啼哭，董宏侠的儿子出生了。

董宏侠看着儿子的小手小脚，看着他微睁的小眼上方的八字眉，高高的鼻梁，薄薄的嘴唇，简直同自己的丈夫是一个模子刻出来似的。她仔细地注视着因营养不良而显得瘦小的孩子，心中产生了忧虑——孩子能适应高原吗？我养得活他吗？

董宏侠爱怜地把儿子抱在怀里，轻轻地抚摸着，亲着他红红皱皱的小脸，情不自禁地说："儿子，妈妈会全力抚养你长大成人的。"看着看着，董宏侠的思绪回到了九个月前。

刚怀孕时，正是为适应高原气候，部队叫指战员吃酥油炒菜的时候。同志们都感到酥油有股怪味，喝下去就想吐，董宏侠喝了更觉不是滋味。团里女同志不多，怀孕的又只有她一个，要强又不好意思的董宏侠，瞒着同志们，和大家一起吃饭，装模作样地咽下去，但妊娠反应又迫使她呕吐，不敢当着同志们的面吐，只能躲起来偷偷吐。想着红军长征路上吃草根树皮，这点生活上的区区小事，算得了什么呢！为修路、建藏，她强迫自己一口一口地咽下去。

工兵第 8 团早在修机场前就执行了修路的任务。每修完一段公路，就转移到新驻地，董宏侠和大家一样，都要完成数百斤的砍柴任务。一到新驻地，她怕受到领导和同志们的特别照顾，不愿说出已怀孕的情况，装作没事似的。有一次，董宏侠和同志们一起过河去砍柴，去时从一座独木桥上顺利地过去了，回来时，因为负重四五十斤，走在桥上十分艰难，看着下面哗哗的流水，头有点晕，差一点掉下去。虽说水不深，但万一掉下去，高原的雪水透骨寒，就是不被水冲走，成了落汤鸡，也会病一场，造成流产，所幸没出什么事。

一次次的转移行军，背上的背包、米袋少说也有三四十斤，没怀孕的话对董宏侠来说不算回事，可怀孕后随着小生命长大，腿就像灌了铅似的，走起路来不那么利索了。但她告诫自己，要跟上部队，绝不能掉队。遇到泥泞下雨天，地上的黏土专门和她作对，紧紧地黏在她的鞋上不让她走。有时在崎岖不平的山路上，她常被泥泞拉倒，忍受着碰得青一块紫一块的伤痛，咬着牙手撑着地吃力地爬起来，一跛一拐疾步走入部队行进的行列。小东西没有被摔伤、震坏也算幸事。在机场的工地上，她一边劳动，一边感受孩子调皮地在自己的肚子里折腾。

坚强的意志支撑着董宏侠度过了艰难的九个月，儿子也经受了不断地摔打、颠簸，安然来到了人间。董宏侠感到如释重负，从来没有这样轻松过。她觉得很累，倒在木板床上呼呼大睡一通，睡梦中她看见儿子长得和他爸一样英俊，穿着一身军装向她走来，亲热地呼唤着："妈妈！妈妈！"她被叫声惊醒，紧紧地把小家伙搂在怀里。

不幸的事情在三天后发生了。

来到人间不久的儿子突然得了硬皮症，得知这一消息，一向顽强的董宏侠精神一下子被击垮了。当时，丈夫不在身边，她头一次流下了泪水。

虽经医护人员多方抢救，但终因医疗条件太差，孩子匆匆离董宏侠而去。躺在屋子里，悲痛欲绝的董宏侠失声大哭。

一星期后，满怀喜悦的爱人来看她和孩子，然而残酷的现实给了他迎头一棒。她看着爱人痛苦的脸，心里更加难受。良久，她听到他浑厚低沉的声音："宏侠，不要难过，想开点，还有多少事等着我们去做呢。"

"是的，我们跋山涉水修路、修机场，不就是为了解救千千万万生活在水深火热中的苦难的藏族同胞吗？我深深地自责，不该把个人的得失看得这么重。"很快，理智抚平了心灵的创伤，董宏侠9月份随部队向雀儿山挺进。

伤离别

她叫汪琦，是进藏队伍中高学历的女机要兵。

1955年3月，汪琦与丈夫去成都保育院看望儿子西原。看到孩子长得白白胖胖的，她感到十分欣慰。当时的保育员高怀英搀着小西原，指着彭光与汪琦对他说："这是你爸爸妈妈，西原，快叫'爸爸妈妈'。"小西原打量着眼前的两位陌生人，往保育员高怀英身后躲藏。在高怀英的努力诱导下，小西原很不情愿地叫了声："叔叔，阿姨！"

汪琦说："当时他爸听到孩子叫他叔叔，还很高兴地答应了。可我心里很不是个滋味，眼泪止不住地流下来。自己的亲生骨肉，要知道生下他多么不容易。因为怀孕期间得了胆结石病，疼痛得直想在地上打滚，为了保护好这个孩子，我忍着疼痛躺在床上，不敢轻易用力翻身。……"后来，汪琦带着出生不满周岁的小西原，在返回内地的路上，还经历了生死险情——母子俩掉进冰河又绝境逢生。

"在西藏生孩子的艰难与风险，只有亲历者才能感受。从怀孕到出生，我受的罪只有我自己清楚，可以说刻骨铭心。在返回内地的路上，等于说我重新徒步了一次进藏路。当我听他叫我一声阿姨时，感觉脑子'嗡'的一声，心里很难过。"在南京的北固山干休所，汪琦平静地对我说。

在成都休假期间，汪琦与孩子共处了一个多月后，儿子终于整天缠着她离不开了。返藏前汪琦心里很纠结，一是舍不得与儿子分开，再就是觉得儿子更离不开她。送到保育院那天，真是心灵中经受了一次"天崩地裂"。当她把儿子送往保育院的路上，儿子已经感知到什么，紧紧地抱住她，不停地问她去哪儿。她忍着泪水。在保育院，当儿子见到保育员高怀英时，儿子"哇"地大声哭喊起来：“我不，我不！我要妈妈！”

这情景，与来时真是天壤之别，汪琦再也控制不住眼泪了。这样令人心碎的情景，是大多数进藏女兵都经历过的。

她叫张晓澄，一位个性很强的河南老太太，进藏时十六岁。当年女兵班里分到几头羊没人敢杀时，是她提着刀上来，嘴里念道着：“有什么不敢，看我的。”但见她冲过来一把将羊摁倒在地，右手挥刀刺进了羊脖子，那只羊当场毙命，一旁的女兵们都伸出了舌头。个头不高的张晓澄，利落地将一头羊三下五除二地解决了。小姑娘由此得到了绰号——女侠客。

女侠客却有一副柔心肠，熟悉张晓澄的人都说她是个心太软、易动情的女人。

2006年6月29日这天的傍晚，在成都的洗面桥横街，我见到了张晓澄。她一个人在家中看电视，老伴早已去世，儿子都在外地工作，她生活得很自在。

谈起当年在西藏的生活时，张晓澄马上来了精神。她说，在西藏几十年苦不怕、累不怕、天不怕、地不怕，就怕和孩子分手的那一刻，那种揪心只有经历过的人才能理解。

1956年张晓澄回内地生二儿子。从江孜出发时，她觉得口干舌燥，胃里空荡荡的，看到街上有卖甘蔗的，发狠心花了一块大洋买了一根。一路上这根甘蔗真是管了大用，她口渴了就嚼上一口。几千里下来，一根甘蔗居然没有吃完，她要留给在内地的大儿子。三岁的大儿子，看到有甘蔗便很快认妈妈了，张晓澄觉得很欣慰。生下二儿子两个月，大儿子已经离不开妈妈了，嚷着说不让妈妈到西藏去。当时的张晓澄奶水很充足，却要硬生生地给孩子断奶，因为准备启程回到拉萨去。临行那天，她望着哭得小泪人儿一样的大儿子，心里一阵阵痛。再看看两个月大的二儿子，她给儿子最后一次喂奶，喝足了奶水，两个月的婴儿躺在床上手舞足蹬。他不知道，从此以后再也喝不到妈妈的奶了。

当时大儿子好像知道妈妈要离开了，影子一样地跟着她，到了她快出发时，儿子紧紧地抓住她的手，说："妈妈你是要走吗？妈妈，你不能丢下我跑了，我不让你走！"孩子那哀求的口气说出的话，就像一把刀子在割着母亲的心。张晓澄抹着眼泪冲了出去，任凭两个儿子哭闹。

说到这里，张晓澄老人的眼圈红了。

1963年10月，张晓澄第三个儿子降生在西藏，当她抱着最小的儿子回内地时，在途中差点出事。当时自己着急解手，将孩子给随行的同事抱一下。没想到孩子当场大哭了起来，由于高原缺氧，大哭的孩子一口气憋过去了，小脸立马发紫，在这万分危急的时刻，幸好有位有经验的医生在一旁指导，一会儿就让孩子缓了过来。

张晓澄说，当时如果没有那位医生，自己真不知怎么办了，孩子肯定就没了。那几千里的川藏路，张晓澄来回走了五趟，每一次回来，她都要经受一次精神上的折磨——看到孩子激动无比，离开孩子又十分伤心。大多数时间，都是在漫长的等待与思念中度过的。

第十八章　婚姻与爱情

　　她们的婚姻是这样开始的，两床军用被子合在一起，组织上出面讲几句话，发几块糖果，便开始了漫长的人生结合。她们的爱情，是一个眼神，一个有着体温的窝头，一片白桦树皮上的文字。

　　进藏的女兵们，她们各自在西藏军区这个大部队里找到了自己的婚姻归宿。这一对对夫妇同生死、共患难，大多在高原相濡以沫几十年。在原成都军区的首长院里，孙常愉老人这样对我说："我们的婚姻大多是幸福的，虽然年龄有些差异，有的是通过组织介绍，没有现代年轻人的浪漫和自由，但我们有牢固的思想和道德基础，有共同的信念和人生价值观，这一生中相互体贴、鼓励、帮助、关爱，生活中偶有小摩擦，但彼此能体谅，丝毫不会影响到婚姻质量。"

金色之恋

　　这是一对富有传奇色彩的男女主人公的爱情故事。

　　一个是四十二岁的宣传部部长，一个是十九岁的女兵。部长才华横溢，有着资深的革命经历；小女兵生性倔强，敢说敢干。当初一些部队组织开展了"进藏老同志可爱不可爱？"的大讨论，目的是试图提高女兵们的觉悟，或者转变她们的婚恋观，解决大龄老兵的婚恋问题。一个小女兵站出来大声说："要我看呀，这些个老同志可敬，但不可爱！"话音刚落，会场便骚动起来。有的小女兵跟着应和，是啊，可敬但不可爱。为了不使讨论会的目标转移到这个话题上而破坏初衷，主持人忙说，请其他女兵也发表一下自己的看法。但那些经过进藏艰难险阻的女兵，此时却没有人敢像这个小女兵一样站起来。

这个小女兵叫时钟曼。多年后我问时钟曼，当初为何敢说出那句话。时钟曼告诉我，当时她就是那么一个"直筒子"，心里想着什么，嘴里就说什么。当时，自己根本就没想在部队找对象，父亲曾经是早稻田大学的高才生，她从小受文化艺术熏陶，一心想读大学当作家，参军只是因为偶然的机会。她不想在部队长久地干下去，更不想当一个军人家属。当时进藏女兵中没有一个像她这样的另类，她把她的爱情宣言早就在军机关放出去了，所以，没有人来打她的主意。

然而，性格率真的时钟曼，一年后被一个叫阿乐的男人"俘虏"了。

这个具有传奇经历的阿乐，祖籍在江苏省太仓县（今太仓市），1908 年生于南京。原名陆于泓，字仲陶，笔名乐若，三十年代初从事地下工作时改名乐于泓。依江南一带称谓习俗，同志们多叫他阿乐，久而久之倒把真名叫丢了，乃至前几年在编写新四军第四师编制序列和部队领导人名录时，人们只知阿乐而不知其真名。

阿乐出生在官宦之家、书香门第。1925 年大革命浪潮席卷全国之时，阿乐正在苏州东吴大学求学，并在这里结识了由外国牧师收养长大的弃女——丁香。同窗四载，他们一起谈论时事，接受进步思想，参加罢课游行，听萧楚女演讲，为五卅惨案烈士募捐，声援苏州丝织工人联合罢工。经过大革命的洗礼，他们日益成熟。1929年，他们先后到有白色恐怖的上海从事地下工作，丁香1930年入团，1931年加入共产党。阿乐1931年入团，1932年转党，以后担任共青团上海交通主任，公开身份是上海无线电总台职员。共同的信仰和追求，将从小接受儒家思想教育的阿乐和在美国传教士家庭长大的丁香紧密联系起来。

1932年4月他们在上海结婚。年底丁香因叛徒出卖被捕。党组织还没来得及营救，12月3日一个寒冬的子夜，国民党即匆匆将她押解到南京雨花台秘密枪决。阿乐闻信悲痛欲绝，独自拉着二胡随想曲到天亮。次日竟不顾暴露身份的危险冒雨赶往南京，身披蓑衣伫立在雨花台丁香就义处祭奠悼念，立下了"情眷眷，唯将不息斗争，兼人劳作，鞠躬尽瘁，偿汝遗愿"的誓言。

丁香牺牲后，阿乐转移到青岛从事职业革命工作，担任共青团山东省临时工委宣传部部长。1935年9月被叛徒出卖被捕入狱，他对难友讲：丁香花虽然凋谢了，但她的精神永存。以此自勉也鼓励大家要向丁香烈士那样忠诚。1937年，在国共合作无条件释放政治犯的大气候下，阿乐于9月获释出狱。

1938年，阿乐在河南竹沟加入新四军第四师，师长兼政委是彭雪枫。当时在他们战斗的淮北地区有人人皆知的四师三件宝——骑兵团、拂晓剧团和《拂晓报》，阿乐就是《拂晓报》的三元老之一。采访、编辑、刻写、印刷、发行统统由他们包办，而且是在作战与行军中进行的。毛泽东曾为其题词"坚持游击战"，并给彭雪枫写亲笔信，夸奖《拂晓报》办得好。

解放战争时期，阿乐先后担任豫苏皖边区党委宣传部部长、第18军宣传部部长，渡江战役后留任南京市总工会文教部长。1950年1月，华东局转来中央军委电报，调阿乐回第18军。而后又收到张国华军长、谭冠三政委的来信，点将要阿乐西去准备进藏。但在重庆体检时，西南军政委员会卫生部部长钱信忠作出诊断："阿乐同志，你的肺部经 X 光透视及照片证明，一侧已经萎缩……因之不能过于劳累及长途行军……"阿乐则坚决要求进藏。正争执不下时，张国华军长到了重庆，专门与二野组织部部长陈鹤桥、卫生部部长钱信忠以及在晋察冀工作了十二年的奥地利医生傅来同志磋商，最后医生答应："可以试一试，如身体不行急速返回。"所以熟知这段历史的人都说，阿乐是带着半个肺进藏的。

1950 年 9 月，阿乐随第 18 军军部进入甘孜。昌都战役胜利后，10 月 26 日，张国华军长在军直机关作形势报告，阿乐主持会议。就是在这次会议上，他第一次见到小他二十三岁的时钟曼。

会后，他突然发现担任会议记录的军政治部通讯报道科收音员——一个十九岁的女兵，在她的眉宇间笑容里有着丁香的影子。自丁香牺牲后阿乐独身整整十八年，沉寂十八年的感情闸门突然打开，他开始追求时钟曼。他们的相恋在第 18 军引起了轩然大波，最终缘结雪域高原。

时钟曼为何能改变初衷，爱上与自己父亲年龄相差无几的阿乐？

早在第 18 军前指刚进入甘孜时，作为军政治部收音员兼军邮员的时钟曼，有一天从《新华日报》上看到一篇写阿乐与革命烈士丁香的报道，当时就被十八年怀念丁香不再续弦的阿乐的精神所感染。时钟曼做梦都没想到几个月后阿乐会出现在自己的面前。

然而，时钟曼初见阿乐仅仅是一种崇敬之情，没有任何其他想法。

1950 年 10 月 29 日的

时钟曼和阿乐

晚上，时钟曼在军长张国华隔壁的屋子里收文件。当时军长听到隔壁的阿乐拉起了二胡，则雅兴特起，吹起了笛子。在甘孜的夜空中，二胡与笛子的悠扬之声久久回荡着。一曲过后，张国华问阿乐："你的曲子怎么突然变得悲凉？"阿乐和张国华是知交，他向张袒露了自己的心思，这么多年来有许多好友（包括张国华）给他介绍对象，他都没有答应，就是因为他深恋着丁香，这两天有一个人让他再一次勾起了对丁香的怀念，这个人很有丁香的神韵。

"谁？"张国华脱口询问。

"就是那个通信科的收音员。"

"噢，不就是隔壁的小时嘛。"张国华军长哈哈一笑。

时钟曼没想到张军长会亲自为阿乐当起了媒人，张国华军长更没想到小女兵时钟曼会拒绝。"请军长允许一个小女兵的请求，这是我的终身大事，我目前还没有考虑！"

张国华笑着对时钟曼说："没想到你这个心直口快的小丫头，关键时候还挺有主见哟。好的，这件事我不能下命令，组织也不难为你，由你自己做主！"

后来，时钟曼反复咀嚼着军长的话，反而有些失落。几个月的相处，她对阿乐有了更清晰的了解。那些日子，她变得沉默寡言，她无法摆脱感情上和工作中的烦恼，她一度很想回家。通信科的领导同志做了许多工作也不见效。

那天，阿乐来了，三言两语说服了她。

"时钟曼小同志，你会唱《三大纪律八项注意》吗？"

"我会呀，这有什么？"

"你唱吧，唱两句听听好吗？"

"革命军人个个要牢记，三大纪律八项注意，第一一切行动听指挥……"

"好，就到此，要记住，时钟曼同志，这是军队，感情可以自主，工作不能开小差哟！"

阿乐走了，时钟曼站在那儿半天不动：他可真善解人意又会做思想工作。

阿乐聪明、机智、风趣、满腹才华，浑身上下充满了年轻人的活力，这让时钟曼不觉年龄差距。在阿乐的强烈攻势下，时钟曼有些招架不住了。

她很快爱上了这个长她二十三岁的"年轻人"。

我问时钟曼："阿乐身上最值得你爱的是什么？"

"是他对感情的执着和坚守。我也抗拒不了他身上的才华和朝气。"

1951年4月，阿沛·阿旺晋美等五人全权代表组成和谈代表团抵达甘孜，欢迎晚会上阿乐致欢迎词，他与阿沛·阿旺晋美的友谊便从这时候开始。随后，西藏工委委派阿乐和平措旺阶代表张军长陪同西藏和谈代表团由甘孜出发前往北京，毛主席批示沿途各省市以高规格热情接待。途经重庆参观钢厂时，阿乐和阿沛演了一场双簧。那天厂区集合了许多工人，一个劲鼓掌要阿沛讲话，阿沛因不了解工人的情况，不知说什么好。阿乐说："你尽管讲，我给你当翻译。"阿沛不解："你不会藏语，我们对话还要靠翻译。"阿乐通过平旺告诉他："我有工厂工作的经验，熟悉工人的生活，你随便讲，我怎么翻译你不必担心。"

于是阿沛说："西藏是个美丽的地方……"然后阿乐挥着手，放开嗓门"翻译"："工人阶级是国家栋梁，你们为社会创造财富……"话音刚落，工人中爆发出热烈的掌声，他们认为这位藏族上层人物不简单，说话有水平，站在身后的藏族代表则笑他"信口开河"。阿沛见工人高兴地鼓掌也来了情绪，又讲了一大通，阿乐也不含糊，讲多少，"翻译"多少。讲话者、翻译者、听众都很开心，皆大欢喜。阿沛后来在《回顾西藏和平解放的谈判情况》文中谈到这一段往事时，诙谐地写道："我恍然大悟，原来我们要演一场双簧啊！我只好随便说一阵，阿乐部长郑重其事地'翻译'一通……会场气氛活跃，充分显示了藏汉一家亲密无间的兄弟情谊。尽管是一场双簧，但场面实在扣人心弦，令人非常感动！"

1951 年 4 月 22 日，代表团到达北京，周恩来总理、朱德总司令等到车站迎接。29 日，西藏和谈在北京市军管会交际厅正式开始，阿乐和平旺列席会议。经过二十天的反复磋商，顺利达成《中央人民政府和西藏地方政府关于和平解放西藏办法的协议》。5 月 23 日在中南海勤政殿举行签字仪式，签字仪式后毛主席接见了班禅、阿沛等全体西藏代表，祝贺协议的签定。接见结束后毛主席又留下阿乐和平旺，详细询问了他们的姓名、职务和革命经历，然后又询问了他们在西藏的所见所闻，毛主席非常认真地听，不时点点头。当天晚上毛主席在怀仁堂宴请参加和谈的全体代表。阿乐随张代表一一拜会拉萨的上层人士，向他们宣传协议，落实《十七条协议》；奔波于民众之间，在西藏统战工作中发挥重要的作用。电视剧《西藏风云》第十五集中有一个画面：1952 年春西藏反动分子集聚闹事，室外枪声阵阵，室内阿乐拉起刘天华的二胡曲《光明行》，他激情满怀、运弦如飞，激越悠扬的琴声压倒了刺耳的枪声，这就是阿乐的风采。当时在拉萨，阿乐算是一个家喻户晓的人物。

1952 年阿乐任西藏工委办公室主任兼第 18 军宣传部部长，还兼任新华社西藏分社社长。国庆前夕阿乐率西藏工委组织的、全国解放后西藏派出的第一个参观团到内地参观，汇合两个国庆致敬团共八十八人一道进京，出席国庆大典。国庆后阿乐由于半个肺难以持久在高原工作而留在北京，任国家民族事务委员会政策研究室副主任。

那段时间，时钟曼在拉萨，阿乐在北京，通一封信要很长时间。两个人已经等不了长久的思念，相互发电报传递着爱的心声。两个人的津贴都用在电报上了，时钟曼把那些电报和信件保存至今。

1954年国家第一个五年计划全面实施，阿乐积极投身到祖国的工业建设中去。1955年直赴东北担任富拉尔基第一重型机器厂副厂长，而时钟曼进入哈尔滨工业大学深造。1959年阿乐调到抚顺挖掘机厂（抚顺重型机器厂）任厂长，后又任辽宁省机械厅副厅长。

阿乐豁达的性格使他能坦然面对人生的失意和挫折。"文革"时，阿乐胸前挂着大牌子，头上戴着高帽子，被当作叛徒一次次游街、批斗，直至蹲牛棚、上干校、走"五七"道路插队贫穷山乡，无论多么艰难的日子，多么漫长的黑夜，阿乐总是坚信党不会冤枉自己的同志。更重要的是他的身边有一个坚强的女性，一个知热知冷的妻子。

1966年夏天一个炎热的下午，那些造反派在随意翻动他家里的东西，将当年西藏上层送给阿乐的一张亲笔签名照片撕碎，说是里通外国的罪证，而阿乐手摇着一把白羽毛扇子坦然面对一切。那扇子是阿乐珍藏箱底、从不使用的纪念品，是当年在无锡太湖疗养时给陈毅老总照相的道具，事后陈老总将它送给了阿乐。

在蹲牛棚的日子里，阿乐经常想起他当年投身革命离家的前夜，父亲吸着烟斗伴着油灯彻夜未眠，为远行的儿子写下两个条幅："河岳开襟抱，文章脱臼棌"，"好自为之"。父亲以最质朴的亲情希望他的孩子心胸开阔地好好度过人生。阿乐不负祖训，以达观的心境渡过那段艰难的人生。

和阿乐一样，时钟曼也有一颗宽容、豁达的心。

在阿乐书房的墙上，常年挂着一幅为丁香烈士写的诗文字画，书架上总是摆放着一盘清水泡的雨花石，阿乐和时钟曼为第一个出生的女儿取名为丁香。时钟曼非常理解阿乐与丁香烈士真挚的革命情谊，每年到12月3日丁香烈士就义的纪念日，时钟曼都为阿乐备瓶好酒，取出二胡，让他尽情地抒发内心对丁香无尽的怀念。

1982 年，阿乐在雨花台烈士群雕的东侧亲手种下了一棵丁香树，每到春季来临时，他都争取去雨花台为丁香树培土，而且每次去之前都一定要理发、整装一新。

1990 年春天，时钟曼举家回迁北上之前，八十岁高龄的阿乐计划好再一次去雨花台，但因心脏病复发而取消此行，给他留下了深深的遗憾。回到沈阳后他还老是想着南京、雨花台、丁香树。1992 年早春，北方还是春寒料峭的时候，阿乐已向往着江南阳春三月的桃红柳绿，和时钟曼计划着要去南京，然而第二天他就病倒了，匆匆离开了人世。

1993 年阿乐去世一周年，在丁香花开的时节，绵绵春雨中，时钟曼领着儿女们一道带着阿乐的骨灰来到雨花台，在他亲手种植的丁香树下，丁香花瓣纷纷落下，伴他入土而安。自 1908 年阿乐在南京出生，经历了近一个世纪的风雨，他的足迹几乎踏遍了整个中国版图，最终魂归故里与丁香朝夕相伴。

雪莲之情

吴景春家的书房被布置成灵堂，一面墙上挂着她的爱人陈家琎的遗像，两侧是老战友林田写的挽联。条桌上放着儿子送给父亲的怀表，时针定格在九点零六分，这是陈家琎离去的时间。女儿送给父亲的是一支派克笔，她说爸爸一辈子耍笔杆子，不能没有笔啊！孙子的纪念品是他写的一篇作文——《爷爷是我们家的功臣》。吴景春的礼物是一块刻着"勿忘我"的水晶石。

陈家琎，似乎从未离开过他们，他依然每天在书房里读书、写字，和爱人孩子在一起享受着天伦之乐。

陈家琎是 1951 年随第 18 军进藏的一名才华出众的记者，而吴景春更因为漂亮大方成了许多进藏指战员暗恋的对象。年轻的吴景春面对一些大胆的求爱者，她微笑地谢绝，既不让人失去面子也能很好地把握住自己。后来，在西藏学藏文时，陈家琏是一班班长，吴

吴景春和陈家琏

景春是四班班长，两人经常在一起开会，交流工作和学习经验。在吴景春的眼中，陈是个充满智慧又有朝气的年轻人，而她从陈的眼神中明白了他的意思。

有人说当年的吴景春的确很成熟，就是发现对方是意中人，也不会轻易流露。当时她还是篮球队员，每到比赛时，陈家琏就充当"场外指导"的角色。每天早上起床，吴景春在院中溜达着背藏文单词，会时常碰到陈家琏。陈家琏开始了渐进式的"进攻"。他总是要借机过来和她说话，有一天早晨，吴景春边走边背藏文单词，他站在不远处凝视着她的身影。一位炊事班的老班长看透了他的心思，知道相思之苦，便悄悄走到他的身边，鼓励他："这可是位好姑娘啊，不要错过，有什么想法大胆说出来。"

他真的大胆地向她表白了，她默认了，他们在神秘遥远的西藏开始了浪漫的爱情。他们在月光下并肩漫步在拉萨河边，在林卡*里相互追赶、嬉戏，一起玩扑克牌时总想办法捉弄对方……

终于，他们要结婚了。结婚那天，吴景春还在病房值班，晚上六点下班后，医务部孔宪云主任和医院的一些同志抱着被子，把她

---

* 藏语音译，意为园林、公园。

送到西藏工委宣传部（陈家琏是新华通讯社记者）。他们在那里与新华社的另一对新人一起举行了结婚仪式。宣传部汤化陶副部长主持婚礼并讲了话，仪式虽然简单，但很热闹，闹洞房也很厉害。他们的新房是一间墙皮大片大片脱落的房间，而且非常潮湿，为了不让石灰片掉得满处都是，他们就用一大块布挂起来遮挡。家具只有一张床、一张桌子、一把椅子。最让人伤脑筋的是门没有插销，只能用椅子顶着。这为闹洞房的人提供了很大的方便。

那天半夜，他们睡得正酣，突然一大群人把门推开，把他们简陋的洞房闹得天翻地覆方才罢休。第二天，他们才知道，另一对新人被闹得更厉害，他们的床都被水泼湿了。

陈家琏送给吴景春的新婚礼物不是什么项链、戒指，而是一本军用日记本。上面写着："给景春作为婚后纪念。"孩子们看到他们的结婚礼物都说："你们真革命啊。"但对于吴景春来说，这却是一件非常珍贵的礼物，至今她仍保存着。

婚后，陈家琏总在吴景春公休时用自行车来接她，她因为不会从后面上车，只能坐前面。后来，她也买了辆自行车，跟在他后面骑。因为她的骑车技术不熟练，有一次把街边的小摊位撞倒了好几个，有些东西可以捡起来，鸡蛋可是捡不起来了，他们俩一个月的津贴几乎都贴进去了。

每次回去，陈家琏招待她的只有几个果丹皮，顶多一小块酱牛肉，但吴景春却觉得那是世界上最美味的食物。

闲暇时，陈家琏便到医院妇产科来看吴景春，当时没有什么好玩的，就是打扑克。他每次都要受到妇产科姑娘们的"围攻"，输了，不是脸上贴满纸条罚站，就是一次次地钻桌子，姑娘们被逗得前仰后合。

这样快乐的日子没过多久，陈家琏就到康藏公路一线采访，一别几个月，每次相聚都胜似新婚。有时，他也跟她开玩笑。一天，新华社的同志告诉她，陈家琎要回来了，吴景春回到他们那个简陋的家里等候他。当一群人进家时，新华社的吕焕祥向她介绍，这是某某同志，她立即伸出手去跟对方握手。她说"您好"，对方却不吱声，再看看其他同志，脸上却是神秘的笑。就在她莫名其妙的时候，陈家琎摘下帽子和墨镜，大家哈哈大笑，她这才知道大家跟她开了个玩笑。因为只有一把椅子，大家坐在床边，边抽烟边说笑。有时，他们聊天聊到很晚，吴景春下夜班不知不觉躺在床上睡着了，他总是轻轻为她盖好被子。

1956 年，因参加苏联专家在北京举办的妇幼卫生进修班，吴景春与妇产科的几位同志经青藏公路回到内地。乘火车回到北京时，吴景春已经怀孕四个多月了。在进修结束后，她得知大学扩招的消息，而且要招调干生。吴景春非常珍惜这次机会，经过考试，她被北京医学院录取了。

上学之前，吴景春回陕西宝鸡母亲那里生孩子，临产前，陈家琎请假从拉萨赶回来照顾她。孩子满月后，她回北京上学，他调回北京新华总社工作。他们在北京生活的日子既平静又幸福，可这样的日子很短暂，不久，陈家琎又被调回西藏分社工作。那时西藏还未通航，一封信要走好长时间，打个长途电话也要跑到西单电话总局，他们只好约定每周互发一封信。陈家琎在西藏的行踪，吴景春往往是从报纸上看到的，通过他写的通讯报道，才判断出他在帕里、在藏北牧区、在山南、在林芝、在波密……

"文革"中，陈家琎也受到冲击，他远在西藏，她得不到他的消息，心急如焚。当时大学已经停课，她决定去西藏看他，多年积攒的一点钱那次全用了，见到自己的爱人，看到他的精神还可以，心也就放下来了。不久，陈家琎被送到新华总社的干校劳动，他匆匆回到北京的家里拿上被褥和换洗衣服就走了。她送他时，才看到接他的是一辆拉粪的车，上面铺了一张草垫。陈家琎是个知识分子，自尊心很强，她担心他心里承受不了，便拉着他的手说："家琎，你一定要想得开，大不了我跟你回农村老家种地去。"

1970年6月，他们的第二个孩子出生时，陈家琎仍在干校劳动。住院时她没带信纸，只好用草纸写了个便条（此条子现在仍留着），告诉他生了个女儿，希望他能回来两三天，接她出院。没想到干校只给了他一天假，她心里很难受，可她知道他的处境，只能强忍着泪水。他一直想要个女儿，这回如愿以偿，他抱着女儿亲了又亲，又很无奈。

1978年，西藏自治区决定筹建西藏社会科学院，陈家琎又被调回西藏参加组建工作，这次他将告别他从事多年的新闻工作，进入一个研究藏学的新领域。每当他和她商量事情时，他总是爱开玩笑："政委，你看怎么办？"实际上，她早知道他在被借调到中国社会科学院编《西藏地震史料汇编》时就已萌发了研究藏学的想法，此时，他已五十岁了。她说："如果你有把握，就干吧，家我来管。"西藏社会科学院成立后，他一头扎在藏学资料的整理中，二十年间他将唐、宋、元、明、清、民国以及1949年后能收集到的资料都收集了（包括手抄本），共出版了文献、史籍、资料汇编等一百九十多种图书近五百册。

1998年，陈家琎病倒了，后来发展为双侧脑干梗塞，在病床上一躺就是四年。吴景春说，病后，他最痛苦的就是自己无法整理已收集的资料。四年来，他从来没有流露过一点不耐烦，更没有叫过一声苦。在病中，她经常坐在他的身边抚摸着他的脸，不时亲他一下。她说："老头，年轻时你亲我，老了我亲你。"他笑了一下，流出眼泪。

在他们结婚五十周年的时候，女儿买了个大蛋糕、一束鲜花，为他们祝福金婚。

2004年1月，春节前夕，陈家琎病情加重，医院下了病危通知书。2004 年 2 月 16 日，吴景春知道他不行了，晚上她和女儿把给他准备的寿衣放在客厅里。那天，她摸着那些衣服，泪流满面。第二天凌晨五点，保姆小霞打电话给她："奶奶你来吧！"到医院后，她看到他难受的样子，心如刀绞。抢救时，大夫让她和女儿在外面等着，医生问她们要不要做气管切开手术，她说不用了，不想让老头受这个罪了。2004 年 2 月 17 日上午九点零六分，陈家琎永远离开了。在遗体告别仪式上，她紧紧抱着他的头，难舍难分。儿子再次从美国回来，在太平间，紧紧贴着父亲的脸，泪如雨下。女儿在父亲棺木旁一边撒着花瓣一边说："爸爸，让我再照顾您一次吧。"

两年来，他们经常去八宝山骨灰存放室看望他。他的目光穿过阴阳两界，被时间永远定格在高原上的某一天，他站在她的身后，注视着她的背影。

红糖窝头

世界上最艰苦的恋爱当属他们了。

有这样一对恋人，徒步在雪域高原中，从四川一直到拉萨，行军几千里，双目传情几千回，却不能说上一句话。很多时候他们只是默默地看着对方的身影，有时彼此从视线中消失，只能从心里企盼、担忧，思念与祝福。

我第一次见到江一时，这个乐观坚强的老人给了我很深的印象。她的老伴朱子铮当年是第 18 军文工团团长。她告诉我，她和老伴在进藏前就相爱了，这在当时的第 18 军是为数不多的现象。

"行军路上，我们在一个文工团工作，他是团长，我是个班长，许多事情只能向分队长汇报，很难与他直接对上话。那个时候，老朱总是有意地回避我，在团里讲话时，目光瞟到我这边马上就收

江一和朱子铮

回。我能理解他的心思，他不愿意分散自己的精力，他是一团之长，进藏路上任务艰巨。尤其是伤病员出现时，看着他日渐消瘦的脸，我心里很难过，但又无法帮上他。那个时候，我们的恋爱仅有个别人知道，我们一直高度地保密着，我只能把班里的工作做好，尽量给他少添麻烦。许多时候我很想和他说话，想接近他，但他总是假装看不见。有时候目光相对时，他看我一眼，方便时最多朝我一笑。有时候明明可以说上话，比如休息或野炊时，却还是没说。有一次我见他一人蹲在那儿吃饭了，便悄悄地走过去，他突然站起来走开了，搞得我心里很不舒服。我能理解他，看到他跑前忙后真是感到很无奈。"

回忆起当年往事，朱子铮说，那时候根本顾不上去谈情说爱，偶尔有点精力就想休息，看到江一那瘦小的身子背着背包过冰河、爬雪山，就想让她骑马或自己背她，但不能这样做，多说一句话也是耍着"官腔"，没办法，谁让自己是个团长呢。说白了，那年头谈恋爱哪像现在，心里惦记着自己的恋人，就觉得有"鬼"，觉得自己像犯了错误一样。

"难道你们俩就没有一次亲密的举动吗？"我问。

"有呀！"江一老人马上给我讲了一个小故事。

那大概是过昌都以后，一次朱子铮在军前指开会回来，召集班长以上的干部传达会议精神，快结束时他朝江一使了一个眼神，江一故意慢腾腾地落在最后。当她走过朱子铮身边时，以为他要说什么，但他什么话也没说，悄悄地将一个热乎乎的东西塞到了江一手里，然后转身离去。江一赶紧跑到一边，一看是一只红糖窝窝头。她站在那儿待了一会儿，一股幸福的暖流传遍全身。多少天了，近在咫尺却无法表达一份爱意，哪怕一句话，这一只小小的窝窝头，传达了朱子铮对她深藏的情和爱。

我问老人："您当时是什么感觉？"老人说："感动、激动、心动。眼泪快要下来了。"

"吃了吧，香吗？"

"当时，虽然馋得要命，但哪舍得吃，藏在怀里，到睡觉前才慢慢地享用了。后来才知道，那是上级开会发给他的，只有一个，他没舍得吃。"

江一和朱子铮是进藏后第一对结婚的夫妇，中央进藏党代表张经武向他俩表示祝福，还派人送来了一盒糖果。

在谈到他们的爱情结晶时，爽朗的江一语调降了下来。当时她在西藏怀上大女儿七个月的时候，突然接到回内地的调令，临行前为了保护好孩子，细心的她在仅一斤多的棉被里铺上了要为孩子织衣的毛线，这样可以暖和些，在马背上垫厚实些，减轻颠簸的痛苦。她挺着大肚子在冰天雪地里走了四十天，又坐了十天的汽车，孩子差点流产。

江一是个细心的女人，朱子铮说，年轻时大大咧咧的没觉得什么，到现在人老了，不中用了，她的细心照料确实很受用。老两口前两年总是出去玩，但现在朱子铮年过八旬，身体越来越差。去年在小汤山泡温泉时，大家都上来了，他还在那儿泡着，江一感到不对劲，赶紧跑过来喊他，才发觉朱子铮泡在温泉里迷糊了，只是轻声地哼了一下。吓得江一脸色都变了，冲进温泉里将老伴连抱带扶拖出来。从此，老两口再也不敢去泡温泉了。很多时候，只是待在家里，到八一厂的院子里转转。

说到这里，江一笑着对朱子铮说："老头子，要记住哟，那天是我救了你一命！"

朱子铮开心地笑着点头道："是是是，我承认，我记住！"

在她的书房里，我感受到一股浓郁的文化气息，她的字画有着独特的风韵，我想这与她乐观开朗的性格有很大关系。

江一对我说，现在她除了照顾老伴，就是写字作画。

桦树皮情书

刘延和胡然的爱情浪漫而独特。俗话说郎才女貌，刘延和胡然不仅是才子佳人，同样也是才女俊郎。真可谓天造地设、天生一对。

刘延和胡然都在后政文工团的舞工队，胡然是班长，刘延是副班长，工作使两人相互了解，生活上两人相互帮助。胡然生性风趣幽默，做事认真，待人诚恳。刘延开朗乐观，聪明灵秀。两人彼此有好感却无法越过一条军规——进藏不满一年的不能谈恋爱。

那天，部队过金沙江，刘延准备上牛皮筏时，一个人从她的身边挤过来，塞给她一个小纸条，敏感的姑娘一阵惊慌紧张过后，马上冷静下来。她看到了那人的背影，意识到那张纸条的分量，她将纸条紧紧地捏在自己的手心。在湍急的金沙江上，当她坐在牛皮筏上埋头打开那张纸条时，她的眼前出现了这样的句子："牛皮船，像勺，把你我舀到了一起。"

刘延

刘延的脸热了，心跳加速。

从此，她的生活画面上，多了一个人，多了一首诗。整天奔波在筑路大军中，见面分别，分别见面，他们的恋爱就在进藏途中的筑路工地上。胡然是话剧演员又是舞美设计，他喜欢木刻，那些不规则的彩色桦树皮，经过他的木刻刀三两下便成为一件像样的艺术品。他用诗一般的语言，在上面写上自己的心声，传递着爱的信息。桦树皮，一份份别致的情书。

刘延和胡然

而刘延的一本红皮日记，则记录着另一方的回响之声。

红皮日记：

我们像两颗小小的棋子儿，同在一块棋盘上，有时隔河相望，有时同步而行。离聚都有共同的悲和喜。不同的是，他那颗子儿，反光性很强，生活的色彩常从他身上反射出来。

桦树皮信之一：

首先声明，不是创造。没有纸，这儿的人全这样，用桦树皮写字。休息时，我就上山，剥桦树皮，画画。我的桦树皮比较大，比较美，因为有木刻刀相助。这个连队的伙食很好，自己野韭菜炒黄花味道很鲜，只可惜炒菜全是用发臭的酥油。我唱歌总是跑调，怎么办？

红皮日记：

有趣，高原气候一天三变，早上穿棉，中午穿单。《窦娥冤》中的六月雪真的在这里常见了。公路已修到波密，我们随部队由草原转到原始森林。帐篷消失了，密林间散落着用树木搭成的一座座小房。四壁的树干不断发出新枝绿叶，樟木、红松、雪杉使小屋清香阵阵。大概是对我这唯一的女兵的照顾，我的小木房用一层杜鹃花的细枝加固。细松枝条的"钢丝床"离地足有一尺多高，这样就能减少蛇虫和旱蚂蟥的侵扰。还有那隐蔽在树丛中间归我一人使用的女厕所。

奇怪，我干嘛总想着被赶出伊甸园的亚当与夏娃，难道我不是心甘情愿到这儿来吗？……

桦树皮信之二：

李媛病得厉害，疼得在床上打滚，据说是妇科病。打了半支杜冷丁才勉强上场，由此，我想到了你*，行军、趟冰河怎么办？希望你别再淋着雨睡觉了。很难相信头上滴着雨水，床下也淌着雨水雪水，我已深深感到你行军、修路、演出的劳累。

桦树皮信之三：

别听孟的话，我好好的，只不过被石头擦破点皮。相信

---

* 当时刘延和李媛都是后政文工团演员。

吗？疼痛是最好的振奋剂。这两天我睡不着，反反复复想着英雄，觉得自己也能当英雄。你想写东西，三组长的材料很好，在炸药就要爆炸的一刹那间，他扑了上去，三个民工得救了，他失去了一只胳膊——活着的英雄。活着的英雄很不容易，你能写出来吗？若能写成山东快书，我就争取上台演出，说山东快书不存在跑调问题。

听说波密的杜鹃花开了，真希望我能随部队转移到你身边。

红皮日记：

信号，不祥的信号。想象不出来，爱情，是不是真应有个顺序，无产阶级的爱情，又是什么样子呢？那些对革命有众多贡献的老同志们还是孤身一人的时候，爱情当真不应在别处诞生？

我们犯了破坏纪律的过错了吗？我不愿……

等，或牺牲……

我们相约，承受心的孤寂。

桦树皮信之四：

草坪上盛开着鲜花，

不要议论它吧！

因为它正是开放的时候。

我新收集的一首民歌，抄给你，愿你喜欢它。还有一幅漫画，只给你一人看——几个战士喝酥油茶的奇形怪状。不光酥油茶不正，那"茶"实际就是牛粪。昨晚炊事班到达目的地，黑暗中忙乱把牛粪饼当作砖茶放进了锅里了，多有趣。

区队长让我注意一些影响，这段时间给你写信太多了。很难设想，没有感情的生活，这雪山草地还会这么美吗？你说！

红皮日记：

是他！到鼓动队来也没告诉我，声音还是那样，像公鸡啼叫，昂奋而有点刺人。路边用白石头嵌成的标语也是他搞的，看不清他到底变没变样。我呢可能晒黑了。坚强，再坚强些，哪怕是眼神……

一支小小的丁香花，不知不觉中插在我军衣口袋里——他又抽烟了！爬上山顶，我还想着那烟味。假如我们在一起，他还抽烟吗……

读艾青的一首小诗："一棵树，一棵树，彼此分离地兀立着，在泥土的覆盖下，他们的根须又纠缠在一起。"*

又纠缠在一起！

桦树皮信之五：

听说了吗？塌方了。我不相信大地像母亲，至少，目前她是个疯妇。几千方石头，一瞬间倾注而下。刚刚竣工的路给毁了，还有7名正清理路面迎接汽车开来的人……其中有那个唱歌高八度的战士，是他留给我这张粉红色桦树皮。多像你在德格时给我擦过眼泪的那条手绢呵。他对我说过："路通了，胜

---

* 此处引用的是艾青的诗歌《树》，但引用与原诗有出入。原诗为：一棵树，一棵树 / 彼此孤离地兀立着 / 风与空气 / 告诉着它们的距离 // 但是在泥土的覆盖下 / 它们的根伸长着 / 在看不见的深处 / 它们把根须纠缠在一起。——编者注

利了，快用它给你的那位同志写封一尺长的信吧！"

我可能不会再回团里工作了。领导已经批准了我的请求。请别问，也别打听原因。我很快会离开这儿，这封"一尺长"的信，大概就是我最后写给你的一封信了。去哪儿，我不知道，反正很远很远，远得再难相逢……骂我，恨我，诅咒我吧，我承受得了。

又：

当你读到这封信，我已经离开了这里。我知道已不会再来。但仍希望着有一天来到这儿，在那高高的无字石碑上，刻下几行碑文。同时，再刻上一行小字：这儿，曾经有过她和我。

那一张张像工艺品一样的桦树皮情书曾被刘延保存了许久，可惜岁月的颠沛将它失落。

刘延与胡然的爱情经过了一些波折，但这对有情人最终成为一对幸福的夫妻。两个充满艺术才华和想象力的高原文艺战士，演绎了一曲动人的爱情乐章。

多少年后，刘延成为一名知名的北京作家，她的第三部散文集《聆听岁月》2007年在中国文史出版社出版了。为了纪念已故的爱人胡然，刘延特意将胡然当年在高原写的两篇文

刘延和胡然

章收入到自己的书中。

在北极寺干休所，我见到双腿行走不便的刘延，虽然上楼时无法自然弯曲的两腿让她很吃力，但她乐观开朗。

并蒂莲儿开

1956年中秋章道珍和倪潜在布达拉宫前

章道珍与倪潜的爱情，没有时钟曼与阿乐的传奇，没有刘延与胡然的浪漫，也没有江一与朱子铮那样苦涩。章道珍的爱情和吴景春有相似之处却又不同。她的爱情之旅在西藏生根，在西藏发芽、开花、结果。三十三年在西藏同甘苦共患难的生活，使章道珍与倪潜始终不渝地爱着对方。

1951年冬天，倪潜随军进入拉萨后旋即被调到中共西藏工委宣传部，参加筹办《西藏日报》。

1955年，章道珍随大批女兵转业到地方，她被分到了《西藏日报》，从一个文工团演员成为一名记者。在组织安排下，章道珍开始到藏族人民中采访，然而最大的困难就是藏语不过关。这时一个从黑河（今称那曲）记者站来的小伙子，成为章道珍进入一线采访的领路人。他的藏语很流利，三言两语便和藏族人民亲如一家，他采访的经验让章道珍这个新闻战线的新兵折服。

他叫倪潜。

倪潜于解放战争后期参军，当时刚刚高中毕业。后在第18军建军报社工作学习，积累了丰富的新闻工作经验。入藏后屡次被派到高原上的农村、牧场和建筑工地采访，接触了许多藏族群众，而且同爱国青年文化联谊会等藏族群众团体常有往来，并有广泛的交流，个人阅历逐渐丰富。几年时间，倪潜走遍了西藏大部分宗，还曾在江孜、日喀则、黑河、阿里等记者站担任第一任记者。

1954年11月，在青藏公路即将通车黑河的时候，倪潜到筑路工地采访，在近 −40℃的严寒气候中，他和藏族的格来（后来任新华社西藏分社副社长）一起采写了大量的新闻通讯，作为新华社通稿向国内外播发。1955年，倪潜顺利完成了拉亚（拉萨—日喀则—江孜—亚东）公路通车的报道任务。

热心的倪潜对章道珍总是特别关爱，只要一回拉萨，他就帮助她熟悉业务，了解西藏。从此，倪潜成为章道珍事业上的好伙伴，俩人渐渐地产生了感情。然而，虽然都在西藏，但两人相距遥远，这种恋爱常常是在杳无音讯中度过的，就像当年的吴景春和陈家琏一样，只能在报纸上判断爱人所在的位置。

倪潜每次回来都黑瘦黑瘦的，章道珍看在眼里，心里会隐隐作痛。她想，拉亚公路忙完后也许任务会少一些了，团聚的机会可能多一些，她甚至盼着倪潜能早日调回拉萨。然而，第二年，倪潜又接受了黑河至阿里公路勘探队的采访任务，这是一项极其重要又艰巨的任务。勘探队要在罕有人迹的高原无人区行进，在藏北念青唐古拉山脉和冈底斯山脉之间闯出一条路来，把汽车从拉萨一直开到阿里，勘探队实际上就是一支探险队。倪潜再次与林田（时任新华社西藏分社采编主任）分工合作，把这一壮举向西藏全区作了报道。倪潜采写了《阿里各界人民集会庆祝黑阿公路试线通车》《与大自然搏斗的人们》《可爱的藏北草原》等大量通讯。

在拉萨的章道珍，每一次读到心上人的文字，便像见到了真人一样激动。有时读着读着就会流下泪来，是感动还是深切思念？章

在日喀则采访的章道珍

道珍自己也说不清。

1956年秋，他们结婚了。

章道珍是家中的独女，十五岁参加革命，十七岁随第18军入藏。婚后，他们在工作上继续相互扶持，生活上相互关心照顾，成为西藏新闻战线上的一对革命佳偶。这一干就是三十三年，直到1983年才调到江苏和孩子、老人团聚。

在西藏工作的三十三年里，他们把青春、热情都给了西藏这块神秘的土地，他们的足迹踏遍了整个西藏。然而，西藏恶劣的高原气候和工作环境给他们，甚至下一代的身体健康造成了很多伤害。他们的大儿子倪脉心脏曾有二级杂音，女儿章彤也曾心动过速，小儿子倪原1961年在拉萨出生，第三天因缺氧导致脑瘫留下终身残疾，并因幼年输氧过多脸上留有疤痕。

这是对章道珍和倪潜最沉重的打击，对天下父母而言，也是一生的痛苦。

在西藏的三十三年中，夫妇俩不是没有回内地的机会，但因为种种原因，两人一直在西藏默默地工作。常年在西藏最艰苦的地方奔走采访的倪潜和章道珍已经精疲力竭，尤其是倪潜身上已患有多种疾病。回到内地的倪潜，全身心投入了《江苏科技报》的创刊和出版工作。1986 年倪潜被借调到江苏省委组织部参加编写《中共江苏省组织发展史纲要》《江苏省志·中共志》等，一干又是十多年。

2002 年 1 月 2 日晚，倪潜因突发高原性心脏病、肺气肿、呼吸衰竭等重症，住进了省人民医院高危病房。章道珍守候在倪潜身边，看着不能说话的丈夫，伤心不已。她流着泪对护士说："不管有多苦多难，我要守着他，唤回他。"在病床上靠呼吸机生存的倪潜，怀念着西藏，他抓住了妻子的手，让章道珍拿笔和纸来，写下了这样的话："一旦我的病情相对稳定下来，我将着手写我战斗在西藏的轶闻趣事，叙述西藏的传奇经历。"

当上级和医院领导有人来看望时，他与章道珍交换眼神后，在写字板上写道："是不是你请来的？"妻子说："不是。"他又写："你要和我保持一致，记住，永远不要名利。"妻子说："我们要治病呀。"他又写："他们已经很努力了。我能多活一天，就是一天的胜利。都怪我要生存，让大家受累了。"

章道珍跑到一旁泪如泉涌。

她回忆说："当年是爱老倪的才华、正直和善良，才嫁给他的。我们恋爱了一生，无论在西藏还是回内地，在一起总是有说不完的话。"由于从事一样的行当，两人常在半夜商量文章的标题和内容写法。

老倪走了，章道珍喂完他最后一口稀汤。

如今，章道珍和瘫痪的小儿子在一起生活。我每次打电话，都是小儿子倪原接的。他能够询问我的名字，在什么地方，并记住，等母亲回来准确地转述。如今的他能做到这一点，让章道珍感到辛酸又欣慰。

第十九章　魂系西藏

她们白发苍苍，脚步蹒跚，在夕阳下追忆远去的青春年华。

几十年前那些英姿飒爽的进藏女兵们，如今有的已经离开人间，有的躺在病榻上忍受着病痛，有的身子骨依旧硬朗，在做着一件件与西藏相关或无关的事。但每一个活着的老战士，脑海里都会无尽地回放着，西藏那纯净的蓝天、高高的雪山、冰冷清澈的冰河、壮硕的牦牛、敦厚善良的藏胞，西藏的一草一木一人都让她们魂梦牵绕。

圆　梦

> 黄昏我站在高高的山岗
> 看那铁路修到我家乡

青藏铁路线通车后，一首《天路》唱得无数人心潮澎湃，激起人们对神秘的西藏美好的向往。

当今天的人们都在为青藏铁路高唱颂扬时，我想起了当年那些进藏的第 18 军将士们，那些当年在川藏线上忍受物资匮乏、天寒地冻，毫无功利之心的筑路将士们。他们以将近五千人的生命和无数伤残的代价换来了当年另一条彪炳青史的"天路"。

细数当年进藏女兵中参加过修川藏公路的人真是不少，但如果找出与两条"天路"都有关联的人，只有一个，此人就是李国柱。

2006年的7月4日，对年近八旬的李国柱来说，是个不平常的日子。这个晚上，她和八十四岁的丈夫阴法唐就像出征打仗一样，踏上了北京去拉萨的T27次列车。

对于两位"老西藏"，此去不是游玩观光，而是有着许多关于西藏教育的事情要做。当然，能够坐上新通车的青藏铁路列车去往拉萨是两位老人的梦想。

有人这样说过："青藏线，如果没有阴法唐，可能要推迟一年才能通车。"

后来笔者经过了解，认同这种说法。备受西藏人民爱戴的老书记阴法唐，对青藏线倾注了大量的心血和精力，奉献了他的智慧。

2002年的5月24日，国家领导人在重庆会议上，对青藏铁路提出：(青藏铁路)对加快西藏地区经济、社会发展至关重要，有关部门要通力合作，保证建设质量，尽早通车。然而，一个月后，有人却在一个青藏铁路建设座谈会上，片面大谈质量、环保、施工保障等问题，不谈加速大干，提前或尽早通车。阴法唐得知情况后上书提出："保证质量、保护环境都很必要，但不能成为影响施工进程的借口。"2004年10月，阴法唐和李国柱利用到西藏参加纪念抗英战争一百周年活动的机会，不顾年老体弱，为了亲眼看见青藏线施工情况，放弃坐飞机的计划，决定从格尔木坐吉普车沿线到达拉萨。此举一经提出，立即受到女儿们的一致反对，亲朋好友都觉得这样不妥——年纪太大，这是非常危险的举动。然而老两口决心已下，谁也挡不住。一路上，在老伴李国柱的陪伴照应下，阴法唐安全度过行程。

老两口这次冒险行动达到了三个目的：一是要见证提高标准后的青藏公路，观察施工中的青藏铁路和了解提前通车是否可能；二是沿途走走停停，同修铁路的领导、工程技术人员交谈，查看工地，同工人交谈，看望慰问职工家属；三是根据指挥部和专家们的意见，结合自己的考察情况，于2004年12月16日上书中央《关于青藏铁路建设进程的有关问题》，中心意思是建议提前通车（原定于2007年通车）。这一报告报上去后，时任国务院副总理曾培炎很快明确地作出了批示，2005年铺轨到拉萨，并拟于2006年7月1日实现全线通车。2004年12月29日、30日，胡锦涛、温家宝均在《关于争取青藏铁路尽早通车的建议》上作了同意的重要批示。

在阴法唐的背后，有一个坚强的后盾，那就是另一名"老西藏"——李国柱。

和许多首批进藏的女兵一样，看似壮实的李国柱同样有这样那样的高原病。那天在火车上，李国柱说，她和阴法唐的心情实难平静，他们上车后把软卧车厢、硬卧车厢、餐厅、洗漱间、卫生间等各种设施参观了一遍。她躺在卧铺上怎么也睡不着，想到五十六年前自己从军政大学毕业，主动申请从第12军调到进藏部队，顶风冒雪、忍饥挨饿、负重行军，两年多才到达江孜，那些牺牲在途中的战友此刻清晰地浮现在她眼前。1951年5月，她参加修筑川藏公路昌都以东的达马拉山地段，那种施工场面，让人永生难忘。没有工具，硬是肩扛背驮大石头，晚上肩背肿痛难以入睡。她在工地上亲眼看见两名战士在修路爆破时，献出年轻的生命。修川藏公路时筑路大军忍受着高原缺氧的痛苦，缺少食品，身体严重透支。就在这种情况下，硬是打通了十四座大山，建起三百七十八个涵洞隧道，架设大小桥梁四百三十座。在颂扬今天的"天路"时，我们更不能忘记五十年前那场更伟大的"天路历程"。

2006年7月6日，两位"老西藏"经过四十七个多小时的列车生活，终于到了他们魂牵梦绕的心灵故乡——拉萨。

在拉萨期间，他们开始忙碌着另一件造福西藏教育事业的大事。

2005年11月在北京，他们与西藏自治区政府副主席白玛才旺、教育厅副厅长宋和平同志约定，讨论扩大西藏江孜"阴法唐教育基金会"的问题。在自治区党委、政府的大力支持下，经过充分酝酿，决定基金会由区教育厅代管，经合法的程序申报将基金会的名称更改为"阴法唐西藏教育基金会"，对原来的基金会章程进行了重新修订，健全基金会的相关组织。

"阴法唐基金会"成立于1998年8月，当初阴法唐和李国柱俩人原本是商量，由一家祖孙三代捐钱在江孜办一所希望小学。经过动员，全家捐了十六万元，考虑到孩子们都是工薪阶层，不能为难，这十六万元已经是一笔不小的数目，但要建一所小学显然不可

李国柱寻访当年老房东

能，资金不多，特别是希望小学的后续工作如师资等问题都难解决。因此又商定将该款作为基数设立基金，捐献给江孜第一小学，设立基金会，动员社会各界人士和单位捐献爱心，逐步扩大基金的数量。对基金专项管理，本金不动，仅使用通过稳妥的办法获得的基金收益，将此收益专项用于奖励该校的优秀教师、优秀学生及资助家庭困难的在校学生。此办法一提出，立即得到几个单位和个人（包括上海援藏干部）十几万元的捐助。当时虽然也提出逐步扩展，但并未多加宣传，而教育部有关部门得知后不仅在其刊物上报道，还帮助基金会修改了章程。

在老两口的奔走呼吁和感召下，基金会得到西藏自治区党委、政府和地市党委、政府的关心支持，以及一些社会团体、企业和个人的大力支援，基金会逐渐发展。到 2002 年除已捐助的江孜第一小学外，又扩展到昌都实验小学、日喀则第一小学和拉萨市第一小学。这几所小学均为西藏解放后第一批建立的小学，而昌都实验小学则是当年第 18 军进藏后办起的第一所小学。

如今，由阴法唐和李国柱的家庭倡议建立的"阴法唐教育基金会"几年内已经募集捐款三百万元（不含捐赠的实物等），而他们家在 1998 年和 2006 年两次捐款二十六万元。

李国柱说，他们一家是尽"老西藏"和"老西藏后代"的一点微薄之力。

8 月下旬的一天，我打电话给李国柱。老人刚从西藏回来，病了，声音沙哑。"老了，不服输不行了，在西藏感觉没什么，回来后反应却很明显。"她说。

一个永远要与男人叫板的进藏女兵李国柱，头一回向无情的岁月服输。

境　界

深秋的北京，大街上人流如织。在新大都附近的一幢旧楼里，我又造访了一位进藏女兵。

她叫唐崇敏，老伴早已去世，和许多进藏女兵一样，七十三岁的老人每天过着孤单而平静的生活。

1950 年 1 月 2 日这个日子，对于唐崇敏来说，是个永远不会忘记的日子。这一天，年仅十六岁的她从贵州毕节入伍，加入第 18 军 54 师 162 团文工队，成为一名文艺战士。当时部

唐崇敏

队在泸州和宜宾一带剿匪结束后，她转入了师文工大队，由于文艺天赋略有欠缺，后又被分到了医训队，在军大八分校接受革命人生观等政治教育。几个月后加入第 18 军卫校赴甘孜参加抢修机场。因为超强的体力劳动，起早贪黑挑、抬、搬土石方，和男人们一样比着干，眼睛患角膜溃疡的唐崇敏，年轻气盛不肯休息而落下了眼疾。

1952 年春，唐崇敏被分到昌都陆军医院当护士。1955 年 6 月与工兵八团的保卫股长汪兆林结婚。年底列入一批女兵复员名单，随丈夫移防到济南，因地方安排不了工作成了随军家属。一个当年充满革命豪情的女兵，年纪轻轻没有工作，充当家庭妇女角色，确实让唐崇敏感到郁闷。她说，那时候真愿意重新回到甘孜修机场，回到川藏线上修公路，宁愿再去吃一番大苦。

1957 年底，唐崇敏终于盼来了工作机会，她随丈夫移防到北京昌平的三工校。离开济南的那天，她的内心充满了幸福和期待，她

迎来了人生的一个重要转折。然而，这个转折显然不是想象得那么好，甚至是一种打击。虽然她是作为随军家属到昌平的，但北京情况与济南不一样，就是说唐崇敏还不够随军条件。当时随同迁移三工校的军人家属很多，三工校无力安排，连住房都没有。上面一道命令下来，划出了一条条件很严的随军线，丈夫汪兆林军龄差两年，职务差一级，唐崇敏要再等两年才能办随军手续。不够条件就不能在部队待着，部队无力供养一批军人家属，家属必须回去。

那么唐崇敏回哪儿呢？

七八岁时，唐崇敏的父母相继去世，她被姑姑从毕节领到了惠水读书上学，长大后离开姑姑，后来一直没回去。

她在贵州早已没有家了，计划经济时代，不像现在什么地方都可以打工。她不得已，只能回到山西左权县麻田乡下的婆家。

她从小一直在县城生活读书，没有农村生活经验。家很穷，她只能与六十五岁的婆婆一起生活，成为家中的一名劳动力。修机

唐崇敏全家照

场、修公路的经历，让唐崇敏很快学会了所有农活。她成为生产队、大队，甚至公社的劳动积极分子。

白天，唐崇敏在地里干活，晚上回家孝敬婆婆。婆婆身体不好，她问寒问暖关心备至，四邻无不夸她是个好儿媳。唐崇敏不仅劳动抢在前面，而且在大队的政治学习、宣传工作中也处处作出表率。当时，公社和县里的领导听说有个进藏女兵在麻田公社劳动，当过文艺兵当过护士，医院和宣传部都要调她去，但唐崇敏放不下婆婆，便婉言谢绝了。

1959年秋天，唐崇敏终于盼来了一个好消息，她可以正式随军了。

办完手续的唐崇敏来到了北京，被安排到北京东城的橡胶厂。档案从原单位调到了橡胶厂，她打开一看傻眼了，她的档案仅是封皮上写着她的名字，里面却是别人的材料。后来，她经过多方寻找，才知道原单位已经撤销，无人来承担这一责任。尽管找到了个别当事人，但无法挽救她那一套完整的档案。部队的老团长、老政委出了证明材料，但地方政府觉得没原始档案无法认定。

了解唐崇敏的爱人汪兆林的人，都说汪兆林只知道埋头工作，他觉得任何个人的利益都必须服从组织，不能给组织上添麻烦。就这样，唐崇敏只能先在家待着，继续做家庭主妇。

后来，汪兆林调至工程兵司令部保卫科。经过组织协调，东城房管局同意接收唐崇敏，将唐崇敏唯一能证明自己身份的复员军人证拿去了，安排她在托儿所当保健员。她在那个岗位上干了两年多，却一直没能转为正式人员。后来，唐崇敏几次问丈夫自己的复员证怎么没退回，丈夫向有关部门要过，对方说找不着了。

就这样，最后能证实唐崇敏身份的复员证也丢失了。

我问："阿姨，您的一生如此坎坷，有没有后悔当年进藏？"

"不！"老人坚定地说。

我想起了躺在病床上的易莲芳，她对我说过这样一段话："我不在乎现在的年轻人是否知道我们的那段往事。这不重要，重要的是我们自己经历了。我不想与那些后来援藏的人去比待遇，是党和解放军把我从旧社会救出来的，我会永远怀着感恩的心。有今天我很满足，如果我不要住院抢救，每月一千来元的薪水够了。我老了，没有能力再去工作了，我女儿的话代表她们年轻人的观点，我不去反对但不会赞同，可我有坚定的立场，我会永远坚持信念。"

在北京、成都、重庆、南京、西安、济南等地，当我采访完百名当年进藏的老前辈后，我产生了这样的一个想法：进军西藏是新中国成立以来甚至近代史上一座难得的精神宝藏，它应作为一个教育课题去研究和挖掘。据我所知，创造历史的这些人，多数还健在，但都已进入了垂暮之年，再过一二十年，我们很难听她们亲口叙说了。她们的高风亮节，她们对人生荣辱苦乐的淡然超脱，给了我无数次的感动。

正如孙常愉老人所说："我始终认为进藏这段历史对于我来说平凡而普通，我是幸运的参与者，同时又是受益者。受益何处？磨炼了意志，净化了灵魂，寻找并确立了人生观和世界观，给了我一生战胜困难的勇气和力量。"

第二十章　十年后再访

十多年以后，她们是什么模样？她们在做些什么？又是怎样的状态？那些曾经寻访未果的老兵，她们的故事别样精彩。

神奇的汪琦

2008 年 10 月初的某个下午，我在南京的北固山干休所见到了汪琦。之前寻访未果，遗憾书出，若非章道珍阿姨引荐，恐难相识。

小院后的寸尺之土，插着一排柴笆，错落有致，顺藤长着绿叶果蔬。但见一白皙清雅的老人迎风而立，她朝我笑脸相迎。

这是位富有传奇色彩的女机要兵，整个下午，我都在聆听她缓缓叙述，思绪随之来回穿越。从干休所出来后，我处于茫然若失之状，漫无目的地走在山中坡道上，仿佛游走在雪域高原，沉浸于一种声音里。秋日黄昏的下关，远处传来的汽笛声，将我拉回了临近暮色的南京。

返京后一周，收到了汪阿姨一封长达十七页的信。

这封信用老式方格信纸写就，隽秀的钢笔字。读后，伴随一个

少年时期的汪琦

徒步进藏老兵的传奇，我执信立于窗前，内心兴起波澜，感叹《天路行军》一书的粗略与残缺。后来，我每返乡过宁，总会抽空去北固山看望她。

汪琦1930年10月生于河南开封的书香门第。1938年夏，八岁的她在自家大门外玩耍，听到一阵轰隆隆的兵车碾压之声，发现不远处一群头带布条帽、身着黄军服、持着长枪的大兵从铁车上跳下来，叽里呱啦地喊叫着。她扭头跑回家，告诉母亲。母亲赶紧将她们姐妹四人藏起来。关着的大门被枪托砸开，几名日本兵冲入院内，进屋朝着爷爷比画着，大意是要钱要物，母亲示意全家离开。两名日军坐在爷爷的床上，晃悠着穿着大皮鞋的双脚。此时，床下正藏着汪琦的大姐。日军叽里呱啦地威胁着爷爷，后来母亲怕大姐在床下闷着或吓着，示意爷爷让日军站起来。当两名日军在爷爷的比画下站起来时，大姐一头从床下窜出来，像脱兔一样跑出院外，等日军反应过来，大姐已逃出了家门。日军用枪托重击爷爷头部，爷爷流血倒地。母亲抱着弟弟，过来搀扶起爷爷，同时大喊着姐妹三人赶紧逃跑。

后来一家人什么都没拿就被日军赶出来了，幸好爷爷当时及时出门。半个多月后，得知日军离开，一家人才敢回家。日本兵留下满院垃圾，屋里一片狼藉，恶臭熏人，原来日本兵把拉下的一堆大便用衣服包裹着塞在床下。爷爷因愤怒与惊吓，加上身心重创，回来不久便离开了人世。

1948年，汪琦从河南女子师范学校毕业。1949年2月入伍。在第18军进藏队伍中，汪琦称得上女秀才。

机要兵随总部机关行军，身上的行李主要是机要文件，这些文件由专门配发的皮包装着。汪琦说，机要文件携带于身，备感责任重大。一路上无论遇到什么情况，需"视文件如命"，守护文件是第一也是唯一任务。睡觉时必须枕在头下，过冰河时，皮包紧抱胸前或顶在头顶上，确保它不被浸湿。伴随军机关首长行军的女机要兵，途中负重主要由马匹驮运。除机要文件外，一些生活用品、粮食都要随身携带。而每天备马、卸驮、支拆帐篷这些体力活都得自己干。文静的汪琦干起活来干净利落，更出彩的是她过硬的业务技能。在机要科二三十个年轻人中，汪琦的译电能力出类拔萃。她与战友在行军中，因条件所限，时常在木箱旁半蹲着或半跪着完成译电任务。天寒地冻中，她在帐篷里工作时，手冻得失去知觉，只能搓搓，放嘴边哈口热气，然后继续干。中央台方向的电报多，经常会有加急、特级电报。无论在什么情况下，都要迅速处理。

1953年，汪琦与彭光结婚后有了第一个孩子。怀孕期间她得了胆结石病，由于当时的西藏医疗条件有限，丈夫出差在外，她常常在胆结石带来的绞痛中独自度过漫长的日与夜。她担心这会给孩子带来不利影响。孩子出生后，她的胆结石病仍然反复发作，不得已，她带着刚刚出生十个月的孩子回内地治病。

在部队时的汪琦

1954年6月，川藏线公路施工至昌都，从拉萨至昌都仍然没有通车，只能徒步行进。临行前，同行还替她担心，劝说她慎重考虑。那些残酷的现实问题，在拉萨已经想过千万次，但她义无反顾。想到孩子在西藏的风险，想到自己反复发作又无法医治的胆结石病，她恨不得抱着孩子一下子飞回内地。

一队人马在茫茫雪线上艰难前行，都是些孕妇、母子及随行的通信兵或各自请的藏族向导。

临行前，汪琦与彭光特制了一个小木盒房子，钉了个小窗透气，将十个月大的儿子小西原放在木房里，雇来一个女藏胞一路背着小木房，汪琦背着行李和孩子的用品。路过某个地区时，一条湍急的河流上新铺了木棍桥。前面的人一一过桥了，孩子也被藏胞背着过去了，汪琦在队伍的后面。汪琦前面的一匹马过桥时马蹄不慎插入了木棍间的缝隙里，怎么也拔不出来。牵马的通信员过来用工具撬开了木棍，在马蹄拔出时，只听"轰"的一声，桥一下子坍塌了。汪琦跌落河里的同时，顺势一手抓住了身边一同跌落的年轻战士的衣服。汪琦与那位战士旋即被湍急的河水冲走，他们在河水中翻滚着。在急流中，汪琦脑中闪过已过桥的孩子，绝望中庆幸儿子无恙。命不该绝，

汪琦与孩子

汪琦被一大石头挡住了，并很快被过桥的人们救起，而那个年轻的战士已经被冲得无影无踪。

以后的岁月，汪琦时常想起那个与她一同落水的战士，不知道那战士叫什么，家在哪儿。

之后，汪琦在成都又有了两个孩子。生第二个孩子时，产后经历了莫名的腹泻和病痛，她独自一人承受多天后，母亲从金坛来到成都照应。不久，西藏实行了"六年不改"方针。部队干部内调，汪琦列在其中，她被分配到四川省邮电管理局工作。1959 年后，实施民主改革需一批干部，汪琦将大儿子送至川办保育院，带着两个小的再度进藏。1966 年后，彭光转业到南京，全家团聚。

与大多数进藏老兵相比，汪琦在西藏工作的年头不算太长，但她的经历曲折惊险。她在西藏落下的高原病，给她后来的生活造成了很大的痛苦。一个普通的胆结石，当时让她几次疼痛得晕厥过去，还差点送了性命，而落下的高血压、冠心病、肾炎、关节炎等一些疾病一直伴随着她。每个月都光顾一次的痛经，同样让她苦不堪言。尤其是回到江苏后，每到经期来临，她都要经历一次疼痛考验，少则十天，多则半月，而且经多次治疗，效果仍然不明显，她只能咬牙坚持。绝经后，全身性风湿性关节炎及骨质疏松症，总给她带来周身的疼痛。

几年前，在北固山看望她，老人对我说，从入藏至今，大约七十年中，几乎一直在与疼痛做斗争。

1984 年她做过一次膝关节手术，因医生在手术中的大意，造成了左腓神经损伤，导致左下肢和左脚出现麻痹，肌肉萎缩。后来入干休所不慎跌伤导致左腿骨股颈骨折，不得已，三根筷子一样长的钢针打入了髋关节。卧床半年的生活，给汪琦造成了极大不便与痛苦。后来，又动了三次大手术。

然而，面对疾病与伤残的折磨，汪琦以超出常人的意志，一直坚强乐观地生活着。

退休后的汪琦进入了老年大学，开始学习书法艺术。她的书法越写越好，多次在相关组织的大赛中获奖。我曾经采访过的老兵中，江一、黄崇德的书法也独具特色，贾湘云的书法诗词均有成就。但汪琦学习书法作诗填词，与她们不尽相同。她在培养自己兴趣的同时，更有一层现实的意义。她把学习书法当作治病的手段，为自己列了可行的学习计划。每天晨起锻炼身体，上午临帖约两个小时，中间做些家务作为休息。下午治疗腿疾，躺在床上不能书写，就读书法和古典诗词方面的书籍。读累了，就在床上划字临写，感受运笔的力度、流线与节奏，做到了治疗与学习两不误。而在上午的书写中，她能做到静心凝气，全神贯注于"书法之美"的境界中。她感觉自己在弹奏优美的古典音乐，而忘却身外的一切。毛笔在宣纸上运行、回旋、起伏、停顿、收笔，转而蘸墨、打纸都如轻车熟路般地自如从容。两个小时感觉瞬间就过去了，自己完全不觉得时间在流逝。她渐渐觉得，每次写完后，自己的身心格外舒适，而大脑的皮层得到了"真空"般的休息，全身的血脉却畅通起来，病残的腿日渐好转，竟奇迹般地康复了。

汪琦清楚地记得，第一次参加书法活动是拄着双拐过去的。由家人扶着到活动中心会议室，一些书友好奇地打量着她。后来她不仅扔掉了双拐，还步履轻盈，让那些书友大为惊奇。

> 大军奉命卫戍边，山高路险不畏难。
> 爬冰卧雪铸斗志，二郎雀儿只等闲。
> 昼行夜译传军令，上呈下达保通联。
> 万里征程不停息，迎来雪山红日妍。
> 青春无悔乐奉献，甘洒热血自恬然。
> 时光荏苒五十载，高原女兵意志坚。

这是汪琦作给译电兵的诗，它准确地描述了徒步进藏机要兵的生活与状态，也是她自己当年的写照。

岗托与他娘

这是当年第 18 军徒步进藏大部队中一个经典的故事，也可以说是西藏和平解放史上无数光束中的一束。这个故事的主角就是被她的孩子们称为"老娘"的于俊娥。

"老娘"是王边疆及其弟妹们对母亲的一种亲密称呼。

王边疆是谁？他就是当年在金沙江边的岗托兵站出生的"小岗托"。当年的"小岗托"如今已过耳顺之年。母亲于俊娥是那位在兵站翻晒进藏部队补给粮食时，因仓库倒塌被砸伤骨盆的进藏女兵。当时，于俊娥身怀王边疆近四个月，当人们将她从倒塌的废墟里扒开时，她满身是血，重伤昏迷。

后来，苏醒过来的于俊娥，在岗托兵站简易的木板床上躺了近三个月。一个本来生命垂危的母亲，能挺过来实属不易，没有人相信她腹中的胎儿能存活，即便存活，母亲重伤后的身体能恢复成什么样，能否顺利生下孩子，都是未知数，更是一个现实的医学问题。据说，当时甘孜的医生，看了于俊娥的状况，明确说母亲已无大碍，但胎儿很难存活。

然而，奇迹出现了。1952 年的 4 月，一个顽强的小生命，在西藏东的江孜第一镇岗托出生了。

但因为于俊娥的身体虚弱，加之营养不良，"小岗托"早产了一个多月。据于俊娥自己回忆，当年她躺在床上头脑很清醒，岗托兵站卫生所的医生在她身边，脸上流露着焦急的神色。她却安慰着医生说，她能生下这个孩子，一定会生下来。然而，于俊娥因为骨盆重伤没有完全恢复，加上身体虚弱，她感觉自己只要稍一用力，骨盆部位就会有撕裂般的疼痛。几个月后，伴随着一声啼哭，"小岗托"平安出生。徒步进藏的女兵中，"小岗托"是第一个在西藏出生的小生命。于俊娥浑身如水洗一般，躺在床上差点晕厥过去。

当时，由于通讯不发达，这个生命奇迹即使在西南部队也鲜为人知。后来，西南部队的报纸和《解放军文艺》登了这个故事，"小岗托"的故事才被很多人知道。而"王边疆"这一名字，正是当年记者提议起的。于俊娥后来怎样？小岗托又如何？

让我们走进这对母子的世界。

1954年，西藏军区实施了大精简，一大批女兵要复员回内地。于俊娥脱下了军装，离开了岗托兵站，成为一名军属到了拉萨，在军区后勤部一家工厂的门诊室，继续做卫生员工作。而两岁多的"小岗托"被送到了西南军区专门为西藏部队子女设在四川大邑的唐场幼儿园，四岁后进入保育院。

后来，于俊娥随丈夫王福益一同到札木，在札木待了八年。1972年随丈夫"支左"回到成都，1973年王福益"支左"结束后分到成都军区后勤部，她被安排在省第三人民医院当护士。从此，这对从淮海战役走进西藏的老兵，结束了高原历程。

于俊娥，这个来自沂蒙山的女战士，十二岁那年，父亲因不堪忍受村民说其无子无后而上吊自尽。当时的于俊娥有一姐姐已出嫁，父亲去世后，她与母亲支撑起风雨飘摇的家。上了几年学后，她不得不回家帮母亲干活。割草、砍柴、挑土、喂猪、做饭，样样都干。这个山里的小姑娘到了十六七岁时，因为吃苦耐劳练就了一副强健的体格，各种重体力活都能干，村里很多小伙子都自愧不如。1939年夏，解放军第三野战军部队来村里招兵，开始招的都是男兵，后来招兵的人发现于俊娥虽然是个长得俊俏的大姑娘，但充满生机活力，当得知她力气过人时，就将她与村里另外几个女孩一起招入。就这样，于俊娥参军入伍，被分在三野第一后方医院当卫生员。后来，她成为一名出色的战地救护员。在淮海战役的炮火中，三野部队渡江时，于俊娥抢救过无数伤员。有时候，后方医院用担架由三人抬着的伤员，她一人背起就跑，争分夺秒地送到战地医院的急救室。现如今，她还保存着一枚当年参加渡江战役的纪念章。

1950年，于俊娥随部队转入大西南，成为首批进藏的女兵。

"我很想和大部队一同徒步走向拉萨，但可能是因为我力气大，能干活，从四川刚进入西藏的地界，上级就把我安排在岗托兵站倒腾粮食了！"

山高路远，对当时的徒步进藏部队来说，兵站就是生命驿站。整个川藏线上因为道路不通，大多兵站尚在建立中，而金沙江畔的岗托兵站是较早建起的，内地送来的物资都集中于此，这儿是粮食和军需补给大本营。由此，岗托兵站对于整个进藏部队的重要性不言而喻。于俊娥在此完成了大量的工作，她所付出的体力一点不逊于修建川藏公路与甘孜机场的战士。

于俊娥今年八十七岁了，当年被砸伤落下了病根，到了晚年，手颤抖不止，吃饭时，拿不住餐具，只能雇保姆。肾脏、心脏、血压都有不同程度的疾病。

然而，她如果走在大街上，你很难相信她是个身患多种疾病的老兵。她走路时脚步扎实，声音洪亮，精气神很足。

从2006年6月采访相识至今，整整十二年了。我每到成都，必会造访于俊娥。每每握住她那双浮肿的大手，总会感受到强大的精神力量。

很多时候，我在北京会不自觉地想起于俊娥，想起她就会打电话问候一下。那边铃声一响，她接起后，只要我"喂"一声，她马上会说："晓松啊，你在哪儿呢？"

她的听力很好，思路清晰。一口浓浓的沂蒙山口音，许是在西藏和成都待久了，尾音有点西南腔儿。

在成都，我与"小岗托"王边疆多次接触，我们多次聊起他的往事。我问："你来到这个世界多么不易，你从记事起对母亲的印象是什么样的？"他的回答出乎我的意料。

"说句心里话，七八岁之前，真的没什么印象！我两岁多进了大邑的幼儿园，四岁进入保育院。后来又到了八一学校。我们这些 18 军的后代，都有一个共同的特点，面对从西藏回来的父母，开始都叫'叔叔阿姨'。这可能是当年进藏女兵（的子女）的特殊现象。"

王边疆接着讲述了当年在学校的两个有趣的小故事。

上三年级时，一天，有人到教室喊"谁是王边疆"，他举手后被告知他妈妈来了，让他到传达室去见。当时的王边疆对母亲已经有了依恋，他心里很高兴。他到传达室后发现一个穿着藏服的妇女，感觉很纳闷。而那妇女对老师说："这不是我的孩子，我的孩子是个女娃，怎搞成个男娃了呢？"

负责生活管理的老师发现搞错了，原来有个女学生也叫王边疆。后来王边疆专门去找了女娃王边疆，郑重地对她说："我叫王边疆，你为什么也取这个名字呢？请你快把名字改了！"

另一个小故事是，某天班里一个小男孩的母亲从西藏回来看他，他跑到了操场就是不肯见，他的妈妈追到操场，他就跑到教室，他妈妈追到教

王边疆

室，他就又跑到操场，同学们看了起哄大笑。这小家伙见妈妈穷追不舍，索性跑到了男厕所，他以为这回安全了，没想到他妈妈想都没想就冲进去将他抱了出来。他在妈妈怀里抢着小拳头乱打，大声地哭喊着："你是个大坏蛋，大流氓，赶紧放下我！"他的妈妈流着泪任他打就是不撒手。

"当年，我们八一校的这些孩子，从小离开父母，眼中只有学校里的小伙伴和老师。

"当年在八一学校生活学习，真是苦中有乐，我很怀念那段时光。"

1969 年，王边疆初中毕业后参了军。提起参军，王边疆说那年参军的背景有些特殊，军委对进藏军人的子女有一项优惠政策——适龄子女只要身体合格，初中以上文化都可以参军。一些初中没毕业的通过沟通协调也穿上了军装。当时，他和大妹王新、二弟王鲁川、小妹王鲁华同时参军入伍。小妹当时刚十三岁，后被分到西藏军区总医院。

王边疆被分到了成都军区（现为西部战区）一山区部队的油库。这是一个正团级单位，他所在油库的指战员，白天训练和干业务工作，晚上统一打坑道、挖地洞。当时，分组作业的班排都相互比着干，经常一干就是到深夜一两点。训练、业务工作加作业，一天工作时间长达十五六个小时，是经常的事。而王边疆因为有着"岗托"的经历，母亲是当年参加淮海战役又是进军西藏的英雄式人物，他总是严格要求自己，再苦再累的活都抢着干。他因表现突出受到了上级嘉奖与战友们的称赞，可惜，那些年处于"动乱时代"的高峰期，他所在的部队几乎没有提干指标，他也无法考军校。1973 年，王边疆复员回成都。

说到爱情与婚姻话题，王边疆说当年受媒妁之言、父母之命，与现在的妻子胡跃红结了婚。胡跃红老家是山西人，父母亲当年都

王边疆三口之家

是西南部队的军人。王边疆父母的战友与胡跃红父母亲是老战友，通过叔叔阿姨的牵线搭桥，他们就认识了。胡跃红当年在第四军医大学当兵，是个聪明能干、长相甜美的护士，后来随父母转业到成都。

胡跃红告诉我，她与王边疆处对象的那段日子很有趣。1978年的秋天，她发现王边疆好像有点鸡胸。总是穿着黄军装的王边疆走路挺挺的，但挺得很厉害，尤其胸前总是明显鼓出了两块，胡跃红有些纳闷，难道是发达的胸大肌？可她感觉又不像，有几次，她问王边疆，他总是回避这个问题。有一天，胡跃红突然冒出一定看个究竟的念头。她突然跑到王边疆所在工厂的宿舍，一看他穿着黄军装躺在床上休息，她冲上去一把解开了王边疆的衣服，一看傻眼了，只见他衬衣口袋里塞着两个红皮本毛主席语录。

"我非常感谢我的父母，正因为父母在西藏，我们才有当兵的机会，部队那几年的生活，对我的人生影响太大了。"

复员后，王边疆在成都电缆厂工作。他始终保持着军人的本色，一直穿着从部队带回来的旧军装。他先在车间当工人，后因工作出色被调到机关供销科。

1989年企业改制，王边疆成为厂里第一批下海的人。经过商场多年的摔打，他于2002年成立了一家物资有限公司，因为能力强，他的企业稳步发展，越做越好。

如今，六十六岁的王边疆处于半退休状态。老娘于俊娥是他的牵挂，他说，老娘健康快乐是他最大的心愿。

成都，是我喜欢的城市之一，不仅因为那有别致的山水，诱人的菜肴，悠闲自在的市民以及具有特色的小街，还因为那里有我的牵挂，那里是当年第18军大部分徒步进藏老兵的归宿。

两年前，于俊娥的老伴王福益去世，这个曾经参加过抗日战争、解放战争，走遍西藏所有兵站的老战士，终年九十三岁。他与于俊娥生养的六个儿女，个个都很优秀，其中五个都有军人履历。老五和老三，考上了滑翔学校，成为飞行员。这一飞就是四十来年，如今退休后被回聘当教练。整个大家庭中现有五个飞行员，还有一个在航空系统从事别的工作，可谓"航空之家"，用于俊娥的话说："我们这一家可以组成一个航空班。"

他们进入航空系统都是凭着真才实学考进去的。于俊娥的孙女（三儿子王鲁春的女儿），传承了父亲的衣钵，以优异成绩考入了航校，如今在西藏航空的飞行员中，是一名技能过硬的女飞行员。

谈到儿女及孙辈，于俊娥的脸上总洋溢着开心的笑容。从她爽朗的笑声中，能感受到她的骄傲。

坚强的大妮

天涯在哪儿？天涯莫过于藏北高原的阿里了。

2013年和2016年，我两次来到运城，回访当年的阿里女兵闵乃丽。现如今，八十七岁的老人精神依旧很好。老伴焦增刚走后，她独自一人居住，家里收拾得干干净净，身上总是清清爽爽的。二儿子焦普离她近些，时常去看她。她说："我现在不需要人照应，独立生活很自在。"

1932年生于江苏南通的闵乃丽，人生的履历清晰明了：十八

闵乃丽

岁在老家高中毕业后参军加入了进藏部队，1951年入藏，1955年到阿里，1979年转业回到了运城，直到今天。拉萨、边防阿里、晋南，近七十年，生活环境改变了她的生活习惯。但一看她的模样，仍然透着南方女性的清秀。

在闵乃丽看来，所有苦难都算不上什么，真正让她痛苦的是与几个孩子的隔膜。

闵乃丽有两儿两女，均在阿里生活工作过。这一点可能是所有进藏女兵的孩子中所没有的。最让她内心隐痛的是，儿女跟着她在阿里和内地进进出出，确实受了不少的委屈。同时，孩子常常不在身边，他们的许多观念和生活习惯她看不惯，为此常和儿女们产生矛盾。

在"黄河拐弯边，鸡鸣一声听三省"的芮城，我见到当年在阿里出生的焦亚莎。这位出生在高原上的大姐，现如今，在芮城与南京两地来回跑，她看上去要比实际年龄小许多。亚莎在芮城的老家度过了童年，上学后因个头矮小，总是坐在最前面。她得了个奇怪的病，每到夏天，会感到浑身无力，父母亲回来探亲，总要带她到外地去看病，直到十八岁以后才好。亚莎后来在乡下插队，她能像男人一样爬上屋顶干活，会开拖拉机，在农场上打谷。因在生产队处处表现积极，二十岁便入了党。

1979年底，入藏已经三十年的闵乃丽，在将要离开阿里时，作出了一个令人费解的决定，她将不满二十岁的小女儿亚妮接了过来。当时许多人都认为闵乃丽不可理喻，哪根神经搭错了，难道自己的苦还没受够？让女儿来接着受？有人认为，闵乃丽可能是快要离开了，是想让女儿来体验一下阿里的环境，很快会将女儿带走的。然而，半年后，小女儿亚妮眼睁睁地看着父母离开了阿里，而自己独自留了下来。

闵乃丽当初到底在想什么？

我也有些好奇，与老人进行了交流。老人的一番话出乎我的意料。

"这个小女儿亚妮，是我回山西婆家生的，生下一个月就放在了运城的农村，长到五岁时，我回去探家才见着她。亚妮一直跟着爷爷，一直没有得到母爱，我记得她五岁那年，我第一次回去见她，让她喊'妈'她不喊，她歪着脑袋问我：'你的眼睛咋那么小？'后来，我发现这孩子跟着老人养成一些不好的生活习惯，性格也有点倔强，说白了有点像我。由于所受的教育不一样，孩子确实受到了很多影响，加上一直在相对落后的山西农村，又经过十年'文革'的影响，耽误了学业，当时出来找工作也不容易，我就把她的户口迁到阿里。说实话，把她带到阿里，自己确实经过一番思想斗争，当时还有一个想法就是，这四个孩子，大女儿在阿里生，两个儿子都在阿里生活过几年，唯有这小女儿还没到过阿里。阿里虽然艰苦，但确实能磨砺人的意志品质。我想把她带来，可这样对孩子确实不太公平，我们夫妻俩在阿里工作生活了那么多年，

身着藏袍的闵乃丽

吃了不少苦，受了不少罪，眼看要回去了，把女儿弄过来，心里很矛盾。可是想到女儿的工作，想到让她多吃些苦，还是一狠心把她（的户口）办过来了。现在想起来，我自己心里也是五味杂陈。尤其是女儿在阿里的婚姻不顺，对她的打击还是很大的。再就是，没想到女儿也能在阿里呆那么长时间。别人跟我开玩笑说：'你这个老阿里回来，还让个新阿里去接你的班，你的心真是狠。'啊呀，说的好像是个笑话，可我这心里确实有些不是个滋味！让我感到欣慰的是，女儿很争气，工作很努力，生活中也很顽强，一个人在那边能够继续努力工作，我满足了！"

焦亚妮出生一个月时，被送到山西芮城乡下的一个奶妈家里。奶妈整天在地里干活，她躺在炕上尿湿裤子，只能等奶妈干活回来换。爷爷骑着骡子到奶妈家看过几次，每次都见亚妮一人躺在凉炕上，无人看管，身子下面湿湿的。那时候山里时常有狼出没，爷爷想到这孩子万一有一天被狼叼走了，都无人知晓，他就将亚妮抱了回来。但回来才发现，小亚妮已经有了尿床的毛病。

父亲焦增刚是个脾气暴躁的人，总认为小亚妮尿床是因为懒，时常打她，且打得重，这一点闵乃丽提起来总是叹气。她说老焦这个人身上优点很多，正派、勤恳，工作中非常有责任心，回家就一头扎进厨房做饭。但就是脾气暴躁，话不投机就动手打人。

焦亚妮从小聪明伶俐，天真活泼。但因尿床这一病根，给她原本快乐无忧的生活蒙上了阴影，她常在一种羞愧和惶恐中度过。

亚妮十一岁那年，跟着回到芮城探亲的母亲在一口大井边洗衣服。她站在井口边，望着大大的井口，突然产生了一个可怕的念头——她想跳下去。母亲看她发呆的样子，问她想什么，她说："我想跳下去！"

母亲问她为什么。她"哇"地哭了起来：

"我总尿床，总是被打。可我不是故意的！"

小亚妮的话震动了母亲闵乃丽。后来，闵乃丽对我说："亚妮尿床这毛病，如果在我身边，是不会这样的。"

亚妮尿床的毛病，爷爷奶奶用了各种偏方治疗就是不管用。到了高中时，焦亚妮已经长成一个亭亭玉立的大姑娘了。然而，她的病仍然没有治好。有时候，一些淘气的男同学，故意给她起外号，当面大声喊叫。她隐忍着，不敢反抗。有天晚上，她与要好的同学看电影，因为下雨，被困在了同学家中，当晚她在同学家中休息，她一直在焦虑中度过。前半夜一直没敢睡，后来实在支持不住睡着了。当她醒来发现自己没有尿床时，暗自庆幸。

十七岁那年，她和一帮高中同学郊游。几个男同学在黄河滩上打了一只旱獭，剥皮炖肉，她喝了半碗汤。那晚她没有尿床，从此再也没有尿过。禀赋极高的亚妮，恢复了能歌善舞的天性。

二十岁的焦亚妮，第一次出门就走了五千里。她和父亲从芮城出发，先到了新疆，当时哥哥焦亚明在那儿上学。后来与父亲从叶城到阿里，这一路上焦亚妮体验到父亲对她的关爱，她感到非常幸福，同时也体验到父母亲当年在阿里是多么艰难。汽车在荒原上一路颠簸着，过喜马拉雅山与昆仑山交界的地方时，父亲告诉她，这儿是缺氧最严重的地方，俗称"死人区"，车在这区域要走一天。父母当年每次路过这儿前，都要写下遗书。这里是真正的生命禁区。

焦亚妮到了遥远的阿里，才发觉自己是个总被上苍捉弄的女孩，她从内心对父母产生了怨恨。父亲走了，留下她一人面对着陌生的世界。

父亲当时是从副县长岗位上离开的，她当时是个高中毕业生，按说她是第 18 军干部的后代，无论从哪方面讲，都能够安排到机关工作，但作风正派的父亲硬是将她安排在工厂。父亲认为，生活要靠自己奋斗，不能靠父母。这就是老西藏第一批阿里建设者的思想。

在阿里这个地方，焦亚妮意识到哭泣是没有用的，这一点，她与当年的母亲闵乃丽一样，不再抱怨，唯一的办法就是接受，以坚强的姿态面对残酷的现实。

如今的焦亚妮，已从阿里司法部门的岗位上退休。几十年间，她在阿里与新疆两地各工作了一半的时光。经过太多困境与艰难，这些生命里的每一道坎她都一一跨越过来，她凭强大的韧性和突出的工作能力，赢得了领导与同行的尊重和赞许。

八十八天与二十八年

在第 18 军的女兵队伍中，与藏族小伙通婚的，可谓凤毛麟角。马兴壁就是其中一个，而在阿里，她是第一例。1950 年，马兴壁从四川自贡的蜀光中学入伍，加入了第 18 军的行列。她先后在军大八分校、后政文工团、军文工团、军区文工团工作。

八十八天与二十八年，这是马兴壁一生中刻骨铭心的数字。

1955 年春，中国人民解放军实施了军衔制，同时也进行了大裁军。大批的军人要脱下军装复员回乡，马兴壁也成了转业对象。鉴于她的才华与表现，组织上找她谈话时，安排她直接去歌舞团，也就是后来的西藏歌舞团。

然而，当时的西藏工委领导找她谈话时，告知安排她去阿里。

阿里是个什么地方？在哪儿？有多远？

马兴壁感觉一头雾水。当时她脑子里首先想到的是在文工团的男朋友，他是否可以与自己一同前行？领导说阿里是祖国边疆的边疆，是真正锻炼人的地方，组织上要挑些思想端正、信念坚定、意志坚强的人去，"挑选你是你一辈子的光荣"。

年轻的马兴壁已经被领导的一番话深切地打动了，她从内心感谢组织对自己的充分信任。

"我有一件事想请问下首长，我去了，我男朋友在军区文工团怎么办？我们准备结婚的，他也能调去吗？"

马兴壁将自己最后的一点顾虑，也可以说是请求，向领导和盘托出。

让她没想到的是，领导一口答应了下来，会很快调她男朋友去阿里。

马兴壁毫不犹豫地同意去阿里。

一队人马在茫茫的戈壁荒原上，向着遥远的阿里方向艰难行进，整整走了八十八天。

马兴壁说，这八十八天让她终身不忘。她因心脏不好，从拉萨出发不久便如同走进了一道道鬼门关，数次从死神手中被拉回。

用她的话说，有几次在山上差点"一命呜呼"了，她已窒息昏迷，战友闵乃丽等人，迅速对着她的嘴吹气，当时马兴壁脸色乌紫，不省人事，稍有怠慢，后果不堪设想。她就这样一次又一次的"活了又死，死了又活"，在恶心、呕吐、胸闷、头疼脑胀中一步步艰难前行。瘦弱的躯体如荒原上的一片残叶，随时要被野风吹散。

"有很多次，我感觉身体像即将散架的机器，我想到了死，实在忍受不了那种折磨，可一想到我在四川自贡老家的父母，想到在拉萨心爱的人，想到临行时领导说的话，我一次次地挺过来了。"

终于熬过漫长无比的八十八天，到了阿里时，马兴壁不敢回望身后茫茫的荒原戈壁。

她没有想到，她要在阿里生活工作二十八年。

阿里到底是个什么模样？十多个复员女兵来了一看，都傻了眼。荒原上垒起的一排排毛坯房，让人感觉进入了远古时期。马兴壁被分配做统战工作。

文工团里有个成都小伙子（即马兴壁向组织提到的男朋友），

马兴壁在跳藏舞

深深地爱着马兴壁。起初，相隔千百公里，她与小伙子只能通过电报联络。每月昂贵的电报费，花去了他们大半工资。她与小伙子尽管生活上节俭，但每张浓缩着爱的短暂文字，是他俩的全部精神寄托。然而，随着时间的流逝，她在意的不仅仅是昂贵的通讯费，还有当初领导的承诺，她迟迟等不到诺言的兑现。一次马兴壁得知阿里的一位领导去拉萨开会，便写了封信请领导捎给恋人：让他赶紧找领导调到阿里。相恋的人只要能在一起，什么样的苦难都能挺过去。然而，恋人找了领导，最终没有结果。马兴壁想过调回拉萨，但她明白这是不可能的事。

两个相爱的人虽然同在西藏，但却天各一方，相见遥遥无期。

回不到恋人的身边，更不能让恋人到这个苦寒荒凉之地与她一同受罪。于是，她用一纸书信了断了苦恋。

在成都，我曾经问过马兴璧，当初为何狠下心来，了断了这份纯真的爱情？老人沉思了良久说："没办法，只能认命！"

后来，一个叫才让杰的青海藏族汉子，走进了她的世界。

起初，这个与她同一办公室的男人，一直在关心着她。马兴璧心脏病总犯，情绪低落，才让杰总是默默地帮助她。他话不多，但话一出口便能说到马兴璧的心坎上。马兴璧渐渐从与男友分手的痛苦中走了出来。可以这样说，是才让杰让她摆脱困境，看到了希望。她发现这个高大的情报参谋，性格直爽、豪放、勇于担当，但从不张扬。他乐于助人，淡泊名利，诚实稳重，做事细心严谨。他的业务能力很强，阿里边防的每一个要道山口的地形、地貌他都了如指掌。他在阿里深得领导和同事的赞赏，不管遇到任何棘手的问题，到他这儿都会迎刃而解。

马兴璧一直觉得与这样的男人一起，让她很有安全感。

当时，在整个进藏部队，尚未有一例汉藏通婚的。马兴璧与才让杰谈恋爱成为一个焦点，一个敏感的话题。再单纯的地方总会出现流言蜚语。在阿里，内地女性很少，如马兴璧、闵乃丽这样的"阿里双珠"，年轻漂亮，有文化有专长，当然会成为很多单身男性追求的对象，而她俩恰恰又是那种能干、清高，不轻易凑合与妥协的姑娘。好事者就给才让杰打退堂鼓，大意是，"她条件那么好，不会真心想与你结婚的，她是远水不解近渴，要一要而已"之类的话。

马兴璧听到这些，默不作声，她要用行动证明自己对婚姻的态度。她决定冲破一切阻力，与才让杰结婚。她甚至连父母也没有通知。

1955 年 10 月 30 日。一间土坯屋内，两张钢丝床并拢，两张被子一拼。马兴璧与才让杰筑起了爱巢。

马兴壁与才让杰

婚后，马兴壁生了两女一儿。她与才让杰过着艰苦而温馨的生活。

在阿里的公安系统，凡有重大艰巨的任务，担子总会落在才让杰的肩上。才让杰被同志们称为"铁人""钢铁战士""阿里雄鹰"。

1976年，毛泽东主席逝世的消息传来，当时阿里地区没有像样的毛主席像，必须迅速去新疆叶城去取。才让杰开车来回两天三夜，近三千公里，完成了一次重大的紧急任务。很多时候，马兴壁在为丈夫骄傲的同时，也很担心他的身体。经常执行高强度的工作任务，是铁人也吃不消。

在阿里整整度过了二十八年后，马兴壁终于被调回了成都，在成都的西藏干休所当办公室主任。才让杰被安排到西藏驻成都办事处当处长。

1999年，才让杰在帕金森病、静脉曲张等疾病的折磨中去世，永远离开了与他共同生活了四十五年光阴的妻子。才让杰是当年阿里公安系统的活地图，他熟悉阿里的每一座山。在马兴壁心中，才让杰永远是英雄。

与马兴壁一起生活的大女儿马妮说："我爸妈的感情很深，从我记事起，几乎没有见两人吵过架，红脸也很少。我爸走后，对我妈打击太大。那些年，她熬过来不容易。她是个坚强的女人，从不在我们子女面前流泪，只是有时候看她从房间里走出来时眼睛红红的。"

夕阳之光

命运或许真有些安排，让两个来自不同方向的人，共同走向神秘的天涯。在同一片天空下，同甘共苦了几十年，她们如一双亲密姐妹，活跃在同一个舞台上，展示着各自的才华与风采。她们是西藏军区第一代文工团的两面旗帜——黄崇德、李俊琛。

黄崇德与李俊琛，是我当年最早采访的两位老人，也是后来在北京联系最多的老兵。黄崇德，这个当年有"半台戏"之称的进藏老兵，如今八十五岁，居住在北京西三环边的海军某干休所。有一年秋天，她身体不好，大女儿黄素从成都来京照应。黄素发给我一个"十八军中的百灵鸟"的帖，我认真看了图文后，感动中多了一份惊叹。

有一些珍贵的照片，我从没见过。其中有一张是 1961 年在西藏军区文工团排演大型歌剧《洪湖赤卫队》时的留影，黄崇德主演韩英，英姿飒爽。这让我想起某年冬天，她在雪地里摔倒，腰部扭伤，自己在家休养的那段日子。那些日子，她只要坐在沙发上，就很难站起来，腰痛持续了将近半年。岁月流逝，那些动听的歌声、优美的舞姿都随风吹雨打去。不过，经历过，闪光过，就无憾。

因为父亲在抗战时期是个国民党军官，这样敏感的家庭背景，在那个特殊的年代，如同一副脚镣拴住了黄崇德前进的步伐。这个在高原舞台上光芒四射的全才女兵，屡次受到"运动"的冲击。然而，她靠着实力与意志品质在文工团存在着，在 6000 米高的丹达山献歌将士，在珠穆朗玛峰大本营风雪中激励演出。在中印边境冬天里的边防山口，面对 −30℃ 的风雪天，大大小小的节目需她出演，黄崇德从没有退缩也没有被压垮。

她一生中经历过三次婚姻，尝尽了人生的酸甜苦辣。年轻时，与不爱的人结了婚，很快结束了一段没有爱情的婚姻。后来与相爱的人结婚了，从高原到河南一起生活了近三十年，不幸的是爱人因病较早离去。再后来，退休在信阳的黄崇德，在战友的撮合下，来到北京与某离休干部成了家。经过十多年的生活，后因多种原因离了婚。那时的黄崇德已年近八旬。

八十五岁的黄崇德经历了太多坎坷与曲折。她是一个坚韧的老兵，雪域高原无数次的磨炼，练就了她温柔又刚强的性格。战友李俊琛直言不讳地说，黄崇德这人性格倔强，不妥协。当年在西藏军区文工团，她是那么一个"大拿式的台柱子"，上了舞台活灵活现，感染全场，下了舞台就像换了一个人。虽然父亲的身份冲击着她，但她的业务能力太强，吃的苦太多，为汉藏族间的民族和谐、军民融合及统战工作作出了重大贡献。文工团真的不能离开她，而军区首长对她都有很深的好印象。她当时随便去找哪位首长，都有可能留在文工团，转业到河南老家，对她的事业影响太大。

因为父亲的身份，她转业时，河南的郑州、开封、洛阳三大城市明文规定不能进，她只能到信阳。

性格直爽的李俊琛说起这些，总在为她的老战友扼腕叹息。

有那么一段时间，黄崇德的心脏不太好，有几次晚上因过速跳动到医院急诊。离婚后，小女儿陈音要把她接过去一起住，但她不愿意，她喜欢独自一人居住。后来陈音跑了多家养老院，终于在北京周边找到一家合适的。黄崇德去住了不足一个月，看见那边大多是些生活难以自理的老人，她越看越不想待下去，与女儿打了个招呼，自己回家了。黄崇德回来后，身体慢慢好转起来，时常跑顺义、延庆一带，与一帮老太太游玩。不久前，我接到她的电话，说刚去黄山一带玩了十来天回来。

七十岁以后的黄崇德，开始写毛笔字。这个满身艺术细胞且悟性极高的老人，写字进步飞快。但她与别人不一样的是，写得再好也不愿去展示，只是若无其事地一卷，扔到家里某个角落。这与她内敛、低调、倔强的性格有关。字如其人。她的字柔美中藏着犀利，真如同她的性格。

黄崇德与李俊琛相隔不远，加上后来进入西藏军区文工团的杜庆芬，她们经常相聚。

"李头"李俊琛，已经八十四岁，乐观豁达。她的身上永远散发着活力。她也有过不成功的婚姻，但她很快走了出来。1995年，年已六旬的李俊琛，幸运地遇上了"如意郎君"许振寰。许振寰1930年生于哈尔滨郊区，有着传奇般的童年和少年。十七岁入伍便参加了解放战争，后来又参加了朝鲜战争，回国后部队转入了铁道兵。

在海淀太平北路上的铁道兵家属院，我第一次见到了一头银发的许伯，直觉告诉我，李阿姨有福气，有个好老伴。许伯性格温和，风趣幽默，穿着永远干净利落。他曾笑眯眯地对我说："我可是李头忠诚过硬的勤务兵！"《洗衣歌》是李俊琛的经典之作，每到重大节日，她都要参加各种场合的排练辅导。每逢李俊琛外出辅导，许伯就如同贴身保镖紧紧跟随，提着李阿姨的茶杯、服装等用品，承担着一切后勤保障"任务"。

我采访李俊琛时，许伯总是静静地坐在一旁，偶尔插上几句提示或补充。从许伯对李阿姨经历的熟悉之细微，我感受到了夫妻间的感情有多深。李阿姨送我一本小册子——《许振寰历险记》，这是她亲笔写的。里面记录了许伯出生至今所经历的十多次险情，包括从小在苦难的家乡，在抗美援朝的战场上，在晚年的麻将桌上，文字中饱含着一种深情，叙述得简洁精致，一些细节刻画得栩栩如生，灵动有趣。

李阿姨和许伯结婚后开始学习用电脑打字，她把当年在西藏经历的故事一个一个地记录下来。对当年的那些战友，更多以五言或七言古诗的形式来描述。

李阿姨六十三岁开始学习游泳。自由泳，蛙泳，仰泳这几种泳式都很好。

许伯与李阿姨，被进藏老战友称为一对老顽童。他们热情好客，隔三岔五地组织老战友到家里或外面相聚。

四年前的夏天，我在四川成都郊外的街子古镇，得知卫家喻正在附近的三郎镇上。我立即改变计划退了返程的车票，转而去看望这位给我留下深刻印象的老兵。

三郎镇是个避暑的好地方。小镇上开设有许多宾馆、客栈，食宿便宜，每年夏天都会有一批客人来此住上几个月，且大多是退休后的老人。在三郎镇东的一家客栈小院里，我见到了卫家喻与老伴赵大奎。这儿还有另外几对老年夫妇。

见到卫姨，如见到久别重逢的亲人，拥抱后老人笑盈盈地朝我上下打量。我发现她比十年前在九龙湾时老了许多，可以说判若两人。卫姨说，她的腿疾这些年加重了。

卫姨和老伴赵大奎在这儿避暑休闲，两人每天都有计划地写字。老两口一同写，比着写，且写的都是小楷。赵大奎把卫姨写的两幅裱好的字铺展在桌子上，这宽一尺、长足有两米的小楷书法，让我吃了一惊。它远看如细密的金色稻谷，但错落有致，排列工整；近看这娟秀的小楷优雅娴静，如玉女临窗。我不太懂书法，早年在塞外连队当文书时，练习过一段时间，确切地说，当时只是摹仿，且摹的不是正规的名家体，而是兄弟连队高手的"文书体"。我喜欢小楷字，缘于当年读《傅雷家书》，发现朱梅馥写的小楷，着实漂亮。而卫姨写的，与朱氏相似。老伴赵大奎的小楷，则是另一种风格，刚劲舒展，洒脱流畅，曾经入选过一些专业书刊。

离开三郎镇，卫姨与赵伯一直将我送到镇东的公路边。我与二老挥手告别时，心里真有些不舍。

那些曾经在雪域高原艰难跋涉，创造人类史上徒步行军奇迹的女兵们，现如今，大多居住在成都。现在，她们真的老了。

当年在甘孜抢修机场荣立一等功的易莲芳，有严重的心脏病，双腿一到秋天便疼痛难忍。她不愿躺在床上，坚持在室内学习弹琴，到室外打太极。对这个社会，她永远保持着一颗温暖的心。她曾在家中接到一些诈骗电话，在对方设置一些悲情的骗局面前，她明明觉得不真实，但还是取出工资，给予对方帮助。后来女儿告诉她真相，让她不要再受骗。她没有任何惊讶，而是平静地对女儿说："没什么，这些人生活困难，否则不会行骗，他们终有一天不再行骗，我就当支持他渡过一些难关。"

后来在电话中，她曾笑着对我说："下次再遇上他，我会继续支持他一下，告诉他这个世界是好人多，坏人少。希望他慢慢变好。"

同样的事情，在于俊娥身上也出现过。当儿女责怪她时，她直接说："不就是个小骗子嘛，给他一些钱花，总比他铤而走险去偷盗抢劫好。"

这是高原老兵的别样情怀。

从 2006 年到 2018 年，整整十二年，这期间我与二十多名老兵保持着联系。我发现一些高原病如魅影般缠着她们衰老的躯体，但她们都很乐观。

在北京的李国柱和吴景春，这两位为记载徒步进藏女兵历史做出重大贡献的老人，都已经满头白发，虽然很少见到她们，但在我心中永远充满着一份不变的敬重。

成都的陈钊、石继蓉、张晓澄、李宁、陈曼石、彭家英、郭蕴中、孙常愉、王琦玉、司徒蓉……绵阳的顾梦舟，宜宾的郑旭，泸州的童莹华，重庆的龚荣春、冯克运，西安的贾湘云、贾瑞梅，沈阳的时钟曼，济南的王应霞，南京的章道珍、彭联碧、张颂华，北京的田涛、刘延、高生玉、徐奎、安佩、祁奋、江一、白霓、周鼎桐、陈惠婷、王季秀、张桂莲、唐崇敏、孟正、黄永琼、靳际平……

随想中列出这些久未回访的老兵名字，那些伟大而质朴的阿姨们，你们现在怎么样？

附录：

一、英雄的儿女

那些从小视妈妈为陌生人的儿女们长大后，明白了母亲当年为何抛下自己去西藏工作，明白母亲在那样的环境下经历了怎样一段非凡的人生旅程。他们从自己母亲的身上读懂了人生中最宝贵的东西是什么，最值得珍惜的是一种什么样的精神，他们方才感受到自己质朴无华的老妈妈，是这个世界上最伟大的母亲。

当然，也有的儿女至今仍然不明白母亲当年经历了什么，他们无法想象青春年少时的父母在进藏路上徒步几千里是什么样的滋味，不能完全理解他们的父母为汉藏民族团结、对西藏百万农奴、对西藏这片神秘的土地作出了多大的贡献。他们一路行至拉萨，似乎找到了一些答案。

重走父母进藏路

2001 年 6 月 19 日的《人民日报》第二版，刊登了标题为《重走父辈进藏路》的消息。

6 月 17 日下午，当年进军西藏的人民解放军第十八军老战士的后代一行 20 多人，列队走进布达拉宫广场，人们用热烈的掌声和洁白的哈达迎接他们的到来。作为十八军后代的代表，他们沿着当年父辈进军西藏的路线，从成都出发，"重走父辈进藏路"，历经 13 天，于这天抵达拉萨。

首批进藏老兵的子女与老首长合影

……在欢迎仪式上，西藏自治区党委常务副书记、自治区人大常委会主任热地深情地回顾老十八军的光辉业绩：……进藏部队官兵为西藏人民的解放和幸福，为维护祖国统一和民族团结，为促进西藏经济发展和社会进步作出了不可磨灭的历史性贡献，用青春、汗水、热血甚至生命铸就了"特别能吃苦、特别能战斗、特别能忍耐、特别能团结、特别能奉献"的老西藏精神。热地说："西藏人民将永远铭记他们！感谢他们！怀念他们！"

……祖籍四川巴塘、现年66岁的原十八军老战士钦绕甲楚告诉记者，他们当年是唱着"把五星红旗高高地插上喜马拉雅山"的歌曲从四川走进高原的。"帮助西藏各族人民过上幸福生活是我们一生最大的愿望，希望后一辈把祖国和西藏建设得更美好。"

……原十八军政委谭冠三将军的儿子谭戎生说："……我们重走父辈进藏路，带来了原十八军老同志、老西藏对西藏各

族人民的问候和祝福，更重要的是希望老十八军后代以及所有
年轻一代都能继承和发扬'老西藏精神'，为西藏和祖国的稳
定和繁荣贡献力量。"

2001 年夏天，为庆祝西藏和平解放五十周年，由来自北京、
成都、昆明、汕头的第 18 军子女组成的"重走 18 军父辈进藏路"
小分队一行二十四人（含中央电视台原军事节目中心《人民子弟兵》
栏目记者三人），于 6 月 5 日自费乘汽车从成都出发，经雅安、泸
定、康定、道孚、甘孜、德格、江达、妥坝、昌都、邦达、然乌、
波密、八一、工布江达、墨竹工卡，于 6 月 17 日安全抵达拉萨。
历经十三天，总行程两千三百七十七公里。

2006 年的秋天，我在海淀太平路 27 号院和丰台的杜家坎装甲
兵工程学院，见到了这次活动的发起人金逊和芦继兵。金逊是原第
18 军第 53 师师长金绍山之子，母亲张文心是首批入藏女兵之一；
芦继兵是原第 18 军宣传部部长夏川之子，母亲吴静也是首批入藏
女兵之一。两位"老西藏"的后代都是军人，他们对我说，重走父
母的进藏路是他们早已策划好的行动，几年来他们一直梦想实现的
愿望。只是因为工作太忙，一直难以落到实处，这一次二十一人中
大多是利用休假时间凑到一块的。

阴建白，是阴法唐与李国柱之女；张红卫是西藏军区顾问张均
和祁奋之女。他们沿着父母的足迹，是为了追寻父辈那种激越壮怀
的精神力量。

在谈到为何要重走进藏路的话题时，金逊和芦继兵向我概述了
这次"重走"的目的与意义：

重走父辈进藏路，我们想看到西藏这五十年的巨大变化；
看望慰问仍扎根高原的 18 军老同志；祭奠那些埋葬在川藏线

沿途的老18军的先烈；切身体会父辈"第二次长征"的艰难困苦，更深层次的感悟父辈铸就的"老西藏"精神的内涵；同时，沿途慰问长年驻扎在西藏的部队官兵和护路武警，慰问长年为过路部队服务的兵站官兵，领略"老西藏"精神在他们身上的延续和发展。

摘录党小川日记二则：

（党小川，原第18军军长张国华秘书党雨川之子）

2001年6月1日（星期五）晴

在2001年2月9日芦继兵、金逊等7人的联合倡议下，经过3个半月的认真准备及先后五次会议，重走18军父辈进藏路这一活动以小分队的组成形式最终得以成行。

下午3:30，北京小分队的部分人员会合于西客站贵宾候车室，车票统一由吕萨负责购买。

阴法唐伯伯、李国柱阿姨、张均叔叔等18军老前辈到车站送行并即兴讲了话。

送行的人中还有谭戎生和吴疆。谭戎生由于身体原因不能与我们同行，届时将直飞拉萨与我们会合。吴疆由于有些事情未处理完，将于两天后赶往成都。

金逊已于几天前赴成都安排小分队在成都及附近的活动。

T7次列车准时从北京出发，同行的小分队成员有芦继兵、芦小寒、阴建白、陈晓萨、陈力、吕萨、翟新莉、丁晓玲、张红卫等。

芦小梅和张景愚同路到成都。

中央电视台《人民子弟兵》栏目编导高稷文及两名助手宋楠楠、吴建随同小分队全程采访。

2001 年 6 月 5 日（星期二），阴有雨

成都—名山（蒙阳镇）—雅安市—天全（城厢镇）—新沟（烂池子）兵站，总行程 240 公里。

早饭后，小分队开始进行出发前的最后准备。8 名成都方面的 18 军子弟加入小分队行列，他们是：王边疆、王新、王鲁川、李建、程萨平、葛澍、刘丽萨、王洪波。加上随车司机、副司机和维修工等三人，一行共有 27 人。

大轿车四周进行了红色标语装饰：车的前面为"庆祝西藏和平解放 50 周年"和"重走 18 军父辈进藏路小分队"字样；车的右侧、左侧分别为"继承和发扬老西藏精神"和"重走 18 军父辈进藏路"字样。

小分队全体队员身着迷彩服，肩佩芦继兵设计的小分队队徽和某师所赠的快速反应部队标志，俨然如战士出征。后来大家笑谈，不知这支现役军人与"准军人"混杂的队伍引起川藏线沿途多少人的疑惑和猜测？（。）

早 9：00，川办召开小分队欢送会。陈子植伯伯、白健伯伯和郗晋武伯伯等老前辈先后讲话，白曙阿姨赋诗一首，魏克伯伯还带来了他的西藏题材邮集给大家展览（可惜来不及细看）。

10：00，重走父辈进藏路小分队准时出发。

全天淫雨霏霏。其中成都至雅安一段为高速公路。公路沿青衣江而上，经名山到雅安，经天全到达新沟兵站。

大轿车性能与我们的期望值相距甚远，高速路速度上不去，盘山路发动机又温度过高。行进速度大受影响，但也只好如此。

11：15 抵达成雅高速公路 86 公里处的石象湖服务区；11：30 继续行进至 94 公里处进入雅安界；12：00 抵达成雅高

速公路 122 公里处的名山出口；12：10—13：00 谒拜名山烈士陵园（53 师为纪念川西剿匪牺牲战士所建）。阴雨蒙蒙，陵园内树木葱绿，雾气茫茫。当地民政局的同志介绍：原计划将烈士陵园进行改造，但老同志不同意。每年清明前后，当地驻军、学生纷纷来陵园扫墓。

13：00 继续行进，13：50 抵达雅安兵站部（兵站在坡下，兵站部在坡上），兵站部的领导已经等候我们 3 个小时，实在有些过意不去。午餐后兵站部张副部长介绍川藏线情况；而后是慰问、赠书、赠《西藏风云》VCD 活动。在谈到走过川藏线时，张副部长的一句话让我们大家回味无穷："一次川藏线的经历会从根本上改变一个人的人生观。"

出兵站部巧遇八一厂电影"走向喜马拉雅"的摄制人员。

传说雅安是女娲补天时遗忘的一块，故经常大雨滂沱，有"雨城"之称，今天的天气可为最好的验证。为了能拍下雅安城的全景，我们几个人冒雨"擅自"闯进雅安电视转播台内，爬到塔楼上寻找角度，可惜都不理想。

16:20 离开雅安，高速公路终结，接着是所谓的二级公路，前行不久始见大山。行 33 公里于 17:20 抵达天全烈士陵园；原 54 师烈士陵园已进行了改造，成为红军烈士纪念碑。

小分队谒拜了位于山坡上的红军坟，冒雨寻找到 18 军战士叶荣富烈士墓。站在山坡上，眺望雨中天全的青山绿水，别有一番滋味。

19:15 抵达新沟兵站，兵站现有干部战士 20 余人，属已撤编单位。

晚餐后开会，高编导发表对第一天活动的意见，引发对此次活动主题及形式的思考。芦继兵对小分队重新进行了分组及车上位置划分。

6月6日

为赶在汽车18团车队出发之前先行上路，我们早早起床。

清晨，小分队列队慰问汽车18团官兵，赠书、VCD、鸭蛋；与兵站领导告别；拍照出发，汽车团战士夹道欢送。由于二郎山附近正在修路，川藏兵站部运输处谢达庆处长亲自到前面联系公路巡查车为我们的通过护送开道。

……

在标有"二郎山风景区"的标志处，小分队下车活动。这里是新盘山路与18军所修老盘山路的分合处。资料记载，1950年4月，由第18军158团、162团和西南军区支援司令部6个工兵团组成的筑路大军开上了二郎山。施工中每个连负责修建5公里的路，直至当年8月25日，二郎山全线通车。

……

翻越二郎山后即意味着告别了雅安地区，进入了甘孜藏族自治州。午前抵达了大渡河旁的泸定，泸定以铁索桥闻名。

泸定铁索桥为清康熙皇帝所敕建，建成于1706年（康熙四十五年），是古代大渡河上所建的第一座铁索桥。此桥设计巧妙，结构独特。桥面以九根铁索作底，上铺木板，两旁各用两根铁索作为护栏，铁索两端分别固定在河岸的悬崖上，桥长101.67米、宽3米，凌空飞跨于大渡河之上。

桥建成后，康熙帝赐名为"泸定桥"，"泸"指泸河，"定"表示平定"西炉"之乱后泸河一带已安定。置县时便以桥取县名。康熙帝为桥御书的"泸定桥"三个苍劲大字至今保存完好。

泸定桥建成后，不仅以川藏交通要塞著称于世，更以1935年5月29日北上长征的中国工农红军勇猛飞夺泸定桥的伟大壮举而载入史册，名扬中外。泸定因红军长征而闻名，因大渡河上的铁索桥而闻名，更因 22 名红军勇士而闻名。当年的 18 军追寻着红军的足迹来到这里；今天，小分队——18 军的后代追寻着 18 军的足迹再次来到这里。

上桥，拍照。人在桥板上行走，桥身晃荡不定，看下面的大渡河，水流湍急。

过桥后登上一小寺庙，吕萨在佛像前跪拜许愿：愿小分队一路平安。这一愿望也是小分队全体队员的愿望，大家虽无法准确预料，但从心里都强烈地感到前途之危险和艰难。

因为乐山是当年 18 军进军西藏的起点，所以大家从乐山开始就沿途在红卫设计的纪念封上加盖邮政日戳（上面有地名和日期）。虽然小分队中大部分人不集邮，但对此项活动大家都很感兴趣，准备的信封有一大摞。我和红卫、丽萨是代表，每到一地，总要费一番口舌，请邮电局的同志帮忙，有时甚至需要在下班时间把人家从家里找来，好在沿途的邮电局同志了解我们的情况后都非常热情，不厌其烦地为我们服务。泸定当然也不例外。

泸定活动后，汽车继续向北、向西前行（如果沿大渡河向南，就到了川西著名的贡嘎山风景名胜区，海螺沟就在那里）。由于大家都是第一次坐卧铺车，既不习惯也没抓到窍门，鞋堆得满地都是，一要下车就到处找鞋。特别是车辆颠簸的（得）厉害，把鞋颠得到处都是，大大增加了找鞋的难度，小寒的鞋干脆颠到车外去了。

康定——甘孜藏族自治州首府。"跑马溜溜的山上，一朵溜溜的云哟，端端溜溜地照在，康定溜溜的城哟。月亮弯弯，康定溜溜的城哟"，一曲优美动听的《康定情歌》唱红了一座山，唱红了一座城，跑马山和康定城也随之名扬四海。如今，在任何一个地方，你都能欣赏到这首动人的情歌，聆听人们传诵的那段张家大哥和李家大姐的爱情故事。

午饭后金逊、建白等人去慰问 18 军时的拥军模范曲美巴珍。

芦继兵日记三则：

6 月 7 日

一早从新都桥兵站出发，东俄洛岔路口分路向北走 317 国道，眼前豁然开阔，大草原出现在眼前。草原上长满了红、黄、蓝、紫色的野花，美丽极了，各种藏式碉楼，湍急的河流，三五成群的牦牛，这一切无一不告诉你真正的藏族聚居区到了。路旁草原上有一个很漂亮的金碧辉煌的大寺庙，但直到看见路旁"塔公乡"的界碑，才知道是有名的塔公寺。在 317 国道上第一次看到磕长头的朝圣者，他们目光虔诚，身无一物，三步一匍匐，挺身、伸臂、滑行，五体投地，而后起身，周而复始无穷无尽的（地）重复着这种单调吃力的动作，尽管穿着皮围裙和木板手套，但额头肮脏，膝盖处常常磨出大洞。据说这样磕到拉萨，快了要七八个月，慢了要近一年，到底是什么支撑着他们呢？也许他们可能就会死在这漫漫朝圣路上。对他们的行动我们是非常不理解，但从他们对精神的追求和渴望中有没有什么值得我们思索和考虑的呢？

我们这些人是不是也算某种更具典型意义的"朝圣者"呢？

经过八美，到道孚吃干粮，县城随处可见身着红袈裟的喇嘛和对我们有极大好奇心的围观者，下午驱车经过炉霍，小寒、小力、萨平买了一些黄瓜和西红柿。在炉霍，小梅来电话告知川藏公路八宿段六月六日发生大塌方的消息，但经过分析判断，八宿段是川藏公路南线的重点病害地段，年年出问题，所以武警护路支队的主要精力也在这里，恢复通路的能力很

在甘孜机场母亲战斗过的地方留影

强，一般一周左右就可以通行，而我们的通过日期大约在五天以后，估计到时候通车问题不大。

司机沿途停停走走，不是加水就是修理散热系统，气的一个劲熊他们，要知道我可是搞坦克的，正宗柴油机的行家，一般故障是唬不住我的。

到甘孜，全程 307 公里。找到甘孜武装部，武装部藏族部长聂格木把我们带到甘孜唯一具备接待多人条件的甘孜幸福饭店。

甘孜地处川西北高原山区，是丘原向山原过渡地带，海拔仅有 3325 米，尽管我高山反应（高原反应）不大，但看房、分房、上车取东西，几次上下三楼就气喘的（得）跟风箱似的。

6 月 13 日

来到山脚下，蓦然，山势急剧变陡，谷底江水滔滔。我们到达了川藏路上的另一个天险——怒江沟。从怒江东岸看去，钢结构的怒江桥跨越在江上。现在的桥是于 1972 年建成的钢筋水泥双曲拱桥，桥面宽 8 米，距水面约 60 米。桥对面就是著名的怒江山隧道。由于河道急剧变窄，江水在陡峭的山谷里波涛汹涌。怒江山隧道长 44 米，于 1972 年建成。

据陈明义伯伯回忆：1953 年 6 月，当康藏路的筑路大军来到怒江东岸时，这里是"猴子难攀登，野羊也不敢下山喝水"的天险。汛期时江水暴涨，流速每秒八九米。浪击石岩，吼声如雷，两人面对面讲话都听不清楚。当时担负征服怒江天险任务的 54 师官兵在桥梁专家的帮助下，开动脑筋，经历了数次失败，仅用了 76 天就架成了一座"贝雷式"的钢架桥。

站在怒江大桥上，看着那滚滚江水，我们又一次被深深地感动了。随着守桥武警部队同志的介绍，我们见到了当年 54 师修建的老怒江桥遗迹，老桥墩还屹立在波涛汹涌的怒江之中，老路面两侧石崖夹路突兀而立，迎面石壁上刻有"征服山"几个大字，经过 50 年的风吹雨打，依然鲜明醒目。我们在怒江桥南岸找到许多当年修路造桥的岩画和标语，其中一条标语写着"怒江不算天险，英雄战胜自然"，落款是一六二团三营九连。当年筑路英雄的故事和传说至今仍激励着新一代的守桥战士，也激励着我们每一个人。

6 月 17 日

为了按时到达，天没亮就告别皮康兵站翻米拉山到墨竹工卡，只知道米拉山是川藏线上最后一座大山，到了山口看到标牌才知道也是山口最高（5020 米）的一座大山，崔儿山山口是 4916 米，大家列数着翻过的 14 座大山感慨万分，欢呼不停，也为自己到 5000 米高的大山没有任何反应而自豪。集体照相留念。到山口时刚下的积雪有半米多深，在山口正好碰上陪深圳副市长视察的西藏自治区副主席李立国，大家相互照相留念。

小分队在张福林烈士墓前合影

小分队在米拉山

墨竹工卡不仅是松赞干布出生的地方，也是文成公主进藏经过的地方，宗喀巴等高僧大德留下众多遗迹的地方。具有文化意味的还有，这一地区中的 30 个村庄，是以藏文的 30 个字母打头的村名。……

在墨竹工卡盖了邮戳就走了，路早就是柏油马路，车速也快了许多，不久，看到远处有座漂亮的大桥，母师傅说那是达孜县的达孜大桥。车一过达孜大桥，路旁是流淌着的拉萨河，行驶起来的感觉真好！我听到刘丽莎喊："看！布达拉宫！"

虽然只看到远远的群山中时隐时现的一个宫殿式的屋顶，可我的心却早已经汹涌澎湃起来，经历了 13 天的行程，终于到了我们魂牵梦绕的拉萨。

我们的妈妈

"妈！妈！女儿对不起你！女儿对不起你呀！……"

当母亲被病痛折磨得仅剩一把骨头的遗体，从太平间转到灵堂，再从灵堂送往火化炉的那一刻，她那撕心裂肺的恸哭声在空中悲怆地回荡。

这是一个进藏女兵的女儿，在母亲离开人世时，伤心欲绝的她发出了心底的哭喊。

当年因为母亲在藏工作，从小在内地长大的她一直跟着姥姥生活，母女之间产生了一些感情上的隔膜，由于性格的原因，人生观、世界观的差异，母女间一度不说话。日子长了，岁月无情亦有情，它遮盖了珍贵的东西，同样也冲刷了心灵的尘垢，让经历磨难的人们越来越宽容，越来越相互理解。

她执意不要我说出她的名字，她说她不是怕人责难，也不是碍于什么面子，而是不愿意任何无关的人再去打扰她。她要静心地怀想自己的母亲，去母亲曾经徒步行走过的西藏，寻觅母亲之魂。

在《天涯断肠人》一章中，我列举过那些进藏后成为母亲的女兵生育儿女的一些事例。那些无私无畏的母亲，她们无不觉得亏欠儿女们一份感情债，她们为自己没能尽到母亲的责任和义务难过而无奈。后来的生活中，一些女兵的子女有一些抱怨甚至使用过激的言辞时，她们没有难过，反而觉得是一种宽慰与解脱。

每一个进藏女兵的儿女对母亲都有一份特殊的感情。

黄崇德的小女儿陈音说："小时候，妈妈在西藏，我没有体会到什么是母爱，直到上中学时，母亲回内地工作（我才）有一些感受。年轻时不懂得也很难理解妈妈经历的人生，不能理解生活内在的东西，更多地从自己个人的角度去考虑问题，对母亲有埋怨情绪。现在想来觉得很幼稚，也很愧疚。母亲的内心是痛苦的，她付出太多太多了，许多关于她的故事，我全然不知，她也从不对我们说。她是一个坚强的人。而我们这一代很难做到她们所做的事，现在，只有想方设法去爱护她，让她过好晚年生活。"

她叫徐庆，是成都一家公司的总经理，是易莲芳的女儿。

我曾被徐庆"训导"一番，因为采访易莲芳时，不知老人有心脏病，不知道老人因深入到当年进藏话题时情绪会激动，从而加重了老人的病情。后来听说，两次近半个小时的交谈后，老人就红着脸赶紧去吃速效救心丸了。我听到这个消息很后悔。

徐庆干练，心直口快，她对晚年一身高原病的母亲精心呵护。她认为政府对像自己母亲那样的进藏老兵们，应当给予多一些关注。母亲荣立一等功，晚年一身病，如果没有她这个女儿，根本活不到现在。她说，为母亲治病是女儿不可推卸的责任，无论付出多少也无怨无悔。她这样感叹，如果自己没这个能力，母亲所在的单位付不起正常的药费，那么，母亲怎么办？

进藏女兵刘韵华的女儿周晓玲如今快要退休了，和许多进藏母亲的儿女们一样，因为母亲的经历，周晓玲对西藏有着特别的关注；和所有进藏女兵不一样的是，周晓玲在西藏出生后，母亲就去世了。

刘韵华

当年同在第18军文工团的战友安佩回忆说，刘韵华是她的亲密战友，这个乐观开朗的文艺战士，脸上总是透着聪慧，带着甜美的笑容。临产前的刘韵华，有一段时间和安佩同住在格桑旺堆土司的房子里，她俩就像亲姐妹那样无话不谈。刘韵华当时这样说："我要把孩子生下来，他（她）就是我们战胜高原、扎根西藏的证明。"

万万没想到的是她在生孩子时，突发高血压，那时拉萨的医疗条件有限，孩子出生后，刘韵华没能看到孩子一眼便去世了。

半个世纪来，周晓玲是在父辈的描述中了解自己的妈妈的。

妈妈留下的唯一的遗书，就是当年在西藏写给自己母亲（周晓玲的姥姥）的信。字里行间透露着妈妈对革命的忠诚，对扎根西藏建设边疆的决心。一个从未体味过母亲抚爱的女儿，却对母亲有着无尽的思念与怀想。她说："母亲生我的瞬间，决然将生交给了我，而将死留给了自己。"

十多年后，当周晓玲穿着军装出现在姥姥的身边时，姥姥老泪纵横，哭着说：

"我的筠儿*回来了……"

---

* 刘韵华乳名。

别样母子情

八宝山革命公墓，坐落在北京城西四环外三公里处，那儿青松翠柏，古木参天，无数墓碑整齐划一地矗立着。

位于革命公墓东北方向的半山坡上，一墓区日字组第 10 号，正是当年西藏军区副政委金绍山将军永远长眠的地方。如今，这里已经变了一些模样，墓地多了一个人的骨灰与灵魂，这个人就是与他相离整整五十年的夫人张文心。从此，当年被彭德怀元帅亲自执绋引棺下葬的老将军不再寂寞。

关于金绍山将军其人其事，本书第四章、第九章已经有一些叙述。我想，如果要用一两句话来描述他，最经典的莫过于当年甘泗淇上将致悼词中的话："金绍山同志是党委的好班长，战士的好妈妈。"

2007 年的 6 月 2 日是金绍山将军逝世五十周年的纪念日，也是首批进藏女兵之一、金绍山同志的夫人张文心去世六十六天的日子。金家分工，金逊联系公墓管理处，早两天将母亲与父亲合葬在一起，并利用这个日子，全家在此举行了一个纪念父亲金绍山逝世五十周年和怀念母亲张文心的悼念仪式。我在头一天得到大兵（即芦继兵）发的短信息，便匆匆赶来，原第 18 军的部分子弟也来了。

出乎我意料的是，这一天除了央视的几位记者，还来了许多当年第 18 军的老兵。老兵中有当年金绍山将军的战友及部属张均、荻文蔚、孟东明、银学善、吴晨、王贵等，这些白发苍苍的老兵，有的是拄着拐杖，挪着颤动的脚步走上坡来的。

更让我感到意外的是还有李俊琛、张桂莲、白霓、王建华、靳际平等几位白发苍苍的老太太，这些当年的进藏文艺女兵。五十年前当金绍山将军由军委派专机接到北京治病时，西藏军区文工团正在北京学习并参加全军文艺汇演，她们曾去病房的窗外看过老首长一眼，后来参加了老首长的追悼会和安葬仪式。今天她们又不约而同地来到墓地，悼念老首长和文心大姐。

金逊对我讲，本想只是家人自己举办一个活动，不惊动老同志和其他人了。当他们听说后，纷纷表示，一定要来。他们说："纪念金绍山逝世五十周年，这不是你们一家的事，是我们许多原西藏老同志的共同心愿，也是'老西藏精神'的传承。"

金逊是个干部子弟，是退休的师职干部，但吃饭时有两粒米掉在桌子上，他都迅速将两粒米捏住，送到嘴里。

"小时候，我妈就教育我不能浪费一粒粮！"金逊对我说。

八十五岁的张文心患有脑梗，我几次和金逊相约采访老人，都因老人身体欠佳而推迟。原计划春节后随中央电视台一纪录片组的记者一同前往，又因为纪录片拍摄中的一些事迟迟未能落实，采访张文心的事就一拖再拖。

一个成功的男人背后，必有一个坚强的女人。金绍山将军虽然英年早逝，但他是共和国一位年轻的将军，算得上是个成功的男人。他生前在枪林弹雨中舍生忘死，进藏路上对士兵的关爱之情被广为赞颂，"战士的好妈妈"是对他最好的评价。然而，他突然离去，将六个未成年的孩子留给了他的妻子——一个年仅三十四岁的女人。那时最大的孩子十三岁，最小的才两岁，她把他们一个个培养成人、成材。

张文心和金坚

张莲桂、白霓、李俊琛是当年从北京一起入伍的进藏女兵，巧合的是这三人当年都为金绍山将军送过葬。张莲桂回忆说："我当时还挺着大肚子，看到文心大姐哭得很伤心的样子，身边还围着几个那么小的孩子，所有人都哭了。"

靳际平，当年进藏队伍中最小的女兵，年仅十岁，父母在她五岁前均已去世。她随祖父在泸州亲戚家逗留时，看当年第18军文工团演出，因为一口流利的北京话，被前台看演出的陈明义将军发现后，招入了文工团。后来因为种种原因，没能进入拉萨。当她得知张文心的经历后，特意过来参加悼念会。她说："由于进藏不在同一部队，也没有见过面，过去我对老大姐张文心并不了解，如果说过去进藏的那段历史非常珍贵，那么张大姐含辛茹苦抚育六个孩子成长的经历同样珍贵，她是我们所有进藏女兵无比敬重的大姐。"

2001年和金逊一起重走父辈进藏路的芦继兵、阴建白、翟新丽、丁晓玲等赶来悼念。阴建白说："我很敬佩张阿姨，她是一个伟大的母亲，多年来她把对西藏的爱，都倾注在子女身上。我们从张阿姨身上，看到了进藏女兵这个特殊群体光辉的身影，她是我们中国妇女传承民族精神的优秀代表。当年，我们的母亲，中国首批进藏女兵徒步进藏那种无比坚韧的精神永远值得我们敬仰。"

2007年6月2日，这是一个阴郁的天气，在八宝山革命公墓空静幽深的氛围

白霓

靳际平

中，我感受到一种来自普天下母亲所给予生命的凝重，更感受到"母亲"这一世上使用率最高的名词之一的分量。

临别时分，我看到原 18 军老兵、西藏军区顾问张均，他盯着老战友的遗像，凝视许久后，紧握住金逊的手说："你们不愧是金绍山和张文心的儿子，你要记住，你爸爸是'战士的好妈妈'，你妈妈是我们'中华民族的好妈妈'。我们永远会记住她。"

后来，我在采访张均时，老人再次向我表达了对金绍山和张文心的高度评价。他说："金绍山当年在水东时是个传奇人物，他短暂的一生中可以用四个字来概括，鞠躬尽瘁！张文心老大姐身上不仅传承了许多中华民族优秀的美德，她能够培养了三个大校儿子，是对军队的一大贡献。"

二、本书中出现的 1950 年至 1951 年进藏女兵人名索引

73. 王应霞　　　87. 李德超　　　101. 王先梅

74. 汪俊德　　　88. 张颂华　　　102. 魏侠

75. 张光晋　　　89. 吴光达　　　103. 苏音

76. 李上麒　　　90. 刘俐　　　　104. 郭蕴中

77. 郝玉亭　　　91. 崔俊　　　　105. 董宏侠

78. 周淑珍　　　92. 何楚平　　　106. 汪琦

79. 孔祥玲　　　93. 黄鹏　　　　107. 张晓澄

80. 蔡洗尘　　　94. 卫家喻　　　108. 唐崇敏

81. 龚和芳　　　95. 张晓帆　　　109. 白霓

82. 罗文华　　　96. 闵乃丽　　　110. 孟正

83. 王鼎琴　　　97. 马兴壁　　　111. 黄永琼

84. 吴旭静　　　98. 龚荣春　　　112. 靳际平

85. 王季秀　　　99. 石继蓉　　　113. 吴静

86. 严雪芬　　　100. 李光明

（排名不分先后）

后　记

　　十二年来，我的耳边一直回响着她们轻轻的声音，眼前晃动着她们蹒跚的身影。我的思绪时常沉浸在半个世纪前的川藏线无边无际的氛围中。

　　一千一百多名首批进藏女兵，有一部分早已离开人世，在世的大约七百多人，我的愿望是见到每一个人，听到每一个人的故事，但这只能是一种愿望。我相信，散落在祖国各地的首批进藏女兵，她们一定有许多比书中更精彩的故事，有更让人感叹、感伤、感动的心路历程。

　　对于她们来说，人生有时候是短暂而残酷的，但她们每一个人的精神领域都有一座永恒的丰碑。半个世纪前，一千一百多名女兵创造的历史，就像那座座巍峨的雪山，永远地矗立在西藏神秘的大地上，让后人去仰视去朝圣，从中体味和感受一种永恒的力量。

　　从2006年仲春始，直至次年的夏天，我做了一件事，寻找了百余名当年进藏的女兵及少数男兵，听他们讲进藏故事，再把这些故事近乎"原生态"地整理出来，让不知道这段历史的人去了解它。在采写的过程中，或许把她们身上那些更有价值的东西给漏掉了，为此而生发一些惶惑。

十二年，一个年轮的流转，拙作再版，我更多的是心存感激，感激老人们敞开心扉，让我有机会深入了解那段历史，让我从她们身上感受到博大的胸怀和坚韧的毅力，亦感谢广西师范大学出版社的厚爱。我落满尘土的心灵，一次次被来自半个世纪前雪域高原吹来的风儿涤荡，被那清澈透凉的冰河水冲刷，更被那雪线下行走的人折服、震撼。

必须要说明的是，再版书去掉了一些内容，增添了一些当年未及寻访的老兵的故事。十多年的接触中，我与她们建立了深厚的感情。我最怕听到的消息就是她们中的某个人又住院，或者永远离开了。可是，在岁月面前，我们都是束手无策的孩子。时光流逝，我也会老去，在老去时，我会因曾经为她们、为这段历史所尽的绵薄之力而感到欣慰。